책 읽어주는
나의서재

지은이 〈책 읽어주는 나의서재〉 제작팀
펴낸이 임상진
펴낸곳 (주)넥서스

초판 1쇄 발행 2022년 5월 2일
초판 2쇄 발행 2022년 5월 6일

출판신고 1992년 4월 3일 제311-2002-2호
10880 경기도 파주시 지목로 5 (신촌동)
Tel (02)330-5500 Fax (02)330-5555

ISBN 979-11-6683-260-4 03810

www.nexusbook.com

〈책 읽어주는 나의서재〉 제작팀 지음

"책을 소재로 프로그램을 하겠다고?"

2019년 늦봄, 정민식PD의 새로운 기획안 발표에 대한 저를 포함한 참석자 대부분의 반응이었습니다. 관찰 리얼리티와 자극적인 웃음이 가득한 예능 콘텐츠 시장에서 책을 소재로 정적인 강연을 하는 게 과연 시청자에게 통할까라는 불안감은 당연했습니다.

시청자들이 베스트셀러나 쉬운 책을 좋아할 것이라는 저의 주문에 정민식PD가 가져온 책은 유발 하라리의 『사피엔스』, 재레드 다이아몬드의 『총균쇠』였습니다. 이제와 고백하건데 당시 프로그램기획총괄을 맡고 있던 저는 중간에 프로그램을 엎을까 하는 고민을 심각하게 했었습니다. 그러나 그간 〈스타특강쇼〉 〈김미경 쇼〉 〈어쩌다 어른〉 등 강연을 소재로 한 프로그램을 성공시킨 정민식PD에 대한 믿음과 당시 방송에서 알아주는 강사를 섭외해오는 것을 보면서 '그래도 중간은 가겠지'라는 예능PD만의 얄팍한 계산(?) 아래 탄생한 것이 tvN 〈요즘책방 : 책 읽어드립니다〉입니다.

그리고 얼마 후, 채널편성업무로 보직이 바뀌어 tvNstory 채널 개국을 준비하던 저는 tvNstory만의 오리지널 콘텐츠를 찾고 있었습니다. 그때 정민식PD가 제게 가져온 프로그램이 〈책 읽어주는 나의서재〉였습니다.

"또 책이냐?"라는 저의 농담 섞인 빈정거림에 정민식PD는 진지하게 설득했고, 기획안 중간에 있는 한 줄의 문장이 눈에 들어왔습니다.

'이제는 정답의 시대가 아닌 견해의 시대다'

'책 속에 정답이 있고 길이 있다'는 말을 귀에 못이 박히도록 듣고 자란 세대에게 책은 그냥 정답이라고 믿고, 저자의 생각을 오롯이 내 것으로 만드는 것이 미덕이었습니다. 다양한 정보가 넘쳐나고 각자의 의견이 다양한 미디어를 통해 충돌하고 갈등을 빚어내는 요즘, 나만의 견해를 가진다는 것은 어쩌면 당연하면서도 어려운 일입니다.

〈책 읽어주는 나의서재〉는 바로 그런 고민에서 출발한 프로그램입니다.

자신만의 영역에서 일가를 이룬 소위 '오늘의 독썰가'들은 짧은 자기소개 인터뷰에 이어 오래된 자신의 서재를 보여주고 고심 끝에 고르고 고른 한 권의 책을 50분간 소개합니다.

그간 책 관련 프로그램은 책의 내용을 충실히 전달하는 데 집중하며 이 프로그램을 보면 책 한 권을 다 읽은 효과가 있다며 저 같은 게으른 독서가를 유혹했습니다. 그러나 〈책 읽어주는 나의서재〉는 '오늘의 독썰가'들이 책을 통해 얻은 자신의 '견해'를 다양한 현실 사례를 바탕으로 이야기합니다. 그 이야기를 따라가다 보면 쉽게 고개를 끄덕이며 동의하는 자신을, '저건 내가 생각하는 것과 좀 다른데?'라는 자신을 발견할 수도 있습니다.

정보전달 기능과 오락적 기능이 강한 TV라는 매체가 인문학에 관심을 가진 것은 다양해진 시청자들의 관심사 때문입니다. 자극적인 웃음으로 높은 시청률을 기록하던 예능 프로그램도 관찰 리얼리티라는 장르로 발전하며 '진짜 이야기'를 좋아하는 시청자들에게 사랑받고 있습니다.

〈책 읽어주는 나의서재〉는 그런 의미에서 '진짜 책의 이야기'를 담고 있습니다.

TV에 어울릴 것 같지 않은 책이라는 소재가 TV를 통해 사랑받고, 다시 한 권의 책으로 세상에 나왔습니다. 책은 갓 인쇄된 활자의 냄새를 맡으며, 한 장 한 장 넘기는 게 제맛이라고 굳게 믿는 저 같은 아날로그 세대에게는 무척 반가운 일입니다. 50분이라는 짧은 방송 시간에 다 담지 못한 '오늘의 독썰가'들의 진짜 이야기를 한 장 한 장 페이지를 넘기면서 확인하실 수 있습니다.

〈책 읽어주는 나의서재〉는 tvNstory 채널을 통해 지금도 계속 그 이야기를 이어가고 있고, 그 내용들이 또 쌓이면 다시 또 한 권의 책으로 나올 것이라 믿습니다.

〈책 읽어주는 나의서재〉가 더 많은 분에게 사랑받으면 좋겠습니다. 우리가 만든 콘텐츠가 더 많은 사랑을 받으면 좋겠다는 한 방송쟁이의 소망이기도 하지만, 더 나아가 정답이 없는 세상에서 자신만의 견해를 갖고자 하는 사람이 많아졌으면 하는 기대도 크기 때문입니다. 〈책 읽어주는 나의서재〉를 TV라는 매체를 통해서든, 유튜브 등 디지털 매체를 통해서든 아니면 이제 나온 이 한 권의 책으로 접하셔도 좋습니다.

정답이 없는 시대, 자신만의 견해로 가득 찬 '나의 서재'를 만드시길 바랍니다.

CJ ENM 채널사업부장 김종훈

차례

과학자의 서재

사회학자의 서재

오늘의 독썰가
인지심리학자 김경일 교수

#우리나라 내표 인시심리학자
#아주대학교 심리학과 교수
#게임문화재단 이사장
#인간의 판단, 의사결정, 문제해결, 창의성 연구
#〈어쩌다 어른〉〈책 읽어드립니다〉 등 출연
#저서 『지혜의 심리학』『이끌지 말고 따르게 하라』『어쩌면 우리가 거꾸로 해왔던 것들』『십대를 위한 공부사전』『적정한 삶』『심리 읽어드립니다』 등

오늘 함께할 책
『개소리에 대하여』, 해리 G. 프랭크퍼트, 필로소픽

#읽었지만 읽지 않았습니다
#서울대학교 수시 문제
#불면증 해소에 탁월
#귤보다 가벼운 책

불쉿(Bullshit)은 우리말로 개소리라고 옮겨지는 비속어지만, 사실 '개소리'에는 상당히 복잡한 의미 구조가 숨어있다. 프린스턴 대학교 철학과의 해리 프랭크퍼트 교수는 분석철학 특유의 꼼꼼한 개념 분석을 바탕으로 우리가 일상적으로 사용하는 '개소리'라는 말에 담긴 숨은 의미와 그것의 사회적 파급력에 대해 낱낱이 뜯어본다. 저자는 '개소리'의 본질이 무엇인지, 개소리와 거짓말이 어떻게 다른지, 우리가 왜 개소리를 경계해야 하는지를 언어 분석 기법을 통해 설득력 있게 풀어나간다.

거짓말보다 위험한 개소리에 대한 이야기

김경일 교수×『개소리에 대하여』

제가 오늘 소개해드릴 책은 『On Bullshit』, 우리말로 번역하면 『개소리에 대하여』라는 책입니다. 제목을 한 번 들으면 잊을 수 없는 그런 책이죠. 표지만 봐도 유럽풍의 아주 고풍스러운 디자인에 답답한 느낌이 물씬 납니다. 엄청나게 두꺼워서 손이 안 갈 듯한 외양이죠. 하지만 재밌는 반전이 있습니다. 사실 이 책은 정말 작고 얇습니다.

저는 가끔 학생들에게 장난을 칩니다. 대학원생이 책 한 권을 정해서 읽고 발표를 하는데 이 책과 함께 아주 두꺼운 책을 주고 '둘 중 어느 걸 발표하겠느냐'라고 하면 이 책으로 하겠다고 선배들이 우격다짐하기 시작합니다. 후배들에게는 '두꺼운 책을 해야지! 그런 책을 공부해야 학문이 느는 거야'라고 하면서 말이죠.

그런데 이 책을 선택한 학생은 이제 지옥을 경험하게 됩니다. 왜냐, 정말 어렵기 때문입니다. 그럼에도 불구하고 제가 이 책을 선택한 이유는 전공자와 학자 사이에서 좋은 책으로 정평이 나 있기 때문입니다. 처음 읽는 분들이 무슨 개소리를 잔뜩 적어놨느냐 하면서 첫 장만 읽고 덮는 게 안타깝더라고요.

그래서 제가 인지심리학자로서, 그리고 최근 심리학자에게 많이 주어지는 질문 중 하나인 이 개소리에 대해서 좀 더 쉽게 풀이해드릴 수 있지 않을까 싶었습니다. 이 책을 인용했던 명망 있고 학식 높은 수많은 심리학자의 이야기는 보너스로 들려드리겠습니다.

개소리의 천국

세계적으로 저명한 도덕 철학자 해리 G. 프랭크퍼트 교수가 1986년 개소리에 관한 연구 논문 한 편을 발표했습니다. 그리고 이 책은 바로 그 논문을 바탕으로 만든 일종의 증보판이라 생각하면 됩니다. 대학원생들과 이 책으로 세미나를 한 적이 있는데 책을 다 읽고 난 뒤에 한 학생이 이러더라고요.

"교수님, 이 책 정말 어렵고 좋은 책인 것 같긴 한데요. 이 책 자체가 개소린데요."

사실 이 책은 첫 문장부터 우리를 실망시키지 않습니다. 강렬해서 잊을 수 없는 문구가 너무나 많습니다.

우리 문화에서 가장 눈에 띄는 특징 가운데 하나는 개소리가 너무도 만연하고 있다는 사실이다. 모든 이가 이것을 알고 있다. 우리 모두 어느 정도는 개소리를 하고 다니니까.

_7쪽 중에서

책의 첫 문장처럼 요즘 우리 사회는 개소리의 천국이죠. 과연 이 개소리의 정확한 뜻은 뭘까요? 저자는 개소리, 즉 'Bullshit'의 의미를 옥스퍼드 영어사전에서 찾아보았습니다. 사전에서 'bull'은 '더운 공기' 즉 의미를 지니지 못한 그냥 입에서 나오는 입김에 불과한 것, 그리고 'shit'은 '똥', 그냥 싸지르는 것으로 정의되어 있었습니다. 영양가 있는 의미가 제거된, 어떤 경우에도 공들여 만든 것은 아닌 것으로 해석한 겁니다. 즉 개소리는 '생각 없이 영양가 없는 말을 싸지르는 것' 정도가 되겠네요.

그렇다면 개소리 중 실제로 경험한 최악의 개소리 하나를 말씀드리겠습니다. 제가 대학교 다닐 때 굉장히 충격적인 장면을 경험한 적이 있습니다. 같은 과 선배와 함께 캠퍼스를 걷고 있었는데요. 우리 두 사람 모두 알지 못하는 어떤 여학생이 벤치에 앉아서 담배를 피우고 있었습니다. 그런데 같이 길을 걷던 그 선배가 여학생에게 "이 XX야, 담배 꺼!"라고 말합니다. 여학생은 깜짝 놀라기도 했지만 엄청나게 화가 났겠죠. 그래서 당연히 항의입니다. 그런데 항의를 받은 그 선배가 "여자는 땅이고, 남자는 하늘이야. 어딜 감히!"라며 더 화를 냈습니다.

그런데 여기서 포인트는요, '여자는 땅이고, 남자는 하늘이야'만이 개소리인 게 아니라는 겁니다. 더 최악의 개소리에 해당하는 것이 있죠. 그게 바로 '어딜 감히'입니다. 이렇게 '어딜 감히'라고 얘기하는 사람들은 개소리하기가 쉽습니다. 그리고 반대로 개소리를 많이 하다 보면 필연적으로 '어딜 감히'가 자주 나오게 됩니다.

우리 주위에 '어딜 감히'를 자주 사용하는 사람들, 즉 개소리를 하는 사람들에 대해 프랭크퍼트는 '왜곡된 나르시시즘'이라고 말합니다. '어딜 감히'라는 말을 한다는 건 왜곡된 나르시시즘을 기본적으로 가지고 있다는 것이고, 이런 나르시시즘을 가지고 있는 사람은 실제로 '나는 너보다 잘났고 본질이 다르게 태어났다'는 생각을 기본적으로 깔고 있으니 '어딜 감히'라는 말을 자주 사용하게 된다는 것입니다.

특히 자기 부하 직원이나 후배에게 굉장히 나이스하고 따뜻한 선배였는데 갈등이 생길 때 '어딜 감히'라고 말한다면, 이는 그 선배의 민낯이 드러난 것으로 볼 수 있습니다. 그 선배는 후

배를 수평적인 관계가 아니라 자신의 아래로 보고 있었고, 다만 아랫사람에게 관용을 베푸는 마음으로 잘해주었던 거죠. 그러니 이해관계가 상충하거나 갈등이 생겼을 때 자기 본심을 보인 겁니다. '어딜 감히', 개소리를 만들어내기 정말 쉬운 말입니다.

이런 경우도 있습니다. 제가 잘 아는 어느 야구선수가 팀 감독에게 들었던 얘기입니다. 그 감독은 제 지인인 그 야구선수를 평소 못마땅해했다고 합니다. 그래서 공을 잘 못 던질 때나 연습하는 모습이 불만족스러울 때 그 선수에게 안 좋은 얘기를 하곤 했습니다. 그래도 그 선수는 열심히 연습을 했고 점점 기량이 좋아지기 시작했습니다. 그런데도 그 감독은 여전히 그 선수를 못마땅해했다고 합니다.

그러던 어느 날, 그 선수는 정말 거의 완벽한 투구를 선보였고 이후 계속 완벽한 스트라이크를 던졌습니다. '이 정도면 감독님도 나를 미워하는 말은 하지 않겠지' '내게 상처가 되는 말은 그만하시겠지'라고 생각했다고 합니다. 그런 마음을 담아 슬쩍 감독님을 쳐다봤더니, 감독님이 이렇게 말하더랍니다.

"혼이 담겨져 있지 않아. 스트라이크라도 스트라이크가 아니야." 이건 내가 어떻게 해도 나를 싫어할 거라는 뜻으로 받아들일 수밖에 없는 말이죠.

이외에도 무수히 많습니다. 데이트 폭력을 일삼거나 스토킹

하는 남자들이 자주 하는 말이 있죠. '사랑해서 그랬습니다' 그리고 부하 직원에게 본인의 일을 떠넘기면서 하는 상사의 말중에 '다 너 잘 되라고, 네 성장을 위해서, 너를 훈련시키기 위해서 하는 거야' 등등. 일상에 이렇게 너무나도 많은 개소리가넘쳐납니다.

개소리의 3요소

그렇다면 이런 개소리의 특징은 뭘까요? 바로 내 느낌대로 자기 자신을 정당화시킨다는 겁니다. 내 욕구를 솔직하게 드러내지 않으면서 '내 느낌은 맞아'라고 정당화하고 싶을 때 우리 입에서 쉽게 나오는 게 바로 아무런 근거가 없는 Bullshit, 즉 개소리라는 겁니다. 심리학적으로요.

제가 예전에 모 기업에서 그 기업 임직원 가족의 식사 문화를 좀 더 개선해보자는, 아주 재미있고 의미 있는 캠페인에 자문 교수로 동참한 적이 있습니다. 그래서 저는 심리학자랍시고 그분들이 각 가정에서 찍어온 가족 식사 사진을 본 적이 있었죠. 거기서 저는 제 모습을 보았습니다. 저를 포함한 굉장히 많은 아빠들이 식사 자리에서 이런 얘기를 하죠. '밥 먹을 때 조용히 해' 저도 꽤 많이 해봤습니다. 그런데 아빠들이 '밥 먹을 때는 조용히 하는 거야'라는 말을 언제 하나 봤더니, 가족들이 자

기 말을 안 들어줘서 삐쳤을 때더라고요. '왜 내 말을 안 들어
줘, 내 얘기를 들어줘야지'라고 하는 욕구가 생겼는데 그 욕구
를 솔직하게 얘기하지 못하면서 내 느낌, 나의 불편한 감정은
정당화하고 싶은 거죠. 내 지위를 부정당하고 싶지 않아서 솔직
히 말할 수는 없지만 표현은 하고 싶은, 그래서 '밥 먹을 때 조
용히 해'라는 소리를 하게 되는 겁니다.

　얼마 전에 늦게까지 일하다 지친 몸을 이끌고 귀가한 적이
있습니다. 집에 들어서면서 "아빠 왔어"라고 말을 했는데 저희
막내 딸아이가 나오지 않는 거예요. 아이가 나오지 않는 시간이
5초, 10초, 15초 길어지면서 저는 별의별 생각을 다했습니다.
'내가 자식을 잘못 키웠나?' '우리 딸이 정말 예의범절을 모르는
건가?' '아니, 애엄마는 도대체 뭐 한 거야!' 그런데 알고 보니
아이가 옷을 갈아입고 있었어요. 군대도 아닌데 10초 만에 옷
을 갈아입기 힘들죠. 그런데 저는 그 10초를 못 기다리고 가정
교육, 요즘 어린 애들, 세상의 문화, 아내 탓, 심지어 MZ세대의
문제점까지 연이어 떠올리고 있었습니다. 그러면서 '아빠가 왔
는데 나오지 않는 이 행위는 오만 불손한 행위다'라고 하는 모
든 종류의 개소리를 할 준비가 돼 있더라고요. '아빠로서의 지
위가 흔들릴 수도 있구나' 하는 전조만으로 온갖 생각을 했던
것인데요. 바로 여기에서 개소리의 세 가지 요소가 있음을 알
수 있습니다.

실제로 제자 중 한 명이 조직 내 헛소리 연구를 하고 있습니다. 그 연구에 따르면 개소리에는 세 가지 욕구가 내재해 있다고 하는데요. 첫째는 인정받고 싶은 욕구입니다. 둘째는 자기를 상승시키고 싶은 욕구인데, 여기서의 상승은 자기계발이 아니라 그저 높아지고 싶은 욕구를 말합니다. 마지막으로 셋째는 이렇게 확보된 자기 지위를 침탈당하거나 빼앗기고 싶지 않은 욕구입니다. 그리고 이런 욕구가 강한 사람은 내가 무언가를 시켜야 할 때 또는 하자고 할 때, '이게 나한테 도움이 된다' '나에게 이득이 된다'는 것을 밝히기를 극단적으로 꺼립니다.

기업에서 임원들이 회의할 때 재미있는 건 회의의 상당 부분은 사실 그 회의를 주관하고 있는 임원을 위한 것이라는 점입니다. 부장이 과장 열 명을 데리고 회의한다면, 상당수의 회의는 사실 그 부장이 회의가 끝나고 만날 상사에게 얘기할 거리를 만들어주는 회의라는 의미입니다. 그런데 부장은 그걸 인정하기 싫습니다. 그러니까 자꾸 개소리를 하게 되지요. 그러면 그 회의에 참석한 과장들의 기분은 점점 이상해지고, '내가 왜 이런 회의를 하고 있나' 나아가 '내가 왜 이런 회사에서 일하고 있는가' 하는 생각을 하게 된다는 거죠. 심지어는 자기가 굉장히 중요한 일을 하고 있음에도 불구하고 '내가 이 일을 해서 뭐 하지' 하는 자괴감까지 듭니다.

그래서 저는 종종 기업의 회의 문화를 개선하기 위해서 아주 재미있는 제안을 합니다. 그 회의에서 제일 높은 사람 혹은 그 회의를 주관하는 사람이 '여러분, 이건 나를 위해서 하는 회의입니다'라고 솔직하게 밝히고 회의를 진행하라는 겁니다. 그러면 두 가지 좋은 점이 생깁니다. 첫째, 내가 왜곡된 얘기, 즉 개소리를 덜하게 됩니다. '이게 다 여러분을 위해서 하는 겁니다' 이런 말을 안 할 수 있다는 거죠. 둘째, 그 회의에 참석한 후배와 부하 직원들이 나의 이 솔직한 말 때문에 허심탄회하게 나를 더 제대로 도와줄 수 있다는 겁니다.

'나도 무언가를 가지고 싶다' '이건 나의 욕구다'라는 걸 허심탄회하게 얘기하지 않는 사람들, 그럼에도 불구하고 계속 존중받고 싶은 사람들이 개소리를 하는 겁니다. 심지어 그 많은 막말로 여러 풍파를 일으켰던 미국의 전 대통령 트럼프조차도 그 많은 말 중에 거의 아니, 사실 한 번도 찾아볼 수 없는 소리가 바로 '이게 나를 위한 것이다'입니다.

거짓말보다 무서운 개소리

그러면 이쯤 되면 드는 의문 하나, 개소리는 거짓말일까요? 해리 프랭크퍼트는 개소리가 거짓말보다 훨씬 더 위험하다고 했습니다. 책에서 그 구절을 찾아볼 수 있습니다.

거짓말을 하는 것은 날카로운 초점을 가진 행위다. (중략) 거짓말쟁이는 불가피하게 진릿값에 관심을 가져야 한다. 거짓말이란 것을 지어내기 위해서 거짓말쟁이는 무엇이 진실인지 자신이 알고 있냐고 생각해야만 한다. 그리고 효과적인 거짓말을 지어내려면 거짓말쟁이는 자신의 허위를 그 진리의 위장 가면 아래에 설계해야 한다.

_53~54쪽 중에서

프랭크퍼트는 거짓말을 하는 것은 날카로운 초점을 가진 행위라고 말했습니다. 여기서의 날카로운 초점이란 무엇일까요? 바로 정교해야 한다는 겁니다. 그럼 거짓말이 왜 정교한 행위가 될 수밖에 없을까요? 그 이유는 항상 참에 기반을 두고 있기 때문입니다. 즉 참에 기반을 두고 다른 이야기를 해야 하기 때문에 더 치밀하고 정교해질 수밖에 없다는 거죠. 하지만 여기서 중요한 건 적어도 거짓말하는 사람은 참이 무엇인지 알고 있다는 겁니다. 그렇기 때문에 거짓말쟁이는 진실에 대한 두려움이 있어요. 책에 이런 구절이 있습니다.

따라서 거짓말을 하는 사람은 진리에 대해 반응한다. 그리고 그는 그만큼 진리를 존중하는 셈이다.

_58쪽 중에서

이 문장에서 존중을 두려움으로 바꿔보세요. 거짓말하는 사람은 참을 두려워한다는 거예요. 따라서 거짓말하는 사람에게는 참을 얘기해주면, 즉 팩트 체크를 해버리면 와장창 무너집니다. 그런데 개소리쟁이에게는 이게 유효하지 않습니다. 그는 진리의 편도 아니고 거짓의 편도 아닙니다. 그럼 누구 편일까요? 바로 자기 편이죠. 굉장히 중요한 부분입니다. 그렇기 때문에 개소리쟁이는 팩트 체크를 해봐야 아무 소용이 없습니다.

개소리쟁이는 사태의 진상이 실제로 어떠한지에 대해 무관심하다고 저자는 분명히 말하고 있습니다. 그런데 철학에서의 무관심은 우리가 생각하는 무관심과는 다릅니다. 심리학적으로 풀어볼 때 '무관심하다'는 것은 '부정한다'는 뜻입니다. 그래서 개소리에는 정교함도 없고 참도 없기 때문에 거짓말보다 개소리가 더욱더 위험하고 무서운 겁니다.

개소리가 낳은 집단, 이단

요즘 들어 우리 사회에서 개소리에 대한 현혹과 믿음이 훨씬 더 심해졌음을 느낄 수 있습니다. 사회가 다양화되고 온라인 중심의 세상이 되면서 반드시 거쳐야 하는 혼란이 생겼기 때문이죠. 저는 10년 전에 비해서 인간관계가 느슨해지고 넓어졌습니다. 맛있는 음식 먹을 때 주로 만나는 친구들이 생겼고, 또 소주를 마실 때 주로 만나는 친구들이 있습니다. 와인을 마실 때나 막걸리를 마실 때는 또 다른 친구들을 만납니다. 그러다 보니 죽마고우는 이제 별로 없다는 생각이 듭니다.

예전에 아주 소수의 사람이 마을에 옹기종기 몰려 살았을 때는 동네 친구가 굉장히 중요했습니다. 저 역시 예전에는 동네 친구 몇 명과 몰려다니면서 술도 늘 같이 마시고 놀 때도 같이 놀던 적이 있었습니다. 친구의 생각이 곧 저의 생각이고 저의 생각이 곧 그 친구의 생각이라, 우리의 생각이 사회의 평균적인 생각과 좀 동떨어져 있다는 느낌을 받기도 했습니다. 그런데 지금처럼 다소 느슨하지만 다양한 사람을 만나다 보면 어느 순간 그 사회의 평균적인 생각을 알게 됩니다. 그리고 느슨하지만 다양한 사람을 만나서 이 사회의 보편적이고 평균적인 생각이 어느 지점에 있는지 아는 사람들이 개소리를 하지 않고 또 개소리에 당하지 않습니다. 왜냐하면 비합리적인 신념이 생기지 않기 때문입니다.

우리는 앞으로 좀 더 다양하지만 느슨한 관계로 나아갈 겁니다. 지금은 예전 시골 마을에서처럼 소수의 인맥을 형성하던 과거에서 다양하고 느슨하면서도 폭넓은 관계로 가는 일종의 과도기라고 생각합니다. 유비, 관우, 장비의 도원결의형 인간관계가 진짜 인간관계라 여기고 이런 관계에만 집착하면 우리는 점점 비합리적인 신념에 매몰될 수밖에 없습니다. 그리고 이런 만

남을 지속할 때, 개소리에 현혹되는 순간이 오게 되는 거죠.

이런 점을 십분 발휘하는 게 바로 개소리를 잘 사용하는 이단 종교이기도 합니다. 이단 종교는 사람들이 사회의 평균적인 생각을 인식하지 못하게 하면서 이단 종교 안에 소속된 사람들의 아주 극단적인 생각만 계속해서 믿게끔 합니다. 그 생각이 바로 개소리죠.

지금까지 논의된 프랭크퍼트의 책에 근거해보면 이단 종교도 두 가지 부류가 있음을 알 수 있습니다. 첫째, 종교를 설파하는 사람이 자기의 목적을 위해 거짓말하는 이단 종교. 두 번째, 설파하는 사람도 진심으로 개소리를 하는 이단 종교. 당연히 두 번째가 더 무서운 경우입니다. 그 대표적인 예가 바로 무려 900명의 집단 자살을 불러일으킨 미국의 사이비 종교인 '인민사원' 사건입니다. 도대체 그가 한 개소리는 뭘까요?

'죽음은 단지 잠든 상태일 뿐이다' '당신은 죽더라도 살 것이다' '살아서 믿는 자는 절대로 죽지 않을 것이다' '핵폭발로 인류가 멸망할 것이고 나를 따라야 살 수 있다' 여기에는 어떤 특징이 있을까요? 일단 사람들이 드러내기 어려운 욕구를 굉장히 잘 자극하면서, 거기에 더해서 심오한 단어가 많습니다. 그런데 이 심오한 단어들이 무의미하게 연결되면, 사람들은 꽤 많은 경우 그 단어가 심오하다는 이유만으로 거기에 혹하거나 몰입하게 됩니다.

개소리에 쉽게 현혹되는 사람은?

미국에 소위 말하는 'Bullshit Generator', 즉 개소리를 만들어주는 재미있는 사이트들이 있습니다. 그런데 이 사이트들에서 버튼 하나만 누르면 그냥 아무 얘기나 심오하게 만들어냅니다. 사실은 아무 의미 없는 얘기죠. "Intuition differentiates into potential reality."(직관은 잠재적인 현실 안으로 차별화된다) 무슨 소릴까요? "God in entangled in the mechanics of love."(신은 사랑의 역학관계 속으로 얽혀 있다), "Experiential truth self interacts with new human observation."(체험 진리는 새로운 인간 관찰과 상호작용한다) 이단 종교에서 많이 하는 말들이죠. "XML technique is inextricably connected to essential observations."(XML 기법은 본질적인 관측과 불가분의 관계가 있다) 심지어 이 문장은 기업에서도 쓸 수 있는 개소리입니다. 회사에서 어떤 사람이 이런 얘기를 하면, 사장님이 이렇게 반응할 수도 있습니다. "좋은 지적이야!"

공통점이 있죠. 심오하거나 격조 높은 단어를 아무렇게나 배치했어요. 단어를 살펴보면 '직관' '잠재' '현실' '신' '사랑' '역학관계' '체험' '진리' '관찰' '상호작용' '본질' '불가분' 이렇게 고급 어휘로 이루어져 있습니다. 그런데 이 단어들을 아무 생각 없이 연결하고 연결하고 연결해서 더 멋있어 보이게 만듭니다.

그런데 이런 단어는 어떤 사람들에게 더 익숙할까요? 수준 높은 교육을 받은 이들에게 익숙하겠죠. 그리고 자기가 전문가라고 생각하는 이들에게 더 친숙하겠죠. 이 말은 그런 사람일수록 말도 안 되는 개소리를 어떻게 해서든 이해하려고 한단 뜻입니다. 내가 저 단어들과 친숙하니까요. 그런데 생각해보면 내가 어떤 말을 이해하려고 노력하는 대부분의 상황은 나에게 중요한 사실을 접할 때죠. 그러니 뇌가 착각을 일으키는 거예요. 나에게 중요한 사실을 접할 때 집중하게 된다, 그런데 내가 집중한다, 그러면 이건 중요하구나! 이런 착각이 일어납니다. 이건 똑똑하다고 해서, 반드시 교육 수준이 높다고 해서 이단적 개소리에 현혹되지 않는 건 아니라는 뜻입니다. 교육 수준이 높다는 건 특정한 개념이나 특정한 개별 단어에 대한 친숙도가 높다는 것뿐 그걸 연결하는 건 다른 일입니다. 그렇기 때문에 교육 수준과는 상관없습니다.

그걸 너무나도 잘 보여준 캐나다 리자이나 대학의 고든 페니쿡 교수는 해리 프랭크퍼트의 『개소리에 대하여』를 그 누구보다도 의미 있게 읽은, 그리고 책을 가장 많이 인용하는 사람이기도 합니다. 이그노벨상 수상자이기도 한 고든 페니쿡 교수는 개소리에 어떤 사람이 잘 현혹되는지, 재미있는 실험을 한 것으로도 유명합니다. 이른바 'Bullshit Receptor Ability', 개소리 수용성입니다.

이 개소리 수용성이 높은 사람들이 누구냐, 생각의 깊이가 낮은 사람입니다. 그러니 고든 페니쿡 교수는 여기서 이런 이들에게 일침을 놓는 거죠. 얕고 넓게 아는 사람, 바로 이런 사람들이 제일 위험하다는 거죠. 그리고 두 번째로 많이 배웠지만 지적 수준이 낮은 사람들, 특히 유동지능이 약한 사람들이 개소리에 쉽게 빠지고 쉽게 믿는 경향이 강한 걸로 나옵니다.

이 유동성 지능은 동작성 지능이라고 얘기하는데 전반적으로 추론·추리 능력을 의미합니다. 무언가 생각할 때 한 번 두 번 더 곱씹어보는 능력이죠. 이 능력이 낮으면 교육 수준이 높아도 개소리에 당할 가능성은 높다는 거예요.

세 번째가 굉장히 의미심장합니다. 존재론적인 혼동이 많은 사람이 개소리에 잘 당한다고 합니다. 존재론적 혼동, 어떤 걸까요? '사람이 왜 사람이야?'라고 물으면 '움직이니까'라고 대답합니다. 그런데 이런 생각은 개체 존재의 의미에 대해서 그냥 표피적·표면적으로만 생각하는 거죠. 사실 우리 모두는 존재론적 혼동을 가지고 있습니다. 다만 이 혼동감이 유난히 많은 사람이 음모론과 관련된 개소리에 민감하게 반응한다는 거예요.

마지막으로 고든 페니쿡 교수는 이상향에 대한 동경이 강한 사람일수록 개소리에 잘 당한다고 말합니다. 이상향은 뭘까요? 바로 완벽한 세상입니다. 그런데 이런 세상을 지나치게 그리는 사람은 누구일까요? 현실을 부정하고 싶거나 현실에 억압받은 사람들이겠죠. 그래서 특히 어린 시절에 부모나 훈육자에게 많이 억압받은 사람들이 이상향에 대한 집착이 강해진다는 건 심리학에서 잘 알려진 사실입니다.

그리고 여기에는 또 다른 생각의 정교한 메커니즘이 있습니다. 부모에게 억압을 많이 받으면 깊이 생각할수록 더 괴롭습니다. '내가 왜 이런 억압을 받을까' '내가 왜 이런 어려운 상황에 있을까' 그래서 깊이 생각하지 않게 됩니다. 생각을 깊이 하지 않게 만드는 것 중 하나가 '이상향이 저기 있다'라는 유혹입니다. 재미있는 건 이렇게 억압을 많이 받은 사람은 나중에 성인이 되어 또 다른 억압을 즐기는 경우가 꽤 있습니다.

가끔 이런 질문을 받습니다. 직장 내 어떤 사람이 있는데 이 사람이 유난히 따돌리는 걸 좋아하고 조직 내에서 편 가르는 걸 좋아한답니다. 직장에 꼭 이런 사람들이 있죠.

자, 그런데 이런 경우에 그 사람을 자세히 관찰해보면 이 사람 자신이 따돌림을 당할까 봐 너무너무 두려워하는 마음이 큰 경우가 많습니다. 대부분 과거 따돌림을 당한 경우가 많다는 거죠. 그래서 이들은 따돌림 받지 않기 위해서 친사회적으로 가는 긍정적 전략을 취하기도 하지만, 일부는 즉 내가 고립되는 상황을 원천봉쇄하겠다는 매우 그릇된 신념을 가지고 있는 경우도 있습니다.

그렇다면 이런 사람을 막을 수 있는 방법이 뭐겠습니까? 의외로 그 사람을 아주 강하게 구속해주는 거예요. 굉장히 권위주의적인 상사를 붙여서 그 사람을 강하게 다스리는 상황을 만들면 그 사람은 오히려 구속됐으니 소속감을 느끼게 됩니다. 그래서 이 소속감이 고립될 수 있다는 불안을 상당히 해소시키는 아주 재미있는 일종의 '맞불 백신 효과'를 주는 거죠. 그래서 불안이 강한 사람일수록 타인 혹은 사회가 오히려 자기를 어느 정도 구속해주기를 원한다고 하죠. 그런데 만약 구속하는 상사가 개소리에 능숙한 교주형 인간이라면 문제가 어떻게 진행될까요?

히틀러가 정권을 잡은 비결

불안하고 혼란한 상황에서 이를 해결해줄 사람을 원하던 시기에, 바로 그 점을 잘 건드리면서 개소리에 능숙했던 가장 대표적인 인물이 히틀러입니다. 그가 했던 말 중에 대표적인 개소리 몇 개를 한번 알아볼까요?

"가장 단순한 개념을 천 번은 되풀이해야 대중은 비로소 그 개념을 기억할 수 있다." 대중을 얼마나 깔보는 말입니까? 개소리죠. "유대인은 예전에 내 예언을 비웃었지만 이제 비웃을 유대인은 없을 것이다." 씨를 말려버리겠다는 개소립니다. "어떤 경제 정책도 칼 없이는 불가능하다." "어떤 공업화도 권력 없이는 불가능하다." "우리는 신이 정한 사명을 완수하기 위해 선택된 사람들이다." 개소리 3종 세트죠. 정말 완벽한 개소리의 종합 선물세트 같습니다.

어떻게 이런 개소리가 존재할까? 히틀러의 개소리에는 두 가지 축이 있습니다. 첫 번째는 여성, 장애인 그리고 그 외 모든 소수자에 대한 증오. 두 번째는 나쁜 방법이나 나쁜 수단에 대한 강한 정당화입니다.

히틀러는 엄격한 아버지 밑에서 자라 학대를 당했다고 전해집니다. 원하는 미대 진학에 실패했고, 기록에 의하면 노숙자 생활을 전전했다는 설도 있습니다. 이런 히틀러의 양대 콤플렉스가 솔직하지 못한 욕구인데 이는 개소리를 낳기 쉬운 상황을 스스로에게 만들죠.

그렇기 때문에 이 개소리를 누구한테 어필했느냐? 독일의 다수에 해당하는, 즉 나는 다수에 해당하는 사람이라고 생각하지만 여전히 불안하고 혼란스러운 자들에게 어필했습니다. 그리고 더 강해지고 싶은데, 더 힘 있고 싶은데 그 방법을 잘 모르던 사람들, 이런 사람들에게 어필했죠. 하지만 잘 살펴보면 솔직하게 표현하는 걸 싫어하는 소위 말하는 위선적인 사람들에게 어필했던 겁니다. 히틀러는 그들에게 진심으로 개소리를 하면서 자기 목표를 이뤄나갔던 겁니다. 왜냐하면 사람들은 히틀러의 진심을 봤거든요. 히틀러는 투표로 정권을 잡았습니다. 쿠데타로 정권을 잡은 게 아니에요.

여기서 우리는 선거에서 어떤 사람을 뽑는지 한번 생각해볼 필요가 있죠. 최악의 선거로 꼽힌 2004년 미국 대선이 있습니다. 공화당의 조지 부시와 민주당의 존 캐리가 치렀던 2004년의 미국 대통령 선거는 당시에 부시가 2001년 9·11테러 이후 전쟁을 일으키면서 많은 여론이 부정적으로 변해, 심지어 침팬지가 나와도 이긴다는 말이 나올 정도로 부시에게 불리한 선거였습니다. 그런데 결과는, 부시가 이겼습니다. 부시가 재선에 성공한 거죠.

그 이유를 찾기 위해서 텍사스 대학의 저명한 언어분석심리학자 제임스 페니베이커 교수가 부시와 캐리의 연설 언어를 분석한 적이 있습니다. 그리고 이 분석 결과를 담은 논문은 많은 연구자에게 회자가 되죠. 당시 존 캐리의 참모들은 따뜻한 이미지를 위해 '나'라는 단어 대신 '우리'라는 단어를 더 많이 사용하라고 조언했습니다. 캐리는 부시에 비해서 '우리'를 두 배 더 사용했습니다.

그런데 이게 패배의 원인이 됐습니다. 페니베이커 교수에 의하면 '우리'라는 단어는 정치인이나 권위자가 사용할 경우, 아주 차갑고 딱딱하며 감정적으로 멀게 느껴지게 만듭니다. 반면 어떤 사람이든 일인칭 단수 대명사인 '나'의 사용 빈도가 높을 수록 그 사람이 약간 거만해보일 수도 있고 그 사람이 약간 자기중심적이라고 느낄 수 있지만, 어쨌든 진정성은 높다고 느낀다는 거예요. 왜냐하면 무언가를 말할 때 '우리'라는 게 아니라 '나', 나의 이야기를 하기 때문입니다.

그래서 사과를 받을 때 '우리 회사를 대표해서 사과드립니다'라는 말에 사람들이 진정성을 못 느낍니다. 그런데 '제가 사과드립니다'라는 말에 사람들은 진정성을 느낀다는 거죠. 부시가 매력 없는 개소리 혹은 헛소리를 연설문에 더 많이 담았습니다. 하지만 사람들은 그게 부시의 진심이라고 느낀 거죠. 말도 안 되는 얘기를 하더라도 진정성 있게 하면 선거에서 유리하다는 거예요.

그렇다면 우리가 왜 거짓말보다 개소리에 더 관대한지 이유가 나오죠. 사람을 볼 때 뭘 보나요? 진정성을 봅니다. 진정성이 있다는 것은 솔직하다는 거죠. 그런데 솔직한 사람은 진심어린 좋은 사람이라는 가정을 너무 쉽게 해온 탓입니다. '진심이다'와 '선하다' 혹은 '진심이다'와 '좋은 것이다'라는 가정이 너무 쉽게 이루어져 왔다는 거예요. 그런데 진심으로 나쁜 말 하는 사람도 있겠죠. 진심으로 이상한 얘기하는 사람도 있을 거 아니에요. 바로 그게 개소리가 제일 무서운 이유입니다.

부장님이 개소리하는 이유

권력의 시대에는 왕이 있습니다. 그리고 항상 그 밑에 간신이 있습니다. 간신은 어떤 사람인가요? 자기의 이득을 위해 거짓말하는 사람입니다. 하지만 개소리쟁이는 지금까지 살펴본 내용에 따르면 간신이 아니죠, 진심어린 말을 하잖아요. 우리는 지금까지 참을 얘기하는 사람, 거짓을 얘기하는 사람으로만 인간을 구분해왔습니다. 그래서 간신과 충신만 구분했어요. 그런데 개소리쟁이 중 상당수는 충신의 모습을 하고 있습니다. 진심이니까요.

이런 상황을 기업에서 많이 봤습니다. 아랫사람이 보기에는 진짜 말도 안 되는 헛소리입니다. 그런데 헛소리를 곧잘 하는데도 늘 승승장구하는 사람이 있어요. 심지어 임원까지 갑니다. 왜 그들이 승승장구할까요? 그 기업의 CEO가 그 사람을 간신이 아니라 충신으로 생각하기 때문이죠. 개소리하는 충신의 공통점은 진심으로 이상한 소리를 한다는 것입니다. 여기에 포함된 게 하나 있습니다. 장기적으로 보면 아주 좋지 않은 악수인데 단기적으로는 문제를 해결할 것 같은 말들을 담고 있어서, 골치 아픈 일을 빨리 해결하고 싶은 리더의 욕구를 잘 건드린다는 겁니다. 책을 보면 이런 구절이 있습니다.

오늘날 개소리의 확산은 또한 다양한 형태의 회의주의 속에 보다 깊은 원천을 두고 있다. 회의주의는 우리가 객관적 실재에 접근할 수 있는 어떤 신뢰할 만한 방법을 가질 수 있다는 것을 부정한다.

_66쪽 중에서

이번에도 역시 실망시키지 않고 프랭크퍼트 교수는 어렵게 써놨습니다. 그런데 이 얘기를 좀 더 쉽게 풀이하자면 이런 말로 바꿀 수 있을 것 같습니다. '아무 방법 없으니 그냥 빨리 고민으로부터 벗어나자. 즉시 해결하자.' 객관적 실재에 접근할 수 있는 어떤 신뢰할 만한 방법이 있을 거라고 생각하면 문제를 깊게 들여다보고 장기적인 관점으로 생각하게 되잖아요. 그런데 그건 불가능합니다라고 하는 건 무슨 얘기로 돌아가겠습니까. 빨리 고민으로부터 벗어나자, 즉시 해결하자라고 하는 생각으로 갈 수밖에 없습니다.

잘 생각해보십시오. 기업에서 '이렇게 해도 이 문제는 해결 안 돼' '저렇게 해도 이 문제는 해결할 수 없어'라고 하면 '사업을 포기하자' '해고하자' '이 문제는 덮어버리자' 이런 안 좋은 방안이 쉽고 빠르게 나오게 됩니다. 이 문제를 어떻게든 해결할 수 없고 실재에 접근할 수 없다고 생각하면 이 문제 자체를 없애버리자고 할 때도 생깁니다.

예를 들면 직원들이 CEO에게 하는 "그냥 싸게 만들어 많이 팝시다" "이게 결국 대표님을 위해서 하는 일이에요" "회사를 위해서 하는 일이에요" "이게 제일 좋습니다" 이런 말들에 뭐가 들어있습니까? '빨리 문제를 해결하자'가 있죠. 이렇게 되면 고객에게 사랑받겠다는 게 없어집니다. '고객에게 좀 더 사랑을 받아야지'라는 CEO의 생각이 점차 약해질 수밖에 없게 된다는 거예요. 그 부하 직원이 혹은 그 충신 같아 보이는 사람이 나를 위해 하는 말 같은데 잘 들여다보면 점점 나로 하여금 고객에게 사랑받을 수 없게 만들어버린다는 겁니다.

그렇다면 어떻게 해야 될까요? 이렇게 개소리하는 충신을 무력화시키는 방법은 뭘까요? 바로 솔직해지라는 거예요. "나 고객에게 사랑받고 싶어" 왕도 마찬가지겠죠. "나 백성에게 사랑받고 싶다니까" 이렇게 솔직해지면 그 부하 직원이 이제 충신이 아니라 개소리쟁이가 됩니다.

세상에서 나를 가장 위험한 상태로 들어가게 하는 것 중 하나가 내 욕구를 감추는 거예요. 자기 스스로 함정에 빠지기 가장 좋은 방법이 바로 솔직하지 못한 거죠. 책에 이런 구절이 있습니다.

사람들은 대부분 자신들이 개소리를 알아차리고 거기에 현혹되지 않을 정도의 지각은 갖추고 있다고 꽤 자만하고 있다. (중략)

우리의 본성은 사실 붙잡기 어려울 정도로 실체가 없다. 다른 사물들에 비해 악명 높을 정도로 덜 안정적이고 덜 본래적이다. 그리고 사실이 이런 한, 진정성 그 자체가 개소리다.

_7쪽, 68쪽 중에서

개소리가 많아지는 현실, 과도기의 성장통

지금 이 글을 읽으면서 '나는 아니야'라고 생각하시는 분 많을 것 같습니다. 그런데요, 우리 모두가 이런 말을 합니다. 제가 어렸을 때부터 들었던, 정말 이해할 수 없는데도 여전히 우리를 계속해서 붙잡고 있는 개소리들, 뭔지 아세요? 치킨 먹을 때 날개를 먹으면 바람피운다고 못 먹게 하는 거예요. 그런데 이 정도는 애정을 표시할 수 있는 재미있는 개소리라고 치자고요. 하지만 이런 믿음이 세지면 그때부터 우리가 약간씩 이상해진다는 거예요.

시험 전날 미역국 먹으면 시험에 떨어진다고 생각하나요? 아마 대부분 아니라고 생각할 거예요. 그런데 시험 전날 혹은 시험 당일 아침에 미역국 드세요? 아무도 안 드세요. 하나 더 예를 들어볼게요. 결혼식 앞두고 장례식장 가면 내 결혼 생활이 불행해질 거라고 생각하십니까? '그런 정신 나간 말이 어디 있습니까'라고 하겠죠. 그런데 결혼식 앞두고 장례식장에 안 갑니다. 심지어 장례식 상주가 오지 말라고 해요.

제가 여기서 드리고 싶은 얘기는 이런 자질구레한 근거 없는 말들, 우리가 실제 다 한다는 겁니다. 해리 프랭크퍼트가 얘기 한 것처럼 우리 모두는 어느 정도 이런 말에 영향을 받고 심지 어 말하면서 산다는 거예요. 결국 우리 모두가 개소리쟁이라고 인정하는 겸손함이 필요합니다.

개소리하는 사람에게는 '이걸 이렇게 얘기하는 건 너밖에 없 어'와 같은 말들로 본인이 다수가 아니라는 걸, 즉 그들이 처한 현실을 제대로 알려줘야 됩니다. 스티븐 핑커의 『우리 본성의 선한 천사』(사이언스북스, 2014)라는 책이 있죠. 이 책을 보면 오늘이 우리 인류 역사상 제일 평화로운 날입니다. 인구 10만 명당 타살률이 오늘이 제일 낮습니다. 불과 100년 전만 해도 인구 10만 명당 수백 명이 살해당했습니다. 그런데 이렇게 낮 아진 타살률, 우리가 더 착해져서일까요? 아닙니다. 우리는 여 전히 그대로죠.

백 년 전, 천 년 전에 비해서 점점 더 안전한 사회가 되어가 고 있는 이유는, 민주주의로 인해서 우리가 다양함을 인정하는 걸 계속 가르치고 또 배워나가고 있기 때문입니다. 우리 사회는 다양성이 거의 없던 시절이 대부분이었습니다. 그런데 지금 세 계는 굉장히 빠른 속도로, 심지어 우리나라는 그 어떤 나라보 다도 빠른 속도로 나아가고 있습니다. 이런 상황에서 우리가 할 수 있는 최선은 개소리에 반응하는 다수가 줄어들고, 다수인 우리가 느슨하고 다양한 관계를 맺으며 점점 더 허심탄회하게 서로를 받아들여 사회 속의 다양함을 인정해야 한다는 거죠.

개소리가 많아지고 있는 현실은 어떻게 보면 성장통입니다. 아주 혹독하게 사춘기를 거친 청소년이 나중에 굉장히 건강한 청년이 되는 경우가 많은 것처럼 우리가 이 과도기의 성장통을 잘 지나간다면 우리 사회도 굉장히 건강해지리라 생각합니다.

오늘의 독썰가
임상심리학자 김태경 교수

#서원대학교 상담심리학과 교수
#임상심리학자, 피해자학자, 트라우마 상담가, 법
  죄심리학자
#스마일센터(강력범죄피해자전문심리지원기관)
  총괄지원단 단장
#대법원 전문심리위원, 대검찰청 과학수사자문
  위원
#〈그것이 알고 싶다〉〈차이나는 클라스〉〈PD수
  첩〉〈궁금한 이야기 Y〉 등 출연
#저서 『용서하지 않을 권리』

오늘 함께할 책
『나는 내가 좋은 엄마인 줄 알았습니다』, 앤절린 밀러, 윌북

#세상 모든 부모를 위한 심리 에세이
#30년 연속 스테디셀러
#가족을 망친 엄마의 뼈아픈 고백
#뜻밖의 반성 타임
#문제는 나에게 있었다
#헌신에 진심

인에이블러란 '사랑한다면서 망치는 사람'이란 뜻의 심리학 용어로, 다른 사람의 책임을 대신 떠맡는 방식으로 관계를 맺는 사람을 말한다. 책은 인에이블러 엄마의 쓰라린 고백과 가슴 아픈 성찰을 담은 자전적 에세이로, 진심에서 우러나온 담백한 글이 울림을 전한다. 더불어 심리적 관점에서 어떻게 인에이블러 프레임에서 벗어날 수 있는지 경험에서 찾은 해결법을 다정한 목소리로 들려준다. 제대로 사랑하는 법을 알고 싶은 부모, 연인, 친구를 위한 책이다.

제가 오늘의 화두로 던지고 싶은 이 책은 30년 전에 쓰였는데도 아주 현실적이어서 2022년을 사는 우리에게도 공감 포인트가 많은 책입니다. 게다가 자신의 잘못을 노골적으로 표현한 점이 시원하게 느껴지는데요. 가족을 위한 헌신에 진심이던 한 엄마의 뼈아픈 고백을 담은 책입니다. 책 내용에 들어가기에 앞서 간단히 테스트를 해보려고 하는데요. 다음 구절을 보며 공감가는 문장이 몇 개인지 체크해보세요.

억제하지 못할 때면

나는

  네 신발을 집어주고

네 배낭을 져 나르고
　　　　네 교통 위반 벌금을 납부하고
　　　　네 상사에게 거짓말로 핑계대고
　　　　　네 숙제를 해주고
　　　　　네 앞길에서 돌멩이를 치우고
"내가 직접 했어!"라고
말하는 기쁨을 네게서 뺏겠지.
　_1쪽 중에서

'어, 난데?' 하는 분이 있을 거예요. 위에 열거된 것 중 하나 이상의 행동을 한다면 당신은 '인에이블러'enabler일 가능성이 있습니다. 인에이블러라는 단어가 생소하실 텐데요. 인에이블러를 직역하면 조장자입니다.

가스라이팅과 인에이블링의 차이

『나는 내가 좋은 엄마인 줄 알았습니다』라는 제목에서도 알 수 있듯이 이 책은 사랑이라는 이름으로 가족을 망치고 있었다는 어느 엄마의 고백을 담고 있습니다. 저자는 자신이 인에이블러였으며 뭔가 잘못되었다는 자기 고백으로 글을 시작합니다.

인에이블러로서 힘겹게 여러 해를 지내는 동안, 나는 뭔가 잘못 되었음을 알고 있었다. 삶은 내가 예상한 대로 풀리지 않았다. 살아가는 동안 남편과 아이들이 연달아 흔들리는 모습을 지켜 보면서, 처음에는 그 상황을 믿을 수 없었고, 나중에는 극심한 두려움에 사로잡혀 허둥거렸다.

_19쪽 중에서

저자는 초등학교 교사였고 심리상담학 학위가 있는 준비된 엄마였지만 남편과 아들 셋, 딸 하나로 구성된 자신의 가족을 사랑이라는 이름으로 망치고 있었음을, 즉 자신이 인에이블러 라는 사실을 어느 순간 깨닫습니다.

사실, 사랑과 인에이블링은 구분이 쉽지 않습니다. 『어린 왕 자』에서 여우는 어린 왕자에게 "네가 나를 길들인다면, 너는 나 에게 세상에 하나뿐인 존재가 될 거야"라고 말합니다. 길들인다 는 것은 관계에서 매우 중요한 부분으로, 인간은 길들이기를 통 해 형성된 친밀감과 신뢰를 바탕으로 공동체를 형성해서 살아 갑니다. 길들이기는 사랑이라는 감정의 중요한 토대이기도 하 죠. 하지만 서로의 심리적 경계가 존중되지 못하고 침범이 일어 나면 길들이기가 사랑의 수단이 아닌 인에이블링이 될 수 있습 니다. 사랑한다면서 상대를 망치게 되는 거죠.

인에이블링은 일견 가스라이팅과 흡사해보입니다. 가스라이팅이란 타인을 교묘하게 조정해서 현실감과 판단력을 잃게 한 후, 자신의 이익을 위해 통제하고 조종하는 것을 말하는데요. 가스라이팅이 무서운 이유는 피해자가 가스라이팅 당하고 있음을 스스로 인식하지 못한다는 점 때문입니다.

상대를 망친다는 점에서 가스라이팅과 인에이블링이 비슷해보이지만, 둘 사이에는 분명한 차이가 있습니다. 무엇보다 가스라이팅은 상대를 착취하는 것을 목적으로 하지만, 인에이블링은 상대를 돕는 것이 목적입니다. 그뿐만 아니라 가스라이팅은 '헌신'을 가장할 수 있을지 몰라도 진정한 헌신은 결코 하지 않지만, 인에이블링은 상대를 위해 온 몸과 마음을 바쳐 헌신합니다.

더욱이 가스라이팅과 달리 인에이블링은 마음만 먹으면 인식이 가능합니다. 많은 경우 의존자들이 인에이블링을 인식하고도 인에이블러가 만족감을 느낄 수 있도록 눈감고 참아주곤 하죠. 심지어 저자의 남편처럼 인에이블러인 아내의 헌신을 강화해서 안락을 추구하는 사람도 있습니다. 이를 알 리 없는 인에이블러는 상대(의존자)가 자신에게 의존하면 의존할수록 자신이 없어서는 안 될 중요한 존재라고 여기면서 더욱 더 헌신하려 애쓰죠.

또한 가스라이터와 달리 인에이블러는 관계에 집착해요. 그들의 내면 깊숙한 곳에는 버려짐에 대한 두려움이 존재합니다.

그들은 '혹시 이 사람이 나를 떠나면 어떡하지'라는 생각 때문에 과도하게 상대의 비위를 맞춥니다. 그로 인해 상대가 옳지 않은 길을 가거나 문제가 심화될 수 있음에도 불구하고 말이죠. 일견 헌신적으로 보일 수도 있지만, 사랑이라는 미명하에 누군가를 조장하는 것이므로 진정한 의미의 헌신은 아닙니다.

여기서 '조장'이라는 단어에 주목해야 하는데요. 조장(助長)은 조종(操縱)과 다르다는 것을 꼭 기억해야 합니다. 가스라이터는 조종하지만, 인에이블러는 조장합니다. 가스라이터는 자신의 이익을 위해 상대를 통제하고 압박하며 조종하고 착취하지만, 인에이블러는 그런 의도가 없습니다. 오히려 상대를 위하는 마음으로 가득하죠.

인에이블링의 목적은 무엇일까?

그렇다면 인에이블러는 왜 인에이블링enabling, 즉 조장을 하는 걸까요? 사실 인에이블러는 누군가를 위해 헌신함으로써 사람들로부터 '착한' '지혜로운' '품위 있는' '헌신적인' '고상한' 사람이라는 평가를 받고 싶어합니다. '나는 꽤 괜찮고 쓸모 있는 사람이야'라는 감각을 느끼기 위해서 뼈와 살을 깎아가며 상대를 위해 헌신한 결과, 자신은 적어도 남의 눈에 쓸모 있는 사람처럼 되었으나 그토록 사랑한 상대방은 망가지는 거죠.

인에이블러가 상대를 위해 했던 행동이 그 사람을 망친다는 것, 여기에 방점을 두어야 합니다. 인에이블링은 악의를 가지고 하는 행동과는 다르기 때문입니다. 인에이블러는 헌신적이고 선한 의도를 가지고 있습니다. 하지만 그들의 과도한 돌봄이 의존성을 점점 심화시켜서 상대를 자존감 낮고 무책임하며 무동기적인 사람으로 만들어버리죠.

이런 맥락에서 극단적인 인에이블링은 대리인성 뮌하우젠 증후군(혹은 대리인성 허위성 장애)과 공통점이 있는데요. 대리인성 뮌하우젠 증후군 환자는 사람들의 눈에 천사 같은 인물로 보이고 싶어합니다. 사실 정도의 차이는 있을지 모르지만 우리 마음속에도 이런 욕구는 있죠. 다만 대리인성 뮌하우젠 증후군 환자는 상대를 돌봄이 필요한 상태로 만들어서라도 헌신적이고 박애적이라는 찬사를 얻으려고 합니다.

대리인성 뮌하우젠 증후군의 대표적인 인물이 영국의 천재 물리학자 스티븐 호킹 박사의 둘째 부인 일레인인데요. 호킹 박사는 간호사였던 일레인과 재혼 후 유난히 부상을 자주 입어 병원을 찾습니다. 그때마다 일레인은 호킹 박사를 헌신적으로 돌봄으로써 주위 사람들에게 동정과 찬사를 받죠. 하지만 일레인의 범죄 행각은 들통이 납니다. 그가 의도적으로 호킹 박사의 몸에 상처를 내거나 휠체어를 넘어뜨려 손목뼈가 부러졌다는 목격담이 나왔고 곧 사실로 밝혀진 것이죠. 물론 인에이블러가 일레인처럼 신체 학대를 가하는 것은 아닙니다. 그들의 동기는 순수하고 진정성 있으며, 그들의 행위는 지극히 헌신적입니다. 그러나 상대의 심리적 건강을 저해하고 건강한 성장을 방해한다는 점에서 인에이블링은 대리인성 뮌하우젠 증후군 못지않게 치명적일 수 있습니다.

인에이블러는 어떻게 만들어질까?

그러면 어떤 과정을 거쳐서 인에이블러가 되는 것일까요?

어린이를 협조적인 성인이 되도록 사회화하는 과정에서 남들의 기분을 맞춰주는 사람으로 성장하게 만드는 경우가 종종 있다. 아이들은 어른이 시키는 대로 하고 명령을 따를 때 보상을 받는다. (중략) 이런 반응 방식이 강화되어 어른이 되어도 조장하는 습관으로 유지될 수 있다.

_103쪽 중에서

우리는 사회화라는 미명 아래 아이들에게 순응적, 심지어 순종적인 행동을 요구합니다. 이를 위해 '망태 할아버지가 잡아간다'거나 '착한 행동을 하지 않으면 산타 할아버지가 선물을 안 주신대'라는 식의 협박도 마다않죠. 결과적으로 아이는 부모, 나아가 사회가 원하는 것을 하려고 애쓰게 됩니다. 그래야 버림받지 않고 생존할 가능성이 높아지거든요.

미국의 심리학자 칼 로저스는 모든 인간이 성장 본능, 즉 자기실현 경향성을 타고난다고 주장합니다. 이를 위해 필요한 것은 단지 무조건적이고 긍정적인 존중과 사랑뿐이라고 강조하죠. 하지만 아이를 키워봤다면 그것이 얼마나 힘든 일인지 알 텐데요. 심지어 그렇게 키우면 아이를 망칠지도 모른다고 걱정하는 분도 있습니다.

하지만 그렇지 않습니다. 로저스가 강조하는 것은 조건적 사랑의 위험성입니다. '너라는 이유만으로도 충분히 사랑받을 가치가 있어'가 아니라 '~해야만 사랑받을 가치가 있어'라는 말을 반복하면 가치의 조건화가 일어납니다. 결과적으로 아이는 성장을 위한 자기 내면의 소리는 무시한 채 부모의 비위를 맞추고 부모가 바라는 조건을 충족시키기 위해 고군분투합니다.

이런 상태의 아이가 행복할 리 없습니다. 하지만 불행하다고 생각해봤자 생존에 도움되지 않습니다. 따라서 아이는 빠르게 자기 욕구와 감정을 차단하는 법을 터득하는데요. 이것이 너무 익숙해지면 완전히 성격으로 굳어져서 남이 원하는 대로 남을 위해 사는, 그래서 겉보기에 굉장히 순응적이고 헌신적인 사람이 됩니다. 인에이블러가 한 명 추가되는 거죠.

그럼 어떤 환경에서 자란 아이가 인에이블러가 될 가능성이 더 높을까요? 갈등이 있는 가정, 특히 도박이나 알코올 중독, 가정 폭력 등의 문제가 있는 가정에서 대를 이어 인에이블러가 만들어질 수 있습니다. 그런 문제 가정은 다양한 곤란을 겪을 수밖에 없는데요. 곤란을 이겨내고 역기능적으로나마 가정이 유지되기 위해서는 절대적으로 헌신하는 누군가가 필요해지기 때문입니다. 사회에서 바라는 성역할 기대 때문에 어머니가 인에이블러가 될 가능성이 가장 높지만, 누군가를 돌보지 않으면 죄책감을 많이 느끼는 사람이라면 누구든 인에이블러가 될 수 있습니다. 여기서 중요한 것은 인에이블러가 세대를 거쳐 전수된다는 점입니다.

> 아버지가 알코올 중독자였기에 나는 알코올을 절대 남용하지 않을 남자와 결혼하겠다고 결심했었다. 그래서 알코올 중독자가 있는 가정에서 자라긴 했지만 알코올을 몹시 싫어하는 남자와 결혼했다. 남편은 술을 마시지 않았다.
> _22쪽 중에서

이 책의 저자도 그리고 저자의 남편도 알코올 중독자가 있는 가정에서 자랐는데요. 이 때문에 저자는 남편도 비슷한 환경에서 자랐으니 술을 싫어하겠구나 하고 생각하고 결혼을 결심합니다. 사실 심리 상담 현장에서 저자처럼 알코올 중독이나 가정

폭력을 휘두르는 부모가 싫어서 그런 성향이 전혀 없는 사람이라고 생각해 선택한 연인이나 배우자가 살아가면서 점점 자신의 부모와 비슷해졌다며 고통스러워하는 내담자를 만나는 일은 그리 어렵지 않습니다.

아버지가 폭력을 행사하는 가정의 예를 들어볼까요? 폭력 과정에서 어머니는 맞지 않기 위해, 더 정확히는 생존을 위해 남편의 비위를 맞추고 자녀에게 가급적 남편의 심기를 거스르지 않도록 주의를 줄 수밖에 없습니다. 결과적으로 아버지는 폭력을 마음 놓고 행사해도 되는 위치를 점유하게 됩니다. 그런 모습을 보고 자란 딸은 머리로는 엄마처럼 살지 말아야지라고 생각하지만 자신도 모르게 상대에게 비위 맞추는 어머니의 조장행동을 뼛속 깊이 학습하게 되죠. 결국 딸은 인간관계를 맺을 때, 특히 사랑하는 사람과의 관계에서 자기도 모르게 익숙한 방식, 즉 비위 맞추고 조력하는 행동을 취하게 됩니다. 딸도 어머니처럼 인에이블러가 되는 겁니다.

안타깝게도 인에이블러인 딸에게 의존하기 시작한 파트너는 점점 자기가 하고 싶은 대로 행동하게 됩니다. 그래도 다 받아줄 걸 알기 때문이죠. 그러다 어느 순간 파트너가 공격성을 참지 않고 폭력을 행사하면 딸은 어떻게 할까요? 자신의 어머니가 그랬듯 딸도 그의 비위를 맞춤으로써 파트너의 폭력이 지속되도록 조장할 가능성이 높습니다.

물론 인에이블러의 자녀가 모두 인에이블러가 되는 것은 결코 아닙니다. 하지만 인에이블러의 자녀가 인에이블러가 될 가능성이 높은 것은 분명하죠. 폭력은 때리고 싶은 마음이 들었는데 때려도 되는, 즉 때려도 불이익이 생기지 않는다고 판단되는 대상이 존재하기 때문에 발생합니다. 누구나 화가 치밀어 오를 때, 때리고 싶은 충동이 생길 수 있지만 대부분은 참습니다. 범법행위임을 알기 때문에, 처벌이 무서워서, 도덕적으로 옳지 않은 행위이기 때문에 죄책감을 느껴서 참습니다. 너무 억울하고 분할 때조차 양심의 소리를 듣고 이를 악물고 참을 수 있어야 비로소 인간이라 불릴 수 있는 것이죠.

그런데 안 그래도 되는 상황에 놓이면 어떨까요? 심지어 화를 참지 못하고 어쩌다가 한 번 때렸는데 그 사람이 이의를 제기하기는커녕 나의 눈치를 보고 나의 화를 달래주며 나의 비위를 맞춰준다면? 처음에는 가책을 느낄지도 모릅니다. 하지만 이런 상황이 반복되면 점점 때리고 싶은 충동을 참지 않게 될 가능성이 높습니다. 인에이블러들은 이런 상황에 매우 취약할 수밖에 없는데요. 그들은 상대로부터 부당한 처우를 받아도 그 부당성을 인식하지 못하며, 부당성을 인식하더라도 이의를 제기하면 상대가 자신을 미워하거나 떠날까 봐 겁먹고 오히려 비위 맞추기에 급급해집니다.

저자는 이런 맥락에서 자신을 인에이블러라고 부릅니다. 우울한 남편을 잘 보살피기 위해 남편의 심기를 거스르지 않고자 최선을 다했지만 결과적으로 남편은 자기감정만 중요한 사람이 되었고, 4명의 아이를 위해 무조건적인 헌신을 다 했지만 그 헌신이 사실은 아이들을 아이답지 못하게 조장하거나 아이들에게 필요한 돌봄을 제공하지 못하고 자신이 주고 싶은 사랑만 줌으로써 아이들의 발달에 큰 문제가 생겼기 때문이죠. 인에이블러로 성장한 저자의 입장에서 그것은 최선의 생존 전략이었지만 그토록 사랑하는 가족, 심지어 자신조차도 행복하지 못하게 된 겁니다.

물론 헌신의 가치를 부정하거나 무가치하다고 치부하고자 하는 것은 절대 아닙니다. 다만 자기실현이나 자아성장 혹은 정신적 성숙이라는 맥락에서 그 누구에게도 유익이 없는 조장 행위를 헌신이란 이름으로 독려하지는 말자는 것입니다. 무의미한 희생, 희생을 위한 희생은 이제 그만 해야 하지 않을까요? 누군가의 일방적인 희생을 먹고 자란 사람은 결코 온전히 행복해질 수 없습니다.

아들이 화장실에서 자는 이유

저자의 헌신이 가족에게 어떤 영향을 끼쳤는지 볼까요.

존이 스무 살이 되기 직전 여름에 사건이 시작되었다. (중략) 존은 병적인 피해망상증에 시달리며 자기 방에서도 잠을 이루지 못했다. (중략) 존은 창문이 없는 화장실로 들어가서 문을 잠그고 바닥에서 잠을 청했다. 설핏 잠이 들면 공격받을지도 모른다는 지나친 걱정 때문에 오래지 않아 존은 잠을 거의 잘 수 없는 지경에 이르렀다.

_56쪽 중에서

존은 저자의 둘째 아들입니다. 준수한 외모에 창의적인 아이였던 존은 10대까지 저자인 엄마 밀러의 자부심이었죠. 그러던 아들이 어느 날부터 창문이 없는 화장실 바닥에서 잠을 자는 이상 행동을 보이기 시작했는데요. 아마도 잠이 들어 외부 공격에 취약해질 것을 두려워하는 존에게 창문이 없는 화장실은 누구도 자신을 훔쳐보거나 공격할 수 없는 안전한 공간이라고 생각된 것 같습니다.

저자의 아들 존은 이후 조현정동장애 진단을 받게 됩니다. 이 병은 환청과 망상을 주 특징으로 하는 조현병과 우울증이나 조울증 같은 기분장애가 혼재되어 있을 때 진단되는데요. 그렇다면 이 병이 인에이블러인 저자 때문에 생긴 것일까요? 이 병의 원인은 뇌의 생화학적 이상으로 알려져 있습니다. 따라서 저자의 인에이블링 때문에 존이 이 질병을 얻었다고 볼 수는 없습니다. 다만 존이 자신의 병증을 다루고 표현하고 세상에 적응하는 방식에는 인에이블링이 상당히 중요한 영향력을 행사했을 가능성이 있습니다.

> 존이 성장하는 동안, 나는 남편을 대할 때와 비슷하게 그 애를 대했다. 아이의 기이한 행동을 받아주었고, 아이를 위해 핑계를 대주고, 자질구레한 일을 대신 해주고, 또 아이에게 필요한 것을 앞질러 해결해주었다. 존이 고등학교 마지막 학년에 학교를 그만둔 일도 합리화했고, 군대에서 기본 훈련을 끝내지 못했을 때도 집에 돌아온 아이를 덮어놓고 반겨주었다.
> _59쪽 중에서

이 병의 특성상 질병증상이 뚜렷하게 나타나기 이전의 시기, 즉 전구기에 식욕 부진이나 무기력과 권태감, 산만하고 부주의함, 모호한 강박적인 양상, 의심 많은 특성, 이유 없이 혼자 웃는 것 등과 같은 증상이 관찰됩니다. 저자가 후회하고 반성하는 포인트는 아들에게 있었을 전구기 증상을 좀 더 빨리 포착해서 도움을 주지 못한 것이었습니다. 저자는 자신이 존의 긍정적인 면만 보며 아이의 병을 떠받쳐주었다고 반성하면서, 존에게는 과잉 보살핌보다는 자기 문제를 직면하고 현실과 세상의 요구에 맞춰 질병을 조절하는 방법을 배우는 게 정말 필요했음을 깨닫지요.

저자의 남편은 재발성 주요우울장애* 환자입니다. 여러분은 누군가 우울해하거나 우울증에 걸렸다고 하면 어떻게 하시겠습니까? 우울하다고 하니 현실적인 책임을 감면해주어야 할 것 같고, 우울하다고 하니 기분 좋아질 만한 자극을 제공해주어야 할 것 같고, 우울하다고 하니 공부나 과제 등을 도와주어야만 할 것 같은가요? 그렇다면 여러분의 내면에도 인에이블러의 성향이 있는 것일 수 있습니다. 모두 인에이블러들이 자주 하는 행동이거든요. 그들은 기꺼이 나서서 어려움에 처한 사람의 구원자를 자처합니다. 저자 역시 그랬습니다.

다리를 쓸 수 없게 된 사람은 휠체어 사용법을 익혀야 한다. 장애가 자신의 가능성을 발전시키지 않을 타당한 이유가 되지는 않기 때문이다. (중략) 우울증에 걸린 사람들은 계속 절망을 느낄 수 있지만, 침대에 그대로 누워있을지 말지는 그들의 선택이다. 모든 것은 그들의 문제이고, 그 문제에 대한 자신의 전략을 개발해야 하는 사람들도 바로 그들 자신이다.

_99쪽 중에서

---

* 최소 2주 이상, 하루 중 대부분의 시간 동안 우울한 기분, 흥미저하, 식욕 및 체중의 변화, 수면장애, 무가치감, 피로, 자살사고 등이 동반되는 '주요우울증 삽화'가 발현될 때 주요우울장애가 진단됨.

다리를 다친 사람에게 필요한 것은 순간순간 처하게 될 어려움을 대신 해결해주는 사람이 아니라 휠체어를 미는 법을 스스로 익히는 것입니다. 하지만 한때 인에이블러였던 저자는 기꺼이 남편의 다리가 되어주었고 우울한 남편이 침대에 누워만 있게 함으로써 그의 삶을 망치고 그 대가로 헌신적인 아내라는 명성을 얻었죠. 저자의 남편은 자라는 과정에서 크고 작은 트라우마를 겪었는데요. 성인기가 되자 감당하고 싶지 않은 현실적인 요구에 직면하면 과거 트라우마를 언급하며 책임을 감면받고자 시도합니다.

> 의존자들은 자기 트라우마를 이용해서 다른 사람들을 자신에게 엮이게 하고, 너그럽고 동정심 넘치는 사람들이 자신을 저버리기 어렵게 만든다. 이것이 인에이블러가 깨뜨리기 매우 힘든 주문인 셈이다.
>
> _50~51쪽 중에서

사실 저자의 남편은 저자의 인에이블러적 성향을 진즉 간파합니다. 하지만 저자의 인에이블러적 성향을 묵인하고 심지어 종종 조장하면서 의존자인 양 저자가 제공한 다양한 편의를 취하며 지내죠. 표면상 의존자인 것처럼 보였던 남편이 사실은 저자를 더욱더 인에이블러답게 만든 조장자였던 셈이죠. 한마디로 이 부부는 서로가 서로의 조장자였습니다.

인에이블러에게 의존자가 사라진다면

2008년 방송되었던 〈엄마가 뿔났다〉라는 드라마에서 국민 엄마 김혜자 씨가 극중 가족에게 1년 휴가를 달라고 선언하고 짐을 싸서 가출하는 장면이 나와서 큰 화제를 모았죠. 주인공 '김한자'는 40년 동안 아내, 며느리, 엄마로 분주히 살아온 희생의 아이콘 같은 인물이었습니다. 물론 주인공이 자신이 인에이블러임을 인식하고 시한부 독립을 선언한 것은 아니었어요. 하지만 희생하는 삶 속에 정작 자기 자신은 없었음을 깨달은 덕분에 용단을 내린 것이었죠.

가출 선언 때 주인공은 더 늙기 전에 1년만이라도 인간 '김한자'로 살아보고 싶다고 말해요. 주인공은 그동안 희생자로 살면서 아마 나름 자신이 가치 있는 존재라고 느꼈을 것입니다. 하지만 나이가 들면서 헌신의 가치를 느낄 만한 대상이나 상황이 줄어들거나 사라지죠. 아무도 자신을 필요로 하지 않게 된 순간에서야 주인공은 깨닫습니다. 좋은 엄마라는 칭송을 위해 40년 동안 자신을 잃어버린 채 살아왔다는 것을 말이죠. 그러나 인에이블러 역할에 너무 익숙해진 사람들은 좀처럼 인에이블러의 역할을 포기하지 못할 수 있습니다.

인에이블러들은 조장 행위를 그만두겠다고 선택할 수 있다. 하지만 능숙한 인에이블러들은 외적 요인이나 사건으로 인해 의존자를 빼앗기더라도 조장하는 일을 포기하지 않는다. 그들은 자신감이 없는 다음 대기자에게로 관심을 옮길 뿐이다.

_128쪽 중에서

사실 그들에게 중요한 것은 조장하는 대상이 누구냐가 아닙니다. 자신이 얼마나 가치 있고 지혜로우며 헌신적인지를 증명해줄 누군가가 필요할 뿐이죠. 이런 식의 능숙한 인에이블러는 안타깝게도 자존감이 매우 낮습니다. 자존감이 낮기 때문에 존재 가치를 확인시켜줄 외부 대상이 필요한 거죠.

부모의 그림자로 산다는 것

심각한 일탈 행동을 한 사춘기 자녀에게 무릎 꿇고 사과했다는 부모를 간혹 만날 수 있는데요. 아이가 부모에 대한 미안함과 죄책감을 느껴서 일탈을 멈출 것이라고 기대하기 때문인 것 같습니다. 하지만 부모의 이런 바람과 달리 아이가 죄책감과 함께 진한 자기혐오에 빠져들어서 심리적 건강이 악화될 수 있습니다. 다른 한편으로는 부모가 항복했다고 지각해서 점점 더 자기 멋대로 행동할 수도 있죠.

어느 쪽이든 분명한 것은 부모의 무릎 꿇고 비는 행동이 조장 행위일 뿐이라는 점입니다. 부모는 권위가 있어야 합니다. '권위적인 부모'와 '권위 있는 부모'는 다릅니다. 권위적인 부모는 사랑이라는 허울을 쓰고 강제하고 통제할 뿐이지만, 권위 있는 부모는 따뜻하고 지지적이면서도 자녀의 안전과 발달을 위해서 꼭 필요할 때는 엄격하고 단호하며 일관성을 유지할 수 있습니다.

한편 많은 부모가 엄격한 것을 넘어 스승이 되고 싶어하는데요. 부모는 가르치는 사람이 아닌 심리적 베이스캠프로 남아있는 것이 바람직합니다. 특히 사춘기가 되면 아이는 부모와의 심리적 분리를 넘어서 물리적 독립까지 꿈꾸게 되고 실존에 대한 다양한 생각을 하게 되는데요. 그럼에도 불구하고 부모가 자녀의 독립을 방해하며 지시하고 통제할 뿐 아니라 자신의 방식을 강요하면 어떻게 될까요? 아이는 부모의 아바타가 될 운명을 받아들이고 의존자가 되거나 강하게 저항하면서 반항자가 되어버릴 수 있습니다.

사춘기 증상과 고군분투하던 저의 아이가 어느 날 아주 심각한 얼굴로 찾아오더니 제 눈을 빤히 보면서 물었습니다. "엄마, 사는 게 이렇게 힘든데 군이 왜 살아야 해? 인간은 어차피 죽잖아. 죽으면 모든 것이 끝인데 군이 왜?" 사실 우리가 사는 이유는 태어났기 때문이죠. 왜 태어났는지 그 이유는 모르지만 태어날 수밖에 없는 이유가 분명히 있을 것이라고 믿고 싶은 건 저만은 아닐 겁니다. 이런 생각들이 우리로 하여금 고단한 삶을 최선을 다해 열심히 살아가게 만들어주는 게 아닐까 싶습니다.

하지만 단지 엄마아빠의 그늘이나 그림자로 살아야 한다면? 선택의 기쁨 그리고 책임감이 주는 충족감도 없는데 과연 그 고단함을 이겨내면서 살아내고자 하는 의지가 생길까요? 아마 알 만한 분은 다 알 거예요. 시도하고 실패하고 좌절하고 다시 시도하고 어쩌다 실수로 성공도 해보고 그래서 기뻐 날뛰다가 다시 실패도 하고 그렇게 반복하는 과정에서 얼마나 큰 즐거움을 느낄 수 있는지 말이죠. 이런 재미조차 없이 평생을 살아야 한다면 너무 끔찍할 것 같습니다.

부모는 아이의 기회 도둑이다

그럼 살아가는 재미를 찾게 해주려면 어떻게 해야 할까요?

네 앞길에서 돌멩이를 치우고
"내가 직접 했어!"라고
말하는 기쁨을 네게서 뺏겠지.
_1쪽 중에서

아이는 돌에 걸려 넘어져 본 뒤에야 위험을 인식할 수 있습니다. 그리고 다음에 조심함으로써 그 돌에 걸려 넘어지는 실수를 면하게 되면 우쭐해하면서 자신의 권능감을 키워가게 됩니다. 어쩌다 넘어져도 금방 일어나서 다시 걸을 용기를 낼 수 있게 되는 것이죠.

하지만 아이의 앞길에 서서 돌멩이를 치워주면 어떨까요? 아이가 스스로 해내는 기쁨을 누릴 기회를 빼앗는 셈이니, 그런 부모는 인에이블러라고 할 수 있습니다. 그런 면에서 조장은 인간의 가장 원초적인 기쁨을 뺏어가는 행위일 수 있습니다. 물론 아이들은 경험치가 적기 때문에 서툴 수밖에 없습니다. 그래서 기회를 주었다가도 서툰 모습을 보고 다시 기회를 뺏는 경우도 있습니다. 저자처럼 말이죠.

> 나는 아이들에게 여러 면에서 방해가 되는 존재였다. 아이들에게 집안일을 잘 분배해주었지만 끝까지 밀어붙이는 데에는 서툴렀다. 아이가 "나중에 할게요"라고 말하고는 나중에 하지 않으면, 내가 직접 했다. (중략) 아이들은 바쁘게 생활했고, 나는 집안이 잘 돌아가도록 하는 것이 결국 내 일이라고 생각했다.
> _97쪽 중에서

저자는 아이들에게 집안일을 나누어주지만 바로 하지 않고 나중에 한다는 말에 참지 못하고 결국 직접 하고 말았음을 고백하는데요. 아이들의 경우 어른이 기회를 주었다 뺏으면 그것을 처벌로 느끼고 위축될 수 있습니다. 제대로 잘하지 못했다는 메시지니까요.

이런 일이 반복되면 아이는 선택의 기회를 달가워하지 않게 됩니다. 어차피 자신의 선택을 부모가 만족스러워하지 않을 테니까요. 그럼에도 인에이블러 부모들은 주었다 뺏으면서 서툰 아이를 위해 본인이 희생했다며 뿌듯해합니다. 사실은 아이의 즐거움을 빼앗은 것일 뿐인데도 말이죠. 아이에게 무언가 임무를 주었다면 기다려주세요. 비록 많이 서툴더라도 아이가 해냈다는 기쁨을 누릴 수 있게요.

'사랑'과 '조장'은 한 끗 차이

헬렌은 제니 때문에 살아간다. (중략) 헬렌은 매우 행복해 한다. 반면 제니의 눈에는 미묘하게 절망적인 기색이 어려 있다. 제니는 엄마가 애지중지하는 장난감인 셈이다. 제니는 엄마가 베풀어준 혜택과 선물에 너무 큰 은혜를 입은 나머지, 엄마를 떠날 수 없다.

_114~115쪽 중에서

저자의 직장 동료 헬렌은 딸을 위해서라면 모든 것을 줄 수 있는 엄마로, '딸 때문에 산다'며 행복해하죠. 하지만 딸 제니는 아닌 것 같습니다. 여기서 충격적인 건 제니의 나이인데요. 책에 적힌 나이로 서른두 살입니다. 헬렌은 딸 제니와 심리적 경계를 유지하지 못한 채 자신의 욕구를 제니의 욕구라고 착각합니다. 그래서 자기가 하고 싶은 대로 해놓고 제니가 그것을 기뻐할 것이라고 생각하며, 결과적으로 자신은 제니를 위해 모든 것을 헌신하는 좋은 엄마라고 느끼죠. 부모-자녀 관계에서만 그럴까요?

> 다이어트를 하는 아내에게 초콜릿을 사다 주는 남편이 많다. 또한 많은 아내가 비만인 남편에게 정성을 다해 특별 요리를 해주고는, 남편이 모든 요리를 다 먹은 다음 자신의 노력에 고마워하는 마음을 보여주지 않으면 상처를 받는다.
> _144쪽 중에서

아내에게 초콜릿 사다준 게 나쁜가요? 남편에게 보양식을 해주고 서운해하는 게 나쁜가요? 아닙니다. 상대방을 사랑하고 헌신하는 마음에는 죄가 없습니다. 다만 그것을 드러내는 방식은 죄가 될 수 있습니다. 상대의 선택권을 침해하는 경우, 아무리 선한 동기에 의한 도움이라도 헌신이 아닌 조장이 될 수 있습니다. 인에이블링, 즉 조장은 상대가 선택하지 않아도 되게 해주는 것일 뿐 아니라 종종 상대에게 해가 될 수 있습니다.

후회를 줄이는 선택의 법칙

베스는 어디서 식사를 하든지 상관없다고 늘 말한다. 그래서 나머지 사람들이 번갈아 가며 자기가 좋아하는 식당을 고른다. 베스는 너무나 순응적이라서 선택하는 재미를 다른 사람에게 양도하고, 자기가 가고 싶은 식당에 결국 가지 못한다. 그렇게 행동하는 배스가 좋은 사람이기는 해도, 전혀 그럴 필요는 없다.
_113쪽 중에서

여러분의 주변에도 이런 사람 있지요? '난 아무거나 다 좋아' '너희랑 하는 거면 다 좋아' 마치 메뉴 선택을 누군가에게 양보하는 것처럼 보입니다. 하지만 매번 다른 사람이 고른 식당에 가서 다른 사람이 고른 메뉴를 먹어도 항상 좋기만 할 수 있을까요? 막상 먹으려다 '아, 진짜 먹기 싫은데?' 하면서 억지로 먹을 수도 있죠.

보통 연인 사이에서 "오늘 뭐 먹을래?" "네가 먹고 싶은 거" "아니야, 네가 먹고 싶은 거 먹자" 이렇게 메뉴에 대한 배려 아닌 배려 배틀을 할 때가 종종 있죠. "나는 이게 좋아"라고 말하는 것보다는 선택권을 양보하는 것이 미덕이라고 생각하는 경향 때문인 것 같습니다. 특히 우리나라 문화에서는 더욱 그렇죠. 하지만 이 또한 인에이블링에 해당합니다. 이타적인 선택인 줄 알았지만 결과적으로는 상대방과 자신에게 이익이 되지 않습니다.

누구나 선택한 후에는 그 선택에 대한 책임을 져야 합니다. 그래서 선택하는 것이 꽤나 어려운 일처럼 느껴질 때가 있습니다. 때로는 선택을 미루거나 다른 사람에게 선택권을 넘기기도 합니다. 선택을 안 하면 책임을 지지 않아도 되기 때문이죠. 만일 내가 누군가를 대신해 선택하면? 그 사람에게 책임을 면제받을 기회를 부여하게 됩니다. 그런 면에서 누군가의 선택을 대신해주는 것도 인에이블링이 될 수 있습니다.

누구나 책임지는 건 싫어합니다. 그렇다 보니 자꾸 책임을 전가하는 문화가 생겨납니다. 요즘 들어서 '평범하게 살고 싶어요'라는 말을 자주 듣게 되는데요. 어떤 것을 선택하기로 결정하는 순간 평범해지지 않을 가능성이 커집니다. 그래서 평범하기 위해서는 가능한 선택을 하지 않고 다른 사람에게 묻어가는 것이 최선일 수 있습니다.

그렇게 되면 책임질 일도 없어지니 일석이조죠. 선택권을 주변 사람에게 이양하고 나중에 이렇게 말하면 됩니다, "네 말 들어서 이렇게 됐으니, 책임져"라고. 덕분에 이들은 항상 아무런 잘못이 없는 순진한 상태로 남게 됩니다. '나는 무죄, 너희는 유죄' 그러다 보니 본인은 항상 피해자이고 세상이 항상 자신에게 무거운 짐을 준다고 생각합니다.

그런데 더 흥미로운 건 누군가는 그럼에도 불구하고 내가 그 무거운 짐을 기꺼이 대신 지겠다며 순교자를 자처한다는 점입니다. 이런 사람은 상대를 가해자가 되도록 조장하는 조장자, 즉 인에이블러일 수 있습니다. 복잡한가요?

『나는 내가 좋은 엄마인 줄 알았습니다』의 저자와 남편 관계와 같이 상호 조장적인 관계에 있는 사람들이 우리 주변에 생각보다 많습니다. 심지어 저나 여러분이 그런 사람일 수 있습니다. 이런 면에서 조장 행위는 누군가의 삶에 대한 주체성, 의무감, 책임감을 제거하고 자기가 그 책임을 지려는 것일 수 있습니다. 그래서 겉으로는 굉장히 배려심 있고 착하고 친절해보이죠. 하지만 실상 대신 책임져주는 사람은 인에이블러, 책임을 이양하는 사람은 의존자가 되어서 서로의 삶을 망쳐버릴 뿐입니다. 그래서 저자는 책임에 대해 이렇게 말합니다.

자기 것이 아닌 책임과 의무는 적법한 주인에게 돌려주어야 한다. 오롯이 자신의 것만 간직해야 한다.

_163쪽 중에서

내 것은 흔쾌히 책임지고 남의 것은 대신 책임지려 하지 않는 것이 핵심입니다. 그것만 지켜도 문제 상황이 꽤 개선될 수 있습니다. 각자에게 진정한 자유가 생기고 삶의 만족도가 올라가기 때문이죠. 저는 여러분이 이 책을 읽고 누군가를 인에이블러 혹은 의존자로 규정하고 비난하기보다 스스로 돌아보며 인에이블러나 의존자로 볼 만한 행동을 하고 있지는 않은지 점검해보길 바랍니다.

그런 면에서 저는 이 책을 현재 어린 자녀를 키우고 있는 부모나 사랑하는 누군가와 첨예한 역할 갈등을 겪고 있는 분이 읽으면 좋겠습니다. 그리고 "내가 살아보니 딱 견적이 나와" "넌 이렇게 살아야 돼"라고 이야기하는 누군가가 있다면 이제부터는 대신 책임져 줄 필요 없다고 단호히 거절해도 좋습니다.

여러분은 여러분의 색깔에 맞게 살아가세요. 정체성을 잃는 것은 최악의 선택일 수 있습니다. 지금 여기의 삶, 그리고 나다운 삶을 사는 여러분이 되었으면 좋겠습니다. 그래도 혹시 흔들린다면 이 문장을 마음에 새겨보세요. "누구나 남이 선택한 대로가 아니라 자신이 선택한 대로 살 권리가 있다."

오늘의 독썰가
섹솔로지스트 배정원 교수

#성전문가, 성교육, 성상담가 및 성칼럼니스트
#행복한성문화센터 대표
#세종대학교 겸임교수
#제주 건강과 성 박물관 초대관장
#연세성건강센터 소장, 대한성학회 회장, 국방부 및 육군 정책자문위원 등 역임
#저서 『유쾌한 남자 상쾌한 여자』『여자는 사랑이라 말하고 남자는 섹스라 말한다』『똑똑하게 사랑하고 행복하게 섹스하라』 등

오늘 함께할 책
『달콤 쌉싸름한 초콜릿』, 라우라 에스키벨, 민음사

#전 세계 450만 부 이상 판매
#죽기 전에 꼭 읽어야 할 책 1001권
#33개 언어 번역
#성욕세포 자극 주의
#완벽한 요리에 감정 한 스푼

영화 〈달콤 쌉싸름한 초콜릿〉의 원작소설. 사랑과 성을 '요리'라는 매개를 통해 경쾌하게 풀어낸 작품으로, 멕시코 요리의 화려한 색깔과 달콤한 냄새가 시종일관 독자의 오감을 자극한다. 인간의 욕망을 잘 차려진 요리에 비유한, 밝고, 생동감 넘치는 소설이다.

배정원 교수×『달콤 쌉싸름한 초콜릿』

이 책은 감각적인 묘사가 관능적이고 매력적이라서 여러 번 읽었는데요. 무엇보다 우리의 연애세포, 또 성욕세포를 자극해줄 아주 섹시한 책입니다. 성과 음식이라는 오묘한 관계를 통해서 한 여자의 비극적인 사랑을 그린 『달콤 쌉싸름한 초콜릿』이라는 책인데요.

최근 발표된 연구에 따르면 우리나라 성인 중에 지난 일 년 동안 섹스를 안 한 사람이 36%에 달합니다. 세 명 중 한 명이 사랑을 나누지 않은 거죠. 수치를 남녀로 구분해보면 여성의 43%, 남성의 29%가 섹스리스 sexless 라고 답했다고 하는데요. 섹스를 하지 않은 가장 큰 이유가 여성은 흥미가 없어서 남성은 관심은 있지만 파트너가 없어서였다고 해요. 게다가 최

근 '4B 운동'이 마치 유행처럼 퍼지고 있는데요. '4B'에서 'B'
는 '아닐 비(非)'자를 써서 '비연애' '비성관계' '비결혼' '비출산'
을 주장하는 운동으로, 요즘 20~30대 미혼 여성 사이에 퍼지
고 있다고 합니다. 어쩌다 이렇게 사랑에 대한 관심이 식은 건
지 참 안타깝습니다.

삶이 너무 바쁘고 또 사랑의 조건이 많아지면서 마음이 마치
사막처럼 변하고 있는 게 아닐까요. 그런 우리 현실에 잠깐 찬
물을 끼얹어 정신을 차리게 하듯 사랑을 권하고 싶어서 이 책
을 골랐습니다. 『달콤 쌉싸름한 초콜릿』을 통해 성에 대해 재밌
고 진득진득한 이야기를 나눠볼까요?

잔인한 멕시코 전통이 낳은 막장 비극

『달콤 쌉싸름한 초콜릿』은 20세기 초에 멕시코 혁명이 한창
이던 한 마을을 배경으로 성(性)과 음식을 교묘히 대비하여 쓴
소설입니다. 책의 차례를 보면, 1월 크리스마스 파이부터 12월
호두 소스를 끼얹은 칠레고추 요리까지 달마다 하나의 음식을
소재로 하여 이야기를 풀어내는 아주 독특한 방식으로 쓰였습
니다.

우리나라에는 이 소설을 원작으로 한 영화가 이미 오래전에
개봉됐는데, 재미있는 건 영화감독이 저자인 라우라 에스키벨

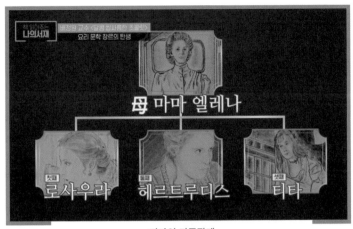

티타의 가족관계

의 남편 알폰소 아리오라는 겁니다. 저자는 실제로 이 책을 영화 시나리오로 생각하고 집필했기 때문에 영화로도 굉장히 호평을 받고 여러 상*을 받았습니다.

주인공 티타는 멕시코의 대농장을 운영하는 한 부부의 막내딸로 태어납니다. 안타깝게도 티타가 태어난 지 이틀 만에 아버지가 심장마비로 세상을 떠나고 엄마 마마 엘레나는 하루아침에 대농장을 운영해야 하는 처지에 놓이죠. 그뿐만 아니라 첫째 딸 로사우라, 둘째 딸 헤르트루디스, 막내딸 티타를 다 먹여 살려야 하는 가장이 된 거예요.

---

* 멕시코 영상 예술 아카데미 11개 부문 수상, 전미 비평가 협회 선정 최우수 외국어 영화상 수상

엄마는 남편의 갑작스러운 죽음에 충격을 받아서인지 어린 티타에게 애정을 보이지 않습니다. 그래서 집 요리사 나차에게 티타를 돌보게 하고 부엌에서 시간을 보내게 하는데요. 그런 티타가 열다섯 살이 되었을 무렵에 마마 엘레나는 가모장 끝판왕의 모습을 보여줍니다.

> 티타가 떨리는 목소리로, 페드로 무스키스가 어머니한테 할 말이 있어 올 거라며 얘기를 꺼냈다. 그때 티타의 나이 열다섯이었다. (중략) "너에게 청혼을 하러 오는 거라면 아예 그만두라고 해라. 그 청년이나 나나 괜한 시간만 낭비하는 거니까. 네가 막내 딸이라 내가 죽는 날까지 나를 돌봐야 한다는 건 너도 잘 알잖니?"
>
> _17쪽 중에서

티타는 크리스마스 파티에서 우연히 만난 옆집 청년 페드로와 첫눈에 반해 사랑에 빠졌어요. 그래서 페드로가 아버지랑 구혼하기 위해서 온다는 걸 눈치챈 엄마가 집안 대대로 내려오는 잔인한 전통을 이야기해주는 구절입니다. 막내로 태어난 티타는 사랑하는 남자 페드로와 결혼할 수가 없고 엄마가 돌아가실 때까지 옆에서 보살펴야 하는 그런 기막힌 운명인 거죠. 저라면 아마 엄마가 그렇게 얘기를 하면 페드로와 도망가거나 했을 텐데 티타는 눈물을 흘리면서 운명을 받아들입니다.

그리고 이런 가풍을 알게 된 페드로가 아주 충격적인 결정을 해버립니다. 바로 티타 대신 첫째 딸 로사우라랑 결혼하겠다는 거였어요. 티타를 사랑해서 그 언니와 결혼하다니 정말 바보 같은 결정입니다. 페드로의 생각은 그렇게까지 해서라도 사랑하는 티타 옆에서 살겠다는 뜻이었지만, 그게 얼마나 잔인한 결정인지 바보 같은 페드로! 그러면서 이들의 비극적인 사랑이 시작됩니다.

결혼식을 망쳐버린 음식의 비밀

나차는 많은 경험을 통해 티타가 맛난 크리스마스 파이를 먹는 동안에는 아무런 슬픔도 느끼지 않는다는 것을 잘 알았다. 하지만 이번에는 그 방법도 통하지 않았다. 위가 텅 빈 것 같은 허전함이 여전히 가시지 않았다. 티타는 배가 고파서 허전한 게 아니라는 걸 깨달았다.

_27쪽 중에서

티타가 배고파 하는 건 사랑하는 남자가 언니랑 결혼한다고 하니까 당연한 거죠. 식욕과 성욕 중에서 뭐가 더 강할까요? 실제로 우리 뇌의 호르몬 분비를 조절하는 시상하부에는 성욕을 느끼는 신경 중추와 식욕을 느끼는 신경 중추가 굉장히 가까이 붙어있다고 해요. 그래서 이 두 감각은 서로 영향을 받고 또 서로 속이기도 하는데요. 연인과 이별하거나 배우자가 외도하는 등의 문제가 생기면 양푼에 김치랑 고추장을 막 넣고 밥을 비벼서 먹는 장면이 나오잖아요. 사랑을 못 받으면 그렇게 배가 고픈 거죠.

그런데 슬퍼하는 티타를 마마 엘레나가 가만히 둘 리가 없죠. 티타에게 유독 잔인한 마마 엘레나! 이들의 결혼식을 위한 웨딩 케이크를 티타에게 만들라는 가혹한 주문을 하죠. 티타는 케이크를 만들면서 페드로를 향한 그리움과 절망과 좌절감 때문에 너무 울어서 케이크에 발라야 하는 캐러멜 소스가 너무 묽어졌어요. 그런데 결혼식 당일 이 케이크를 먹은 하객들이 이상한 반응을 보이는 거예요.

눈물은 이 괴이한 식중독의 첫 번째 증세에 불과했다. 모든 하객들은 크나큰 슬픔과 좌절감에 포로가 되었다. 결국 하객들 모두가 옛사랑을 그리워하며 안뜰이나 뒤뜰, 화장실로 흩어졌다. 모두 마법에 걸린 것 같았다. (중략) 마당 한가운데서 단체로 함께 토해야 했다. 케이크를 먹고도 아무런 영향을 받지 않은 사람은 티타 한 사람뿐이었다.

_47쪽 중에서

티타가 요리하면서 울었던 그 감정이 음식에 녹아들어서 그 음식을 먹은 모든 사람에게 마법을 부린 거지요. 음식을 할 때 어떤 기분으로 하느냐가 참 중요하다고 하잖아요. 얼마나 슬프면 구역질이 나겠어요. 마마 엘레나는 티타가 케이크에 일부러 구토제를 넣어 결혼식을 망치려고 계획한 거라면서 티타의 뺨을 세차게 후려갈깁니다. 더 중요한 건 티타와 함께 요리했던 집 요리사인 나차가 그녀의 편에서 증언을 해줄 수 없었던 겁니다. 그 케이크를 미리 맛보았던 나차가 그 전날 밤에 양손에 옛 애인의 사진을 꼭 쥐고 죽어버렸기 때문이에요. 그녀 역시 티타의 케이크를 맛보고 옛사랑에 대한 그리움을 느낀 거였죠.

이후 티타는 죽은 나차를 대신해서 집안 요리사가 되어 자신의 불행을 요리를 통해 정화시켜 갑니다. 티타에게 요리는 실연과 슬픔, 질투, 그리움, 정욕 등 내 모든 감정을 표현하는 통로인 동시에 자기의 목소리를 내는 유일한 수단이에요. 그리고 그 요리를 먹은 사람들에게도 계속 영향을 주죠.

사랑이 꽃피는 밥상

우리는 밥으로 사랑을 배워요. 사랑하는 사람한테 항상 물어보잖아요. '밥 먹었어?' 그래서 누군가를 위해서 요리한다는 그 행위 자체가 사랑이자 굉장히 멋진 일이에요. 신혼 때 시어머니에게 그 집 음식을 배우려고 애썼다는 어떤 분의 이야기를 들은 적이 있는데요. 남편이 나이 들어 어렸을 때 먹던 엄마의 음식을 먹고 싶어하면 그 음식을 해주고 싶었기 때문에 시어머니의 음식을 배우려고 했다고 하더라고요. 누군가 나를 위해서 요리한 음식을 먹을 때 왠지 그 사랑과 아낌과 존중과 배려를 받는 그런 기분이 참 좋잖아요. 제가 말하고 싶은 건 티타가 페드로에게 끊임없이 요리로 사랑을 표현한 것처럼 우리도 사랑하는 사람을 위해서 요리하자는 겁니다.

또 흥미로운 게 같이 밥을 먹어보면 그 사람이 어떤 사람인지 알 수 있다는 거죠. 이런 점 때문에 사실 바람도 밥 먹다 나는 경우가 많아요. 같이 밥을 먹다가 우연히 생선살을 발라서 올려주거나 깻잎을 떼어주거나 하는 배려에서 마음이 흔들리는 거죠. 밥 먹는 동안 이 사람이 나를 계속 관심 있게 보고 배려해주는 것에서 마음이 흔들리는 거예요. 그래서 식사 자리에서는 정이 가고 정이 떨어지고 하는 거죠. 우리의 티타와 페드로는 어떤지 볼까요.

> 페드로가 아무 이유 없이 갑자기 그녀의 요리를 칭찬하지 않게 되면서 시작되었다. 상심한 티타는 더 맛있는 요리를 내놓기 위해 갖은 정성을 다 기울였다. (중략) 티타는 마마 엘레나가 페드로에게 식사를 칭찬하지 말라고 요구한 사실을 까마득하게 몰

랐다. 마마 엘레나는 로사우라가 임신 때문에 몸이 불어난 것만으로도 우울해하고 자신감 없어 하는데, 그런 그녀 앞에서 맛있는 음식을 구실로 티타를 칭찬하면 안 된다고 했던 것이다.

_77~78쪽 중에서

이 구절을 보면 페드로는 지금까지 티타가 해주는 음식을 먹고 그 요리를 계속 칭찬했다는 걸 알 수 있어요. 식사 자리에서 음식을 통해서 끊임없이 소통하고 사랑을 표현하고 확인한 겁니다. 요리가 이들의 사랑에 매개가 된 게 분명하죠. 마마 엘레나가 꾸중한 줄도 모르고 페드로가 요리에 대해서 칭찬을 안 해주니까 티타는 풀이 죽어요.

그런데 여기서 주목할 사람은 티타보다 첫째 로사우라인데요. 로사우라는 마마 엘레나가 시키는 대로 페드로와 결혼했고 그의 아이까지 가졌는데 30kg 가까이 살이 쪄서 너무 무기력하고 우울한 나날을 보내고 있습니다. 이 집안 전통의 가장 큰 피해자는 어쩌면 로사우라가 아닐까요? 자기 남편과 여동생이 계속 끔찍하게 서로 사랑하고 원하는 걸 보며 산다는 것이야말로 형벌 아니겠어요?

어둠 속에서 발자국 소리가 들리자 그는 숨을 죽였다. 티타였다. (중략) 페드로는 고양이처럼 사뿐히 일어나 조용히 티타를 쫓아

갔다. 티타는 누군가가 자신의 입을 막고 끌어당기자 깜짝 놀랐다. (중략) 페드로는 티타에게 키스하면서 그녀의 손을 잡아당겨 자신의 몸을 더듬게 했다.

_106~107쪽 중에서

페드로와 티타의 아찔한 첫 키스 장면입니다. 페드로와 로사우라 사이에 태어난 아들, 즉 조카를 위해서 티타는 젖까지 물려줘요. 상상할 수 없는 일이죠. 로사우라의 젖이 나오지 않아 사랑하는 조카가 굶게 되니 마음 아팠던 모양이죠. 그런데 아기를 낳지도 않은 처녀 티타는 젖이 풍성하게 나옵니다. 이 장면에서 티타는 젖이 잘 나오게 하려고 하루종일 맥주를 마시는 바람에 한밤중에 화장실을 가는 중이었죠. 페드로는 티타가 풍기는 향에 이끌려 조용히 따라가다가 첫 키스를 하게 된 건데 그때 얼마나 뜨거운 감정이 오갔을까요.

보는 각도에 따라 달라지는 진실

페드로는 티타에게 정말 완벽한 연인이었을지 몰라도 로사우라에게는 너무나 잔인한 남편이에요. 사실 로사우라의 입장에서는 엄연히 이 둘이 외도죠. 부부 사이에 외도가 일어나면 외도하는 사람은 자존감이 막 높아져요. 왜냐하면 누군가가 나를 좋아하잖아요. 그런데 그 상대방은 자존감이 막 떨어집니다. 왜냐하면 누군가와의 경쟁에서 내가 졌고 점점 비참해지니까요. 이들 사이를 힘겹게 지켜보던 로사우라는 티타에게 이런 말을 합니다.

"페드로가 나랑 왜 결혼했는지 그 이유 따위는 중요하지 않아. 결혼했으면 그걸로 끝이야. (중략) 너하고 페드로가 구석구석 숨어 다니면서 키스하다가 지옥에 떨어져도 나는 아무 상관없어. 이제 앞으로는 너희 하고 싶은 대로 다 하고 다녀도 돼. 다른 사람들이 모르는 한 나는 상관없어. (중략) 만약 나중에 누군가 너희들이 함께 있는 걸 봐서 나를 또다시 우습게 만들면 그때는 둘다 뼈저리게 후회하게 만들어줄 줄 알아."

_222~223쪽 중에서

로사우라는 본인의 자존심을 지키려고 한 말이지만 티타에게 이 말을 하면서 속이 얼마나 썩었을까요. 너희 둘이 열심히 사랑하는 건 알겠는데 제발 남들 앞에서는 내 자존심만은 좀 지켜달라는 거잖아요. 어쩌면 로사우라는 정말 쿨한 척하고 싶었을지 몰라요. 그런데 가만히 생각해보면 불륜은 로사우라가 시작한 거예요. 왜냐하면 동생과 그 남자 사이에 끼어든 거잖아요. 아무리 엄마의 명령이기는 했어도 동생의 남자를 가로채서 결혼한 거니까 스스로 비극의 씨앗을 뿌렸다고 해도 과언이 아니죠.

나중에 티타가 둘째 언니 헤르트루디스에게 페드로와의 섹스로 아기를 가진 것 같다고 고민을 털어놓으니까 헤르트루디스가 이렇게 말해요. "진실은 보는 사람의 각도에 따라서 달라지는 거다. 네 경우에는 너와 페드로가 진심으로 사랑하는데도 로사우라 언니가 아랑곳하지 않고 일부러 페드로와 결혼했다는 게 진실이야"라면서 티타에게 끝까지 싸워서 페드로를 쟁취하라고 조언합니다. 로사우라 입장에서는 동생의 남자와 결혼하라는 엄마의 명령을 거부하기만 했어도 이런 비참한 지경에 빠지지 않았을 텐데요. 이렇게 로사우라의 속은 계속 썩어 들어갑니다.

로사우라의 방귀 소리가 들려왔지만 페드로는 처음에는 이상하게 생각하지 않았다. 하지만 마치 끝나지 않을 것처럼 평소보다 훨씬 더 길게 들리자 기분 좋지 않은 이 소리에 귀를 기울이게 되었다. (중략) 어쩌면 옆집 사람들의 자동차 엔진 소리일지도 몰랐다. 하지만 잘 생각해 보니 자동차 엔진은 그렇게 고약한 냄새를 풍기지 않았다.

_243쪽 중에서

참 슬픈 상황이죠. 결혼 생활 내내 심각한 소화불량에 시달리다가 죽기 직전에 아주 길고 커다란 소리의 방귀를 뀌고 눈을 뜬 채로 비참하게 숨을 거두다니요. 고약한 냄새까지 났다고 하는 걸 보면 매 순간 남편을 감시하고 동생을 경계해야 하는 집에서 나갈 수조차 없었던 로사우라가 얼마나 속이 썩어 죽고 말았는지, 저자는 아마 그것을 표현하기 위해 죽기 직전에 방귀를 뀌었고 그 냄새가 너무 고약했다고 표현한 게 아닌가 하는 생각이 들더라고요.

사실 로사우라가 그녀의 딸 역시 티타처럼 막내딸은 결혼하지 못하고 엄마를 죽을 때까지 보살펴야 한다는 전통의 희생물로 삼으려는 것 때문에 로사우라와 티타가 크게 싸우게 되는데 그때 티타가 속으로 막 저주를 퍼부었어요. "차라리 그 말을 안으로 집어삼켜. 그 말이 푹푹 썩어서 벌레가 우글거릴 때까지 배 속에 들어있는 게 더 나았을 텐데!"라고요. 그 저주가 이루어졌던 걸까요. 아니면 남편의 불륜을 참아내다가 속이 썩어버린 걸까요. 티타와 페드로의 눈빛, 마음, 사랑이 로사우라를 시들게 했던 건 분명하죠.

장미 꽃잎이 쏘아올린 폭발(?) 사고

이쯤 되면 세 딸 중 둘째 헤르트루디스는 부디 온전한 사랑을 하면 좋겠다는 생각까지 드는데요. 이제 헤르트루디스의 사랑 이야기를 해볼까요. 페드로와 로사우라의 결혼식 날 죽은 채로 발견된 집 요리사 나차. 어릴 때부터 어머니 대신 돌봐주었던 나차의 죽음은 티타에게 너무 큰 슬픔이었습니다. 티타를 지켜보던 페드로는 그녀가 너무 풀이 죽어있으니까 장미꽃을 선물합니다. 티타는 난생처음으로 꽃 선물을 받아본데다가 사랑하는 페드로가 주었으니까 마음이 막 들떴죠. 그리고 그때까지 티타는 페드로가 정말 나를 사랑한 걸까라는 마음 때문에 너무 힘들었거든요.

마마 엘레나가 티타에게 어떻게 네가 그 꽃다발을 받을 수 있냐면서 꽃다발을 버리라고 하는데 차마 버릴 수가 없었어요. 그래서 티타는 그걸 엄마 몰래 요리로 만들어요. 그 요리 이름이 바로 '장미 꽃잎을 곁들인 메추리 요리'예요. 장미 꽃잎을 하나하나 뜯어서 요리하다 보니까 가시에 손가락을 찔려서 티타의 피가 스며드는데 이 요리가 곧 엄청난 파장을 몰고 옵니다.

이 음식의 가장 큰 수혜자는 헤르트루디스였어요. 그녀는 이 음식을 먹고 다리에서부터 막 후끈한 열기가 올라오고 가랑이 가운데가 막 간지러워 의자에 제대로 앉아있을 수도 없을 만큼 흥분해요. 몸에서 흐르는 분홍빛 땀방울에 온몸이 땀범벅이 돼서는 결국 샤워를 하러 갑니다.

샤워기에서 떨어지는 물줄기가 몸에 닿기도 전에 증발해 버렸기 때문에 불행히도 헤르트루디스는 샤워를 즐길 수 없었다. 그녀의 몸에서 뿜어져 나오는 열기가 어찌나 강했던지 나무판자가 뒤틀리면서 불이 붙었다. 헤르트루디스는 불길에 휩싸여서 타 죽을까 봐 너무 두려웠던 나머지, 완전히 벌거벗은 채로 샤워장에서 뛰쳐나왔다. 그때 그녀의 몸에서 뿜어져 나온 장미 향은 멀리, 아주 멀리까지 퍼져나갔다.

_61쪽 중에서

헤르트루디스의 몸이 얼마나 달아올랐는지, 그녀의 몸에서 뿜어져 나오는 그 뜨거운 장미향은 또 얼마나 멀리 퍼졌는지 한 혁명군 장교가 전쟁터에서 그녀를 향해서 말을 타고 달려올 정도였어요. 일주일 전에 헤르트루디스와 우연히 마주쳤던 바로 그 남자였죠. 장교는 샤워부스에서 알몸으로 뛰쳐나온 그녀의 허리를 낚아채서 타고 온 말 위에 앉혔어요. 둘이 열정적으로 껴안고 키스하느라 장교가 말고삐를 놓았지만 말은 알아서 질주합니다.

저는 이 소설 속에서 바로 이 장면이 두 번째로 관능적이고 감각적이었던 것 같아요. 첫 번째는 곧 나옵니다.

관능을 부르는 마성의 요리

저자는 요리가 우리의 오감을 자극하는 것처럼 소설을 써 내려가고 있습니다. 이렇게 사랑의 감정을 키워주는 그리고 감각을 예민하게 해서 성감을 높여주는 식품을 최음제라고 하는데요. 헤르트루디스에게 티타의 장미꽃 요리가 최음제나 마찬가지였던 거죠. 그런데 장미꽃 요리를 뛰어넘는 결정타는 따로 있습니다. 바로 티타가 만든 호두 소스를 끼얹은 칠레고추 요리인데요. 이건 로사우라와 페드로 사이에서 태어난 둘째 딸 에스페란사의 결혼식 날 티타가 만든 음식이에요.

엄마 마마 엘레나와 페드로의 부인 로사우라는 죽었고 헤르트루디스는 집에 없었기 때문에 에스페란사의 결혼식만 끝나면 집에 페드로와 티타 단둘이 온전히 남아있을 수 있었어요. 이날이 지나면 자신의 사랑을 구속했던 모든 답답함과 억압에서 벗어나서 꿈꿔왔던 둘만의 삶을 시작할 수 있다고 생각했을 때 얼마나 성적 환희에 가득 찼겠어요. 이 성적 환희와 기대에 찬 그 마음으로 만든 요리를 먹은 하객들에게 어떤 일이 일어났을까요?

모두 음탕한 시선으로 이 핑계 저 핑계를 대며 양해를 구하고는 얼른 자리를 떠났다. (중략) 모두 그곳에서 최대한 멀리 떨어진 곳으로 가서 격렬한 사랑을 나누었다. (중략) 어디든 상관없었다. 강이나 계단, 욕조, 벽난로, 오븐, 약국 판매대, 옷장, 나무 꼭대기도 가리지 않았다. 그날은 인류 역사상 가장 많은 창조가 이루어진 날이었다.

_253~254쪽 중에서

너무 재밌지 않나요? 덕분에(?) 페드로와 티타는 아무런 힘을 들이지 않고 집에 단둘이 남게 됩니다. 살면서 처음으로 누구의 눈치도 보지 않고 이제 정말 뜨거운 둘만의 시간을 즐길 수 있게 된 거죠.

이렇게 티타의 요리처럼 먹기만 해도 모두가 사랑에 빠지게 되는 일명 사랑의 묘약이 있죠. 오페라 〈트리스탄과 이졸데〉에 신기한 마법의 약으로 등장합니다. 여기서 재미있는 건 사랑하는 사람에게 묘약을 마시게 해서 그가 나를 사랑하게 하는 것이 아니라 내가 마시면 상대방이 나를 사랑하게 되는 그런 약이라는 겁니다. 이탈리아 최고의 작곡가 가에타노 도니체티는 이 전해오는 사랑의 묘약 이야기를 바탕으로 〈사랑의 묘약〉이라는 오페라를 만들기도 합니다.

오늘날 사랑의 묘약이라고 하면 뭐가 있을까요. 남성의 경우 20년 전에 발견된 비아그라 같은 발기부전 치료제, 여성에게는 아마 윤활제일 텐데요. 몇 달 전 한강에서 발기부전 치료제 성분이 검출되었다는 뉴스가 보도돼 화제가 되었죠. 이 기사를 보고 어떤 사람들은 아리수를 먹어야겠다는 농담도 했어요. 이야기가 나온 김에 저도 여러분에게 사랑의 묘약을 추천해드릴까 합니다.

섹스의 능력은 사실 혈액순환에 크게 달려 있고, 혈액순환은 건강상태에 아주 중요하죠. 남자들이 먹으면 좋은 사랑의 묘약은 바로 토마토입니다. 토마토는 정력에 좋은 철분, 비타민이 풍부한 항산화 채소죠. 실제로 영국의 포츠머스 대학 연구팀은 토마토의 리코펜이 남자의 정자를 슈퍼 정자로 만드는 효과가 있다고 밝힌 바 있어요. 여자들에게는 콩 단백질을 추천해드려요. 피부나 머리카락, 손톱의 윤기나 탄력을 더해주고 질 분비물을 증가시켜준다고 하거든요. 월경불순이나 월경증후군, 편두통에도 좋고 지방을 감소시킨다는 연구 결과가 있습니다. 그래서 특히 완경을 지난 중년 여성에게 좋습니다.

우리 몸 안에 성냥갑 하나씩은 있잖아요

여기서 우리가 놓치면 안 되는 게 그 어떤 묘약보다도 더 효과 있는 건 사랑하는 마음이라는 거예요. 호주 퀸즐랜드 대학의 제이크 나즈만 교수에 의하면 섹스 상대를 고를 때 섹스 기교나 외모, 재산보다 나를 좋아하는 사람을 골랐을 때 흥분과 만족도가 가장 큰 것으로 나타났죠. 그래서일까요?『달콤 쌉싸름한 초콜릿』의 서평을 보면 티타가 페드로 대신 티타를 진정으로 어른같이 사랑해주는 브라운과 결혼했어야 한다는 글이 많아요.

브라운 박사는 로사우라가 첫째 아들 로베르토를 출산하던 날 티타를 보고 반합니다. 로사우라가 출산하기 전에 건강이 좋지 않아서 아기를 낳기에 위험천만한 상황이었거든요.

> 박사는 티타가 그런 악조건 속에서도 적절한 조치를 취하며 침착하게 아이를 받아낸 것을 매우 놀라워했다. (중략) 그는 오 년 전 아내와 사별한 후로는 어떤 여자에게서도 매력을 느끼지 못했다. 거의 신혼이나 다름없던 때에 아내를 잃은 슬픔은 몇 년 동안 그를 사랑에 무감각하게 만들었다. 그런 그가 티타를 본 순간 야릇한 감정에 사로잡혔던 것이다.
>
> _83쪽 중에서

브라운은 함께 얼마 살지도 못하고 사별한 아내 이후 처음으로 티타에게 사랑을 느껴요. 이때 태어난 로베르토를 티타가 돌보는 게 마음에 들지 않았던 마마 엘레나는 페드로와 로사우라, 로베르토를 모두 먼 지역으로 보내버렸어요. 그런데 얼마 후 로베르토가 갑자기 죽었다는 소식이 전해집니다. 티타는 마마 엘

리나에게 엄마가 로베르토를 죽였다고 미친 듯이 소리 지르고
는 비둘기장으로 올라가서 며칠이 지나도 내려오려고 하지 않
습니다. 마마 엘레나는 티타가 미쳤다면서 정신병원으로 보내
려고 하죠. 그때 브라운 박사가 티타를 데리고 가요. 브라운은
그녀를 정신병원이 아닌 자기의 집으로 데려가서 정말 극진히
간호해줍니다. 그녀를 사랑으로 정성껏 보살펴주고 할머니에게
들었던 이야기도 해줍니다.

> "우리 모두 몸 안에 성냥갑 하나씩을 가지고 태어나지만 혼자
> 서는 그 성냥에 불을 당길 수가 없다고 하셨죠. (중략) 산소와
> 촛불의 도움이 필요하다는 거예요. 예를 들어 산소는 사랑하는
> 사람의 입김이 될 수 있습니다. (중략) 사람들은 각자 살아가기
> 위해 자신의 불꽃을 일으켜줄 수 있는 것이 무엇인지 찾아야만
> 합니다."
> _124쪽 중에서

이 책의 세계관에 의하면 우리 몸 안에 성냥갑 하나씩을 다
가지고 태어난대요. 누군가의 도움이 있어야만 그 성냥갑의 성
냥에 불이 붙어서 활활 타오른다는 거죠. 브라운 박사의 보살
핌을 받던 티타는 자신을 잘 돌봐주고 사랑해주는 그와 결혼을
약속해요. 하지만 브라운과 결혼하는 것을 지켜볼 수 없었던 페

드로는 질투심에 활활 타올라 티타와 첫 섹스를 하게 됩니다. 결국 순결을 잃게 된 티타는 브라운과 결혼할 수 없다고 말합니다. 나의 순결을 가져간 남자가 있다면서요. 결국 티타를 너무 사랑한 브라운은 티타를 페드로에게 보내줍니다.

사랑과 열정 사이

어떻게 보면 티타의 페드로를 향한 사랑의 불씨가 식을 수도 있었는데 브라운이 보여준 사랑과 성냥 이야기가 오히려 그 불씨를 살려준 겁니다. 재주는 브라운이 부리고 티타의 사랑은 페드로가 가져간 거죠. 티타는 자신의 몸 안에 성냥불을 일으켜줄 수 있는 게 페드로라고 생각했던 거예요. 이런 면에서 티타는 사랑꾼이 아니라 어쩌면 안목이 없는 열정꾼이 아니었나 하는 생각도 듭니다.

무슨 말인가 하면 사랑은 열정과는 좀 다르거든요. 열정이 상대의 키스를 받고 싶고, 상대의 키스를 받을 때 내 몸이 짜릿짜릿 전기가 오르는 거라면 사랑은 그 상대의 단점이 보일 때 그걸 안고 가겠다는 어떤 의지를 가지고 같이 가는 것, 그것이 바로 사랑이거든요. 그래서 사랑은 의지가 있어야 합니다. 그 의지로 난관을 이겨내고 헤쳐 나가는 거죠.

사랑에 정말 중요한 것이 바로 그 지속성입니다. 그러니까 단점이 보인다고 해서 '저 사람에 대한 내 사랑이 없어졌나 보다' '우리는 권태기인가 봐' 이렇게 생각할 게 아니라 그 사람의 단점을 알면서도 문제를 받아들이는, 그리고 같이 가겠다고 결심하는 그때부터 진정한 사랑이 시작되는 겁니다. 어쩌면 티타는 열정이 사랑으로 갈 기회가 없었던 건지도 모르겠어요. 페드로와 짜릿한 스킨십을 하고 싶은 열정은 있었지만 막내딸이어서 결혼할 수 없었던 그 운명을 헤쳐 나가기보다는 받아들였으니까요.

제가 또 자주 받는 질문이 '내가 사랑하는 사람과 날 사랑해주는 사람 중에 누구를 선택하는 게 좋은가요?' 바로 이겁니다. 아마도 나를 사랑해주는 사람을 선택해야 좀 더 안정적이고 평온한 사랑을 할 수 있겠죠. 반면 내가 사랑하는 사람을 선택하면 내가 좀 더 에너지를 써야 할 겁니다. 무엇이 옳은 사랑이라고는 할 수 없어요. 사랑은 지구에 있는 사람만큼 다양한 모습이 있다고 하거든요. 때로는 심장이 먼저 알아보는 사랑도 있고요. 그러면 단점이 눈에 보여도 그냥 그를 사랑할 수밖에 없는 거죠. 사랑이라는 건 알 수가 없어요.

그런 면에서 보면 페드로와 티타의 사랑이 22년이라는 긴 세월 지속될 수 있었던 건 사랑을 간직했다기보다 한 번도 온전하게 내 것이 된 적이 없었던 탓이 아닐까 하는 생각이 들기도 합니다.

식탁과 침대로의 단 한 번의 초대

22년이라는 긴 시간 후에야 드디어 단둘이 남게 된 티타와 페드로는 정말 불사르는 뜨거운 사랑을 합니다. 소설 속 가장 관능적인 장면이에요. 그런데 이 순간은 그리 길지 않았어요.

갑자기 끔찍한 침묵이 방 전체에 퍼졌기 때문이죠. 티타는 브라운 박사가 해준 이 말을 기억해야 했어요.

"물론 성냥을 하나씩 켜도록 주의해야 해요. 아주 강렬한 흥분을 느껴서 우리 몸 안에 있던 성냥들이 모두 한꺼번에 타오르면 강렬한 광채가 일면서 평소 우리가 볼 수 있었던 것, 그 이상이 보이게 될 겁니다."

_126쪽 중에서

페드로는 티타와 사랑을 나누다 죽습니다. 이를 알게 된 티타는 더 이상 살아갈 이유가 없어지죠. 페드로가 없는 삶이 티타에게 무슨 의미가 있겠어요. 그래서 페드로의 곁으로 가기 위해서 자기 안에 있는 성냥갑에 불을 인위적으로 붙일 방법을 찾아나서요.

티타는 성냥갑 안에 들어있던 성냥들을 하나씩 집어삼켰다. 티타는 성냥을 한 개비씩 씹을 때마다 두 눈을 꼭 감은 채 페드로 와 함께했던 가장 격렬한 순간을 떠올려보려고 했다. (중략) 티 타는 결국 원하던 바를 이루었다.

_258쪽 중에서

티타는 죽는 순간까지도 페드로 생각뿐이네요. 페드로를 처음 만났던 순간, 그가 사랑을 고백하던 순간, 그가 장미꽃을 주던 순간, 화장실을 가던 길에 그에게 붙잡혀서 첫 키스를 했던 순간, 그와 첫 섹스를 했던 순간. 결국 티타는 페드로와의 사랑을 떠올리면서 몸 안의 성냥갑에 불이 붙습니다. 그 불길로 집과 그 넓은 농장까지 모두 다 태워버리고 이야기가 끝이 납니다. 이 책 첫 장에 식탁과 침대로의 단 한 번의 초대라는 글이 적혀있는데요. 티타와 페드로가 온전히 섹스를 나눈 이 날을 뜻하는 게 아닐까요?

최근 빅터 플랭클의 『죽음의 수용소에서』라는 책을 읽었는데 이런 구절이 나오더라고요.

'인간에 대한 구원은 사랑을 통해서, 사랑 안에서 실현된다.' 그때 나는 이 세상에 남길 것이 하나도 없는 사람이라도 사랑하는 사람을 생각하며 여전히 더할 나위 없는 행복을 느낄 수 있다는 것을 알게 됐다.

_빅터 프랭클, 『죽음의 수용소에서』 69~70쪽 중에서

저는 『달콤 쌉싸름한 초콜릿』을 읽고 사랑의 힘을 또다시 느꼈어요. 여러분도 티타와 페드로가 한 번 한 사랑의 약속을 지키면서 평생을 기다리고, 한 사람을 바라보며 살았던, 그 뜨겁고 간절하고 한결같은 사랑을 보고, 우리 마음속의 열정과 간절한 사랑 그리고 사랑에 따라가는 자연스러운 성욕이 여러분 속에 되살아나길 바랍니다.

사랑을 잊고 있나요? 아니면 아직 어려운가요? 고통스러운 현실에서 우리를 견디게 하는 건 사랑입니다. 내 안의 성냥갑에 불을 지펴줄 사랑이 필요한 분들은 이 책을 꼭 읽어보길 바랍니다.

오늘의 독썰가
경제학자 박정호 특임교수

#명지대 교수
#KDI(한국개발연구원) 전문연구원 출신
#한국인적자원개발학회 부회장, 인공지능법학회 상임이사, 혁신클러스터학회 학술위원장, 남북경협 한동해포럼 위원 등으로 활동
#경제경영, 디자인, 인문학, 사회 등 종횡무진
#저서 『경제학 입다/먹다/짓다』, 『한국사에 숨겨진 경제학자들』, 『아주 경제적인 하루』, 『재미없는 영화, 끝까지 보는 게 좋을까?』 등

오늘 함께할 책
『메트로폴리스』, 벤 윌슨, 매경출판

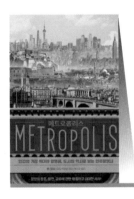

#방구석 세계여행
#집콕에 딱 맞는 벽돌책
#흥미로운 세계사의 향연
#영국 역사학자의 도시 산책
#도시 종족이 뜬다!

도시의 역사는 곧 인류의 역사다. 기원전 4000년, 최초의 도시가 탄생한 이래, 정치 · 경제 · 문화 · 종교 · 예술 등 인류의 모든 문명은 곧 도시의 발전과 그 궤적을 함께해왔다. 이 책은 인간의 가장 위대한 발명품인 도시의 역사를 통해 인류문명사의 발전을 따라가보고, 팬데믹과 환경오염 등 치명적인 위기에 직면한 도시와 인류 문명의 나아갈 방향에 대해서 이야기한다. 촉망받는 영국의 역사학자이자 이 책의 저자인 벤 윌슨은 최초의 도시 우루크가 세워진 이후 오늘날까지 총 6000년간 인류 문명을 꽃피웠던 26개 도시를 연대기순으로 살펴본다.

저는 책을 읽을 때 한 주제를 정해놓고 그 주제와 관련된 책을 다섯 권에서 열 권 가까이 한꺼번에 읽는 편입니다. 사실 어떤 주제에 대한 책을 한 권만 읽으면 그 사람이 쓴 프레임을 바탕으로 세상을 바라보기 때문에 조금 다른 관점에서 책을 집필하거나 그 주제에 대해서 다른 분야 사람들은 어떻게 접근하는지 전부 아울러서 읽으려고 노력하다 보니까 한 주제에 대해서 몇 권씩 읽게 되는 것 같습니다.

같은 주제라도 다양한 관점으로 읽다 보면 객관적이고 비판적으로 받아들일 수 있습니다. 지금 소개해드릴 책도 제가 오랫동안 관심 있던 주제를 다룬 책입니다. 그동안 도시의 변화를 역사적인 관점에서 설명한 책이 꽤 많았습니다. 그런데 이 책은 코로나19라는 큰 변화를 겪은 이후 집필된 책이기 때문에 도시라는 공간적인 변화를 코로나19까지 포함해서 조망하고 있습니다.

이 책은 668쪽으로 두께가 어마어마합니다. 요즘 이런 책을 벽돌 책이라고 하던데요. 완독은 힘들어도 서재에 두면 왠지 뿌듯한 느낌이 들 텐데요. 초기 4대 문명의 발생지부터 최근에 형성된 우리나라의 송도까지 세계 26개 도시의 역사를 통해 인류의 과거와 현재는 물론이고 미래까지 제시하고 있는 책입니다. 제가 지금부터 이 두꺼운 책 『메트로폴리스』를 끝까지 읽기 어려운 분들에게 쉽고 재미있게 읽어드리겠습니다.

세계 인구의 절반은 도시에 살고 있다

현재 세계는 도시화되고 있다고 해도 과언이 아닙니다. 유엔 보고서에 따르면 전 세계 인구의 절반 이상이 도시에 살고 있다고 합니다. 우리나라도 도시화율이 무려 90%에 달하고 있는 상황입니다. 현재 세계를 이해하기 위해서 도시부터 이해해야 된다고 생각하는데요.

그렇다면 많은 분이 궁금하실 거예요. 어찌 보면 우리는 주말이 되면 넓은 들판이나 바닷가 또는 강가를 보고 싶어서 자꾸 교외로 가는데 도대체 무엇 때문에 도시로 몰려드는 걸까요? 그리고 많은 사람이 이렇게 도시에 모여 살게 되는 궁극적인 이유는 무엇일까요? 『메트로폴리스』에서는 지금까지 사람들이 도시로 몰려오게 된 많은 요인을 설명해줍니다.

> 오늘 하루, 세계의 도시 인구는 또 20여 만 명이 늘었다. 내일도 그럴 것이고, 모레도, 글피도 마찬가지일 것이다. 2050년, 인류의 3분의 2가 도시에 살고 있을 것이다. (중략) 오늘날 세계 경제는 몇몇 도시와 도시권에 치우쳐 있다. 2025년이면 총 6억 명(세계 인구의 7퍼센트)의 인구를 지닌 440개의 도시들이 전 세계 국내총생산의 절반을 차지하게 될 것이다.
> _8~10쪽 중에서

바로 이런 상황에서 우리가 살펴봐야 할 것은 거주지의 문제는 예전이나 지금이나 바로 생존과 관련된 문제라는 겁니다. 이 생존과 관련된 문제라는 것을 요즘 말로 바꾸면 먹고사는 문제, 다시 말해서 경제적인 문제라고 바꿀 수 있겠습니다.

이탈리아 북부에 있는 신기노 댐에서는 90도에 가까운 댐 경사면에 매달려 있는 야생 염소를 볼 수 있습니다. 야생 염소가 그 댐에 매달려 있는 이유는 바로 소금 성분을 얻기 위해섭니다. 이렇게 어려운 환경 속에서도 염분을 얻기 위해 노력하는 것이죠. 우리 인류도 마찬가지입니다. 선사시대에 우리가 거주지를 결정할 때 가장 중요한 요소는 다름 아닌 소금이었습니다.

사람을 포함한 포유류는 자연적으로 염분을 얻을 수 없습니다. 그래서 반드시 외부에서 염분을 섭취해야 하는데요. 농사를 짓기 전, 원시시대 우리 인류는 주로 사냥을 통해 먹거리를 조달했기 때문에 굳이 소금을 따로 섭취하지 않아도 됐습니다. 사냥한 동물이 이미 섭취한 소금 성분 덕분이었죠.

그런데 본격적으로 농사를 짓기 시작하면서 상황이 달라졌어요. 농사를 지으니까 육식에 대한 의존도가 현격히 낮아졌고 따라서 소금 성분을 별도로 섭취해야 했습니다. 바로 그 과정에서 인류가 최초로 정착지를 결정했던 공간은 대부분 인근에서 소금을 쉽게 얻을 수 있는 지역이 되었습니다. 그런데 사실 소금은 바닷가에만 있는 것은 아닙니다. 이탈리아 시칠리아에 가보면 금광이라든가 석탄 광산 못지않은 거대 규모의 소금 광산이 있기도 하고, 몽골에도 소금 광산, 소금 호수 같은 것이 있습니다. 과거 바다였던 곳이 내륙이 되다 보니까 이렇게 소금을 내륙에서도 얻을 수 있게 된 것입니다.

그리고 소금을 직접 얻기 어려운 지역에서는 교역을 통해서 정례적으로 소금을 사오거나 매매해야 했는데요. 그러한 인류의 흔적이 지금도 고스란히 지명에 남아있습니다. 독일 지명을 보면 '할'Hal 이나 '할레'Halle 가 들어가는 곳이 많은데요. 이 할과 할레라는 명칭이 바로 소금을 의미합니다. 그다음에 '드로이트

위치'Droitwich 라든가 '낸트위치'Nantwich 처럼 위치라는 단어로 끝나는 지명도 많이 봤을 겁니다. 소금을 의미하는 단어입니다. 과거의 도시는 소금을 매매하는 도시로 형성되는 곳이 많았다고 보면 되겠죠.

기후변화로 인해 문명이 발생했다?

우리가 주거지를 어디로 결정하느냐는 선사시대에도 그렇고 지금도 마찬가지로 전부 생존과 관련된 문제, 먹고사는 문제와 관련됐다고 해도 과언이 아닙니다. 그런데 하필이면 왜 4대 문명지 중 하나였던 메소포타미아 지역에서 고대 문명이 형성되었을까요?

메소포타미아 지역의 고대 유적지를 보면 굉장히 삭막하고 물 한 방울 나오지 않는 사막 한가운데에 있는 건축물을 볼 수 있습니다. 현재의 이런 모습을 바탕으로 그 당시의 상황을 유추하면 안 되겠습니다. 그 당시 메소포타미아 지역의 기후 환경은 지금과 많이 달랐기 때문입니다.

기원전 9천 년부터 기원전 6천 년 전까지는 소빙기가 끝나는 시기로 고온다습한 기후가 본격화됐습니다. 그러다 보니까 강수량이 많아지고, 강수량이 많아지면 다양한 지역에서 살 수 있으니 굳이 한 지역에서 모여 살 필요가 없어졌죠. 그런데 기

4대 문명의 발생지

원전 5천 년 전부터 상황이 조금 바뀝니다. 기온이 하락하기 시작하면서 강수량도 줄기 시작했죠. 그러다 보니까 전 세계 각지에 흩어져 살던 인류가 물을 쉽게 얻을 수 있는 곳으로 점점 몰려들기 시작했고, 결국 가장 물을 쉽게 구할 수 있는 강 유역으로 이주하기 시작합니다. 바로 4대 문명지가 강 주변 인근에서 발원할 수 있었던 가장 근원적인 이유는 기후 환경 변화였던 겁니다.

메소포타미아 남부는 토양과 기후가 그리 좋지 않다. 강수량은 적다. 땅은 메마르고 평평하다. 유프라테스 강과 티그리스 강의 물을 이용해야만 그 불모지의 잠재력이 꽃필 수 있었다. 사람들은 유프라테스 강과 티그리스 강에서 물을 끌어오려고 관계 사업에 서로 힘을 보탰다. 얼마 지나지 않아 그 황무지에서 다량의 잉여 곡물 생산이 가능해졌다.

_41쪽 중에서

대표적으로 메소포타미아 지역에서 한때 강성했던 도시 중에 하나가 바빌론입니다. 이 바빌론은 세계 몇 대 불가사의 안에 들어가는 공중정원을 기원전에 만든 것으로 유명한데요. 그 커다란 건축물을 짓기도 어려웠는데 건축물 옥상에, 또 층층이 자연적으로 공중정원이 형성될 수 있는 조형물을 어떻게 만들 수 있었을까요?

첫 번째로는 관개시설을 구축해야 하는데요. 즉 강에서 좀 떨어져 있는 곳에 물을 공급하기 위해서는 관개수로를 놓아야 하는데 이는 혼자 할 수 있는 일이 아니죠. 그러다 보니까 국가 조직이나 도시의 여러 행정 기능을 수반할 수 있는 관리체제가 도입됩니다. 그뿐만 아니라 강이 범람하는 것을 막고 관리하기 위해서도 혼자의 힘으로는 불가능하겠죠. 따라서 대규모 인구가 유입되는 것은 강 주변에 먼저 자리매김한 사람들에게도 굳이 낯선 일 또는 반대할 일이 아니었던 것입니다. 바로 이런 이유로 4대 문명, 특히 메소포타미아 지역 인근에 이렇게 많은 사람이 초창기에 몰려 살게 됐던 것이죠.

끝나지 않는 세계 물 전쟁

『메트로폴리스』에서 기원전 도시의 형성 과정에 대한 부분을 읽을 때 사실 오싹했습니다. 왜냐하면 요즘 우리 주변 거주지의 변화를 설명하는 원리와 똑같았기 때문입니다. 요즘 가장 큰 국제적인 이슈 역시 강 주변을 둘러싼 분쟁입니다.

제가 봤던 포스터 중에 아직도 눈에 선한 것 중 하나가 방글라데시 난민 포스터인데요. "아버지, 할아버지, 증조할아버지 때부터 살고 있던 땅이 사라져서 저는 열여덟 번이나 이사를 했습니다"라는 내용이 담긴 포스터였습니다. 바로 기후 환경 변화로 인해 해수면이 올라가면서 오랫동안 거주했던 토지가 사라져버린 것이죠. 아프리카의 내륙 지방은 더 심합니다. 아프리카의 지속적인 가뭄으로 인해서 물 확보가 어려워지다 보니까 물을 두고 부족 간 쟁탈전이 일어났고 이 때문에 부족의 물을 지키기 위해서 청년들이 돌아가면서 총을 들고 보초를 서기 시작한 것입니다.

과거에 물이 많았을 때는 유목 생활을 하는 부족과 농경 생활을 하는 부족의 영역이 달랐습니다. 그리고 물을 사용하는 지역도 달랐고요. 그런데 물의 수위가 낮아지면서 목축업을 하는 부족들은 물을 구하기가 어려워서 가축에게 물을 주지 못하자 농경지역까지 침범하게 됐고 이 때문에 물을 두고 경합을 벌이게 된 것이죠.

전 세계에서 지금 기후 환경 변화로 인해서 삶의 터전을 버리고 먼 곳으로 이주를 하거나 전혀 새로운 집단과 전쟁까지 불사하는 일이 전개되고 있습니다. 어쩌면 우리가 기후 환경 변화에 앞으로 더욱더 주목하지 않는다면 4대 문명지 중 하나가 사라진 것과 같은 일에 직면하게 될지 모릅니다.

도시의 이면, 빈민촌 이야기

파벨라favela, 바리오barrio, 타운십township, 캄풍kampung, 캄파멘토campamento. 이 단어들은 무엇을 의미할까요? 우리나라 말로 하면 빈민촌을 의미합니다. 학술적으로는 '자가 건축 중심의 비계획적 도시 구역'이라고 부릅니다. 좀 어려운 말이죠. 현재 전 세계 인구 중 10억 명이 빈민촌에 거주하고 있습니다. 그리고 도시에 살고 있는 사람 4명 중 한 명이 빈민촌에 거주하고 있는 상황입니다. 어찌 보면 우리 인류의 가장 보편적인 거주 형태 중 하나가 빈민촌이 되어버린 것이죠.

해외 빈민촌을 가본 경험이 많은데요. 그중 잊을 수 없는 곳이 베네수엘라의 수도 카라카스의 한복판에 있는 다비드 타워라고 불리는 초고층 빌딩입니다. 45층 정도였는데 이 빌딩은 완공되기 직전에 빌딩의 소유주였던 은행이 파산해서 공사가 중단돼 버렸습니다. 몇 년 지난 뒤, 많은 빈민이 이곳으로 몰려들기 시작했습니다. 이 45층 무허가 건물에 몰려서 살고 있는 가구가 무려 5천 가구 이상입니다.

어느 날 제가 브라질 파벨라라는 빈민촌에서 인근 전경을 찍고 있는데 마을 입구에 있는 대형마트에서 어떤 아저씨가 부랴부랴 뛰어나오더니 저를 붙잡고 당장 거기서 나오라고 손짓을 하는 거예요. 왜 그러냐고 여쭤봤더니 저 파벨라 안에 있는 갱이 방금 자기한테 전화를 했다는 겁니다. 우리 동네 입구에 이상한 동양인 남자가 사진을 찍고 있는데 저 사람 누군지 아냐고 물어봤다고요. 저한테 큰일 날지 모르니 빨리 나오라는 손짓이던 거죠.

그렇다면 질문을 한번 던져보죠. 이러한 환경 속에서 살게 된 사람들은 기존에 살던 농촌이나 어촌을 벗어나서 여기로 이주해온 것일 텐데 그럼 이들은 잘못된 선택을 한 것일까요? 『메트로폴리스』에서는 이들의 선택이 결코 잘못된 것 같지 않다는 통계적 근거를 책 여기저기에서 제시하고 있습니다.

앞에서 언급했던 중남미 국가의 빈민촌으로 대표적인 파벨라의 1세대 주민은 문맹률이 70%가 넘습니다. 하지만 3세대, 즉 손자 손녀로 내려가면 글을 읽고 쓸 줄 아는 비율이 94% 가까이 올라갑니다. 그뿐만 아니라 아프리카의 경우는 인구 백만 명 이상의 도시에서 살고 있는 사람들은 그렇지 않은 지역에서 살고 있는 사람에 비해서 영아사망률이 3분의 1 이하로 낮아집니다. 인도의 농촌에 사는 소녀들은 학교에 다니는 비율이 불과 16%밖에 안 된다고 합니다. 그런데 도시 빈민촌에 살고 있는 소녀들의 경우에는 무려 48%가 학교에 진학하고 있다고 합니다. 또 중국의 대표적인 대도시 상하이 같은 경우 평균 수명이 83세 정도 되는데요. 중국에서 가장 낙후한 지역인 서부 지역보다 평균 수명이 10세 이상 높습니다.

이런 통계를 보면 왜 전 세계 많은 사람이 오랫동안 살던 터전을 등지고 열악한 환경이라도 도시로 와서 살아가게 되는지 엿볼 수 있습니다.

역사상 인구가 가장 빨리 증가한 도시, 시카고

제가 이 책에서 소개하는 여러 도시 중에서 가장 주목한 도시는 바로 시카고입니다. 역사상 인구가 가장 빨리 증가한 도시가 시카고였는데요.

복잡하게 얽힌 전신선과 사방으로 뻗은 철도, 대형 곡물창고와 목재 하치장, 시끄러운 가축 사육장과 제철소 그리고 공장 굴뚝으로 이뤄진 시카고의 풍경은 (중략) 19세기 산업주의의 명백한 증거였다.

_359쪽 중에서

시카고는 처음에 외부에서 유입된 많은 이주민과 빈민층으로부터 형성됐던 도시입니다.

독일인 이주자들, 특히 1848년 혁명에 참여했다가 시카고로 건너온 사람들은 1852년에 처음으로 시카고에서 투른페라인 회관을 지었다. 투른페라인의 각 지부는 도심의 빈민가에 거주하는 이주자들이 체력을 단련하고 (중략) 책을 읽고, 토론하고, 친목을 다지고, 음식, 노래와 연극, 음주를 통해 민족적 뿌리를 되새기기 위한 장소가 되었다.

_381쪽 중에서

오늘날 시카고는 전 세계의 금융 허브 도시입니다. 시카고의 교외 지역이었던 베드타운에는 지금 전 세계에서 가장 비싼 마천루가 자리매김하고 있고요. 어찌 보면 주류가 아니었고 소외당하는 계층이었기 때문에 자신들이 살고 있었던 공간을 등지고 새로운 공간에 온 사람들이 대부분이었습니다. 그런 사람들이 힘을 모아서 정말 놀라운, 전 세계를 대표하는 도시가 만들어진 모습을 생생하게 느낄 수 있었습니다.

도시종족의 숙제, 양극화

오늘날도 마찬가지다. 세계적 유행병이 만연하는 상황인데도 도시 인구의 증가세는 꺾일 낌새를 보이지 않는다. 도시의 개방성과 다양성 그리고 밀도 때문에 피해를 입는 상황에서도 언제나 우리는 도시의 혜택을 누리려고 값비싼 대가를 치렀다.

_12~13쪽 중에서

저는 코로나19 이후 전개될 가장 뚜렷한 현상 중 하나를 양극화로 꼽는데요. 뭔가 커다란 불황이 전개되고 난 뒤에 반드시 전개되는 사회 현상 중 하나가 양극화이기 때문입니다. 이러한 현상은 사실 경제학에서는 만고불변의 법칙입니다. 선진국에서는 국민의 절대다수가 백신을 접종했고, 그중 일부 국가는 백신이 남아돌아서 버리는 경우까지 생겼습니다. 하지만 개발도상국 같은 경우는 아직까지 백신의 수혜를 받지 못하는 국민이 절대적이고 코로나19에 대한 피해가 언제쯤 일단락될지 알기 어려운 상황입니다.

특히 이런 국가 간의 양극화는 반드시 난민으로 이어지는데요. 현재 전 세계가 난민 문제로 골머리를 앓고 있는 형국에서 다시 코로나19로 인한 난민까지 가중된다면 이는 그야말로 국제사회의 가장 큰 이슈가 되리라 생각합니다. 유엔난민기구에서는 2022년경 세계 난민이 1억 명이 넘을 것이라고 진단하고 있는데요. 난민이 1억 명이라는 게 어떤 의미냐 하면 전 세계 인구 14번째 국가가 이집트인데 1억 400만 명 정도입니다. 그러니 15번째 국가가 될 정도죠. 이렇게 어마어마한 숫자의 난민이 증가하고 있는 상황입니다.

우리나라는 2013년 아시아 최초로 난민법을 제정한 국가로서 난민 문제에 대해서 선도적인 의식을 갖고 있습니다. 그 시점 이후로 본격적인 난민 신청 건수가 늘기 시작해서 최근 우리 사회에서도 난민을 어떻게 처우해야 할지에 대한 고민이 계속되고 있는 상황입니다.

이런 상황 속에서 양극화가 전개되고 있는데요. 바로 지역 간의 양극화입니다. 2017년 기준 우리나라는 전체 3,483개의 읍, 면, 동, 리로 구성되어 있습니다. 이중에서 향후 20년 안에 소멸이 우려되는 지역이 무려 2,242개입니다. 주로 경남, 경북, 전북 지역에 많습니다.

2020년에는 광역시 대구, 부산, 광주, 대전마저도 전출자가 전입자보다 많아지는 놀라운 상황이 됐습니다. 그런데 우리 한국인은 등지고 떠나는 그곳을 지금 다시 채우고 있는 사람들이 있습니다. 바로 다문화 가정이죠. 어느 순간부터 우리 주변에서 다문화 가정을 흔히 볼 수 있습니다. 최근 들어서 다문화 가정 학생 수가 급격히 증가하고 있는데 2012년도에는 4만 명에 가

지방 소멸 위험 지역

까웠던 숫자가 2018년도에는 12만 명 가까이 크게 증가한 상황입니다.

지방의 분교를 가보면 교실에서 다문화 가정의 학생들이 절대적인 비중을 차지하고 있습니다. 심지어 어떤 학교에서는 부모 모두 한국인인 경우가 더 적어서 오히려 소수자인 경우도 많다고 합니다. 제가 이런 말을 하면 서울이나 큰 도시에 살고 계신 분들은 먼 나라 이야기처럼 생각하는 경우가 있습니다. 하지만 먼 나라 얘기가 아닙니다. 이미 서울에서도 다문화 가정 출신이 더 많은 학생 비중을 차지하기 시작했는데요. 2018년 서울시 대림동의 한 초등학교 신입생 72명이 전부 다문화 가정 출신인 것으로 확인되기도 했습니다.

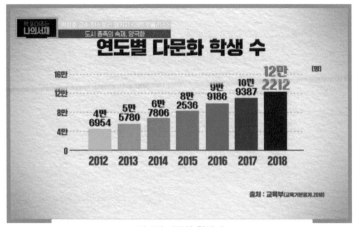

연도별 다문화 학생 수

그야말로 이제 한국에서 살아가기 위해서는 다른 문화적 정체성을 가진 이들과 함께 살아가야 할 새로운 방식을 고민해야 할 시점이 됐습니다. 이젠 우리끼리 사는 세상이 아니라 다른 사람들과 더불어 살아가야 할 세상이 열렸기 때문이죠.

빌 게이츠가 회사를 옮긴 이유

그렇다면 지역 소멸을 어떻게 막을 수 있을까요? 저는 미국의 아마존이나 여러 북리뷰를 하는 사이트에서 다른 사람들은 『메트로폴리스』를 어떻게 읽었는지 살펴본 적이 있습니다. 많은 사람이 자신의 고향 도시에 대한 구절에 주목했고, 그 고향 도시가 어떻게 형성되고 어떻게 진화하고 있는지를 보고 우려하거나 기뻐했습니다. 저는 이렇게 도시가 발달하는 가장 큰 원동력은 애향심이 아닌가 싶습니다. 이를 실증적으로 보여준 사례도 있는데요. 바로 시애틀의 변천사입니다.

시애틀은 20세기 초만 하더라도 산림 벌목업과 광산업이 주력 산업이었습니다. 그런데 2차 세계대전 뒤에는 군수산업의 메카가 됐고, 보잉사의 항공 제조 정비업이 시애틀을 대표하는 산업으로 바뀌었습니다. 미국의 태평양 해군 기지가 있는 곳이 시애틀이었죠. 그렇게 군사 도시 형태였던 시애틀을 우리는 지금 어떻게 기억하나요? 글로벌 IT 혁신 기업의 허브 도시로 인지합니다. MS의 본사가 시애틀에 있고, 아마존의 본사도 시애틀에 있습니다. 그뿐만 아니라 이베이, 페이스북의 지사들이 시애틀에 위치해 있는데요. 그럼 시애틀은 도대체 어떻게 이렇게 한순간에 최첨단 IT 허브 도시로 탈바꿈될 수 있었을까요? 그것은 바로 두 청년 때문입니다.

바로 빌 게이츠와 폴 앨런인데요. 마이크로소프트를 설립한 두 청년의 고향이 시애틀이기 때문입니다. 이 두 청년이 마이크로소프트를 처음 설립한 곳은 뉴멕시코 지역에 있는 앨버커키라는 동네입니다. 이 앨버커키에서 처음 마이크로소프트를 창업한 두 청년은 불과 몇 년 안 돼서 사업이 크게 번창했습니다. 갑자기 몇 백 명에 달하는 직원을 둬야 하는 회사로 커지자 새로운 공간이 필요했죠. 이 두 청년은 어차피 백년대계를 세워야 한다면 우리가 어릴 적 뛰놀던 고향으로 가자고 결정합니다. 그리고 그 두 청년은 앨버커키에서 무려 2,200km나 떨어져 있는 시애틀로 본사를 이전하는데요. 사실 산업적인 관점에서는 시애틀로 갈 이유가 전혀 없었었습니다. 《이코노미스트》에서 당시 시애틀을 절망의 도시라고 표현한 구절이 있습니다. 그러면서 일자리를 찾아 다른 지역으로 이주한 사람이 너무 많아서 미국에서 중고 가전제품을 가장 손쉽게 살 수 있는 동네라고 표현하기도 했습니다. 미국 지자체 최초로 파산한 디트로이트 다음으로 파산할 도시는 아마 시애틀일 것이라고 지목하기도 했습니다. 그럼에도 이 두 청년이 이렇게 몰락해가고 있는 도시를 선택했던 이유는 그들의 고향이었기 때문입니다.

그 뒤로 어떻게 됐을까요? 마이크로소프트는 연구 개발 인력만 내부에 2만 명을 보유한 전 세계 최고의 IT 전문 회사로 거듭납니다. 시애틀을 거점으로요. 그리고 십수 년 뒤, 한 명의 뉴요커가 '나도 이제 IT 창업을 해봐야겠다' '어디로 가면 IT 인력을 많이 구할 수 있을까' 하며 뉴욕에서 시애틀로 간 사람이 있죠. 바로 아마존 설립자 제프 베이조스입니다. 다시 십수 년이 지나서 보스턴 지역에서 SNS 사이트를 바탕으로 창업을 꿈꿨던 한 청년이 IT 인력을 공급받을 수 있는 동네로 가야겠다면서 시애틀로 가죠. 페이스북입니다. 아마존을 불러들이는 힘,

페이스북을 불러들였던 힘, 이 모든 힘의 원천은 결국 두 청년의 애향심이었던 것입니다.

커피 한 잔이 세계사에 미친 영향

이제는 좀 더 미래지향적인 얘기를 나눠볼까 합니다. 사실 많은 도시가 새로 생기지만 그 도시 모두 제대로 된 성과를 보이거나 지속적으로 발전한다고 볼 수는 없습니다. 그렇다면 21세기 최첨단 분야에서 각광받고 성과를 낼 수 있는 도시는 어떤 도시일까요? 미래의 가장 혁신적인 도시로 꼽힐 수 있는 공간은 자유로운 담론을 나눌 수 있는 공간이라고 말씀드리고 싶습니다.

유럽 여행을 가보면 가게 안 테이블이 아니라 바깥의 도로 한쪽에 테이블을 놓고 거기서 식사하거나 커피 한 잔 하면서 담소를 나누는 사람을 많이 봅니다. 바로 카페테리아 문화죠. 사실 유럽의 발달을 카페테리아 문화에서 찾는 이도 많습니다.

커피점에서는 자리가 나면 앉아야 했다. (중략) 귀족들을 위해 따로 마련된 특별석은 없었다. (중략) "커피점은 온갖 지위와 신분의 사람들이 외국 음료와 뉴스, 맥주와 담배를 즐기며 토론하는 곳"이었다. (중략) 증권 시장, 신용 시장, 보험 시장, 주식 시장,

상품 거래소, 도매 시장, 뉴스 공급처 등의 기능을 수행한 커피점은 형성 단계의 자본주의에 필요한 사무실과 회의실 역할도 맡았다. 금융 혁명과 과학 혁명은 한잔의 커피를 통해 마주쳤다.

_328~332쪽 중에서

유럽의 카페테리아가 어느 정도 규모로 번성했냐면 1683년 런던에는 당시 3천여 개의 카페테리아가 있었다고 합니다. 런던에 있었던 선술집 숫자보다 더 많았다고 하는데요. 그럼 이 카페테리아가 왜 런던의 발달을 도모하는 기회가 될 수 있었을까요? 카페테리아는 신분과 직업이 달라도 다양한 계층이 자연스럽게 만나며 소통하는 장소가 되었기 때문입니다. 무엇인가 혁신을 하기 위해서는 나와는 다른 관점, 나와는 다른 생각을 가진 사람들과 자유롭게 담론을 나눠야 되고 그 과정에서 다양한 아이디어와 혁신이 나오기 시작합니다. 그게 바로 유럽 혁신의 원동력이었다는 것이죠.

그럼 여기서 우리나라를 한번 다시 돌아볼까요? 우리나라에서 이런 소통의 공간을 자임했던 곳이 어디였습니까? 바로 한옥의 사랑채였습니다. 한옥의 사랑채는 많은 선비가 모여서 시작을 하고 담론을 나누는 공간이었는데요. 그런데 이 사랑채는 앞서 말씀드렸던 카페테리아와는 전혀 다른 공간적 구조 안에 있습니다. 한옥의 사랑채는 한 가정집에, 그것도 안쪽에 자리매김하고 있는 경우가 많습니다. 심지어 유교 사회에서 외간 남자들이 들락날락할 수 있는 사랑채는 따로 분리해서 엄중 관리되기도 했었죠.

한 집안의 가옥 안에 위치한 사랑채에 누가 들어와서 담론을 나눌지는 누가 관리·감독할까요? 당연히 그 집의 주인일 것입니다. 그래서 과거 우리나라의 사랑채는 주인이 거하면서 손님을 맞이하는 공간이었고, 그러다 보니까 사대부들이 주로 자신과 문벌이 같거나 학통이 비슷한 사람들끼리 모여서 비슷한 관점에서 비슷한 논의만 하는 공간으로 자리매김하게 됩니다. 자신과 같은 생각을 가지고 비슷한 생각을 가진 사람들끼리 담론을 나눈다는 걸 떠올려보세요. 그곳에서는 어떠한 혁신이나 융합이 일어나기 어렵겠죠. 바로 도시 그 자체도 중요하지만 도시에 있는 내용물이 어떤 형태로 구성이 되어있는지에 따라서 도시의 흥망성쇠가 달라집니다.

요즘 21세기를 대표하는 산업들을 흔히 융복합 산업이라고 부릅니다. 특정한 분야에만 국한된 산업이 아니라 다른 분야와 접목해서 새로운 시장을 개척해야 할 상황이라고 말씀드릴 수 있을 것 같은데요. 그렇다면 21세기에 가장 융성할 도시는 어떠한 공간적 환경을 제공해줘야 할까요? 어찌 보면 유럽의 카페테리아와 같은 문화가 우리의 사랑채와 같은 문화보다 훨씬 더 적합하겠죠.

이제는 직주모호성(?)이 뜬다

앞으로 우리는 코로나19로 전혀 다른 주거 환경에 대한 트렌드를 직면하게 됐는데요. 이에 대해서 저에게 큰 화두를 제시해준 사람은 에어비앤비의 CEO 브라이언 체스키입니다. 브라이언 체스키는 자신이 직접 집필한 보고서 하나를 발표한 적이 있는데 그 보고서의 내용은 직주모호성*이라는 단어로 귀결됩니다.

과거에 우리가 어디에 살지 결정할 때 제일 중요한 요소는 내 학교 근처, 내 회사 근처였죠. 하지만 학교 근처, 회사 근처에 살기 위해서 우리는 많은 것을 희생해야 했습니다. 큰 집에 사는 기회를 스스로 희생해서 작은 오피스텔을 선택하거나 좋은 전망의 집을 희생해서 바로 앞에 또 다른 빌딩만 보이는 그런 공간에서 사는 것처럼 우리는 많은 것을 감내해왔죠. 그런데 코로나19로 많은 경우 더 이상 회사에서 일할 필요가 없어졌잖아요. 그렇다면 굳이 회사 근처에 있는 오피스텔에 있을 필요도 없죠. 과거에는 직장과 거주지의 관계가 분명했는데 코로나19가 터지면서 이 직장과 거주지 간의 모호성이 생기기 시작했다는 뜻입니다.

---

* 일터와 가정이 모호해지는 경향

에어비앤비에서 나온 2021년 보고서에 따르면 28일 이상 장기 예약을 하는 사람들이 늘어났다고 하는데요. 그 이유는 장기간 여행을 하려는 것이 아니라 어차피 재택근무를 해야 하는 상황이라면 일하기 좋은 휴양지에서 일하겠다며 바하마나 마이애미 같은 휴양지로 떠나는 숫자가 급격히 늘어났다는 것입니다. 이런 트렌드로 인해서 28일 이상의 장기 교외 지역의 예약 수요가 늘기 시작했고, 그것은 그 지역에서 일하고자 하는 원거리 재택근무자 또는 원거리 학습자의 수요 때문이라는 보고서가 나오게 된 겁니다. 그야말로 직주모호성이라는 단어가 대두되기 시작한 것이죠. 앞으로 재택근무가 가능해진 상황에서 도시의 변화 그리고 거주지의 변화는 또다시 어떠한 흐름으로 전개될지 주목되고 있는 상황입니다.

인류라는 생물종의 생존 여부는 우리의 기나긴 도시 방랑기의 다음 장에 달려 있다. (중략) 지난 5,000년에 걸쳐 수많은 도시 사람들이 그랬듯이, (중략) 인류는 도시를 건설해 유지하고, 독창성과 임기응변의 재능을 발휘해 살아남고, 환경 변화에 대처하는 사람들이다. 에너지가 고갈되고 기온이 더 올라가면서 도시의 환경이 더 혹독해질 때, 인류는 즉석에서 해결책을 찾아낼 것이다.

_652쪽 중에서

코로나19로 많은 사람이 모여있기도 주저하는 실정이 되어 버렸습니다. 기후 환경으로 오랫동안 살고 있었던 도시를 떠나야 할 상황이 되어버렸습니다. 이런 상황에서 우리에게 다시금 필요한 지식은 '다음에 우리가 살 터전은 어디에서 찾아야 하는 가' 또는 '지금 우리가 살아가는 터전은 어떻게 만들어야 할 것인가'가 아닐까요.

인문학자의 서재

오늘의 독썰가
미술사학자 양정무 교수

#한국예술종합학교 미술원 교수
#19대 한국미술사교육학회 회장 역임
#서양 미술의 발전을 상업주의와 연결시킨 연구
 로 학계의 주목
#다양한 대중강연과 학술활동
#저서 『난생 처음 한번 공부하는 미술 이야기
 1~6』『시간이 정지된 박물관 피렌체』『상인과
 미술』『그림값의 비밀』등

오늘 함께할 책
『레 미제라블』, 빅토르 위고, 민음사

레 미제라블 1

Les Misérables

빅토르 위고 정기수 옮김

#세기의 걸작
#집필 기간만 10년 이상
#성경 다음 최다 판매
#괴물 같은 분량_약 2400쪽
#세계 4대 뮤지컬
#영화만 약 30편

"한 저주받은 비천한 인간이 어떻게 성인이 되고, 어떻게 예수가 되고, 어떻게 하느님
이 되는"지 그려낸 『레 미제라블』은 빅토르 위고가 35년 동안 마음속에 품어오던 이
야기를 17년에 걸쳐 완성해낸 세기의 걸작이다. 워털루 전쟁, 왕정복고, 폭동이라는
19세기 격변을 다룬 역사 소설이자 당시 사람들의 지난한 삶과 한을 담은 민중 소설
이며, 사상가이자 시인으로서의 철학과 서정이 담긴 작품이기도 한 이 소설은 그 자
체로 "하나의 거대한 세계"나 다름없으며 인간 삶과 세상을 아우르는 모든 것이 이
작품 속에 담겨있다.

양정무 교수×『레 미제라블』

　이 책은 워낙 유명하고 위대한 작품이라 축약본도 많고 버전도 다양합니다. 그런데 명성과 달리 이 책을 끝까지 제대로 읽은 사람은 그리 많지 않더군요. 그래서 저는 다섯 권 세트 풀 버전을 함께 읽어보려 합니다. 장 발장이 빵 한 조각을 훔치다가 19년간 감옥살이를 하고 한 신부를 만나 개과천선해서 가난한 사람을 도우며 산다는 스토리, 그런데 이게 전부는 아닙니다. 저는 『레 미제라블』에 관한 또 다른 이야기를 하고 싶습니다.

혁명의 상징, <민중을 이끄는 자유의 여신>

　저는 역사 덕후이자 미술 덕후입니다. 그림은 역사를 비추는 가장 정확한 거울이라고 생각하는데요. 19세기 프랑스 미술에 대해 얘기할 때 프랑스 혁명을 결코 빼놓을 수 없죠. 『레 미제라블』의 시대적 배경인 프랑스 혁명을, 당시 그림과 함께 소개해 드리겠습니다. 프랑스 혁명기를 나타낸 여러 그림이 있지만 그중 가장 강렬한 그림, 외젠 들라크루아의 〈민중을 이끄는 자유의 여신〉입니다.

이 시기 프랑스는 굉장히 혼란스러워서 상류층과 시민들이 큰 갈등에 빠져 있었어요. 예술가들이 이런 혼란의 시기를 놓칠 리가 없겠죠. 들라크루아는 혁명에 직접 참여하지 못했지만 이 날의 정신을 화폭에 이렇게 옮겼는데요. 가운데 자리한 여인이 삼색기를 흔들고 있습니다. 이 삼색기는 자유, 평등, 박애를 상

〈민중을 이끄는 자유의 여신〉(1830) 외젠 들라크루아

징하죠. 여신은 공격적이고 강렬한 모습입니다. 깃발만 흔드는 것이 아니라 착검을 한 총을 들고 시민들을 이끌고 있죠.

그런데 여기서 아주 흥미로운 점이 하나 있습니다. 자유의 여신 왼쪽에 그려져 있는 두 사람입니다. 딱 보면 어떤 사람 인지를 알아볼 만한 복장을 하고 있는데요. 왼쪽에 있는 사람은 셔츠를 풀어헤치고 모자 쓴 모습을 봤을 때 전체적으로 당시 노동자의 느낌입니다. 그 옆에 있는 사람은 실크해트silk hat* 를 쓰고 있고요, 정장을 갖춘 채 사냥용 총을 들고 있습니다. 이 남자는 상류층을 의미한다고 볼 수 있죠. 바로 부르주아입니다. 그리고 그 옆에 두건을 쓰고 있는 사람들 또는 베레모를 쓰고 있는 아이 등 혁명에 참여했던 다양한 사람을 보여주고 있습니다. 당시 모자는 신분과 밀접한 관계가 있어서 신분을 나타내는 지표였죠. 그림 속에서 사람들이 쓰고 있는 이 모자가 무엇을 의미하느냐 하면, 바로 이 혁명에 다양한 계층의 사람들이 참 여했고 이들이 함께 싸워서 이뤄낸 혁명이라는 것을 그림 속에 담아냈다고 할 수 있습니다.

빅토르 위고는 『레 미제라블』을 집필하기 전에 이 그림을 실 제로 봤고 들라크루아의 이 그림을 보고 나서 캐릭터를 잡거나 하는 등에 어느 정도 영향을 받았을 거라고 생각합니다. 둘은

---

* 원통형의 높은 크라운과 좁은 챙으로 이루어진 플러시(천)로 만든 모자

동시대를 살았고 나이도 비슷합니다. 1830년 역사적 순간을 직접 겪었던 두 예술가, 들라크루아와 빅토르 위고. 들라크루아는 혁명의 뜨거운 열기를 캔버스에 담았고, 빅토르 위고는 무려 17년이라는 긴 시간 동안 혁명 당시 살았던 다양한 사람들의 삶을 글로 옮겼습니다. 그렇게 『레 미제라블』이 세상에 나오게 된 겁니다.

디테일의 장인, 빅토르 위고

『레 미제라블』이 우리나라에 처음 번역·소개된 것은 1914년 일제강점기 시인 최남선에 의해서였습니다. 주요 줄거리만 단편 소설처럼 축약되었다고 보면 되는데요. 장 발장이 주된 내용이긴 하지만 이 책에는 정말 다양한 사람들이 등장합니다.

과거의 삶을 숨기고 마들렌이라는 새 이름으로 가난한 이들을 도우며 살던 장 발장은 운명의 여인 팡틴과 마주치고 죽음을 눈앞에 둔 팡틴은 자신의 딸 코제트를 장 발장에게 부탁합니다. 코제트가 맡겨진 곳은 테나르디에 부부가 운영하는 술집이었습니다. 이 부부는 팡틴에게 매달 양육비를 받으면서도 코제트를 학대하고 있었습니다. 이 책의 표지를 장식하고 있는 인물도 어린 코제트죠. 가엾은 코제트는 장 발장을 만나 함께 떠나게 됩니다.

그리고 시간이 흘러 성인이 된 코제트는 청년 마리우스와 사랑에 빠지게 되죠. 혁명의 바람에 휩싸여 도시 곳곳에 바리케이드가 설치됩니다. 마리우스도 혁명에 앞장을 서죠. 하지만 거의 모든 사람이 총살을 당합니다. 마리우스도 총을 맞고 의식을 잃지만 장 발장이 구출해냅니다. 장 발장은 마리우스를 업고 하수도를 통해 빠져나가는데요. 당시 프랑스 대혁명이라는 거대한 역사의 소용돌이에서 살았던 사람들의 삶을 풍부하고 생생하게 그려내다 보니까 2,400쪽이라는 분량이 그렇게 길게 느껴지지 않습니다.

분량도 분량이지만 사용한 어휘도 매우 풍부합니다. 프랑스어 원문에는 65만 개 이상의 단어가 들어가는데요. 19세기 프랑스 소설의 특징 중 하나가 분량이 길다는 겁니다. 당시 프랑스 출판사가 단어 수를 기준으로 원고료를 지불했기 때문인데요. 그러니 작가 입장에서는 작품을 길게 쓸수록 원고료를 많이 받을 수 있었던 겁니다. 게다가 빅토르 위고는 출판업자에게 12년 독점 출판권을 주는 대신 인세를 한 번에 지불받았는데요. 그때 받은 돈이 30만 프랑, 요즘 가치로 하면 거의 30억 원이 되는 어마어마한 금액이었습니다.

제가 생각했을 때 책의 분량이 늘어난 또 다른 이유가 있는데요. 일단 빅토르 위고가 글도 잘 쓰고 그림도 잘 그렸거든요. 정말 아는 게 많았습니다. 역사, 전쟁, 건축, 정치, 법률 등 자신이 아는 지식을 글로 다 풀어냈습니다. 책을 읽다 보면 웬만한 건축서보다 고딕 양식에 대해 더 우아하게 설명하는 부분이 나옵니다.

> 주교관은 웅장한 석조 건물인데, 시모르의 수도원장으로서 1712년에 디뉴의 주교가 된 파리 대학 신학 박사 앙리 퓌제 예하에 의하여 18세기 초에 건축되었다. 이 주교관은 실로 위풍당당한 주택이었다. 모든 것이 웅대해 보였다. 주교의 거실도, 응접실도, 침실들도 고대 피렌체식을 그대로 따른 산책용 홍예 회랑(虹霓回廊)이 있는 넓디넓은 뜰도, 매우 아름다운 나무들이 심긴 정원도.
> _1권 15쪽 중에서

여기서 나온 홍예(虹霓)는 무지개 '홍'자에, 무지개 '예'자입니다. 그래서 홍예는 무지개처럼 휘어 반원형의 꼴로 쌓은 구조물을 말하죠. 아치 같은 구조를 말하는 거죠. 회랑(回廊)은 사원이나 궁전에서 중요한 부분을 둘러싼 지붕이 있는 긴 복도인데 우리는 갤러리라고 표현하기도 합니다.

『레 미제라블』『노트르담의 꼽추』『웃는 남자』등 위고의 작품 상당수가 영화와 뮤지컬로 만들어졌는데 배경, 즉 세트에 대한 설명이 아주 디테일해서 시각화하기 좋았던 덕분이라 생각해요. 『레 미제라블』에서 압권은 바로 하수도에 대한 부분입니다. 한번 볼까요?

> 도시가 거리를 하나 뚫을 때마다 하수도는 팔을 하나 뻗친다. 옛날의 군주국은 2만 3300미터의 하수도밖에 건설하지 못했는데, (중략) 나폴레옹은, 이 숫자들은 신기하지만 4804미터, 루이 18세는 5709미터, 샤를 10세는 1만 836미터, 루이 필립은 8만 9020미터, 1848년에 공화정부는 2만 3381미터, 현 정부는 7만 500미터를 건설, 모두해서, 현재 22만 6610미터, 즉 600리의 하수도가 건설되었다.
>
> _5권 175쪽 중에서

정말 디테일하지 않나요? 인류의 역사는 어떻게 보면 하수도의 역사라고 할 수 있습니다. 하수도가 생긴 다음에 식수를 먹게 되니까 하수도가 있고 없고의 차이에 따라서 평균 수명이 비약적으로 늘어났다고 해도 과언이 아닌데요.

소설에서 장 발장이 마리우스를 등에 업고 하수도를 통해 도망치잖아요. 이 장면이 키포인트인데 이 장면을 위해 로마 시대부터 당대까지 파리의 하수도로 시스템을 미터 단위로 일일이 다 기록한 거예요.

저도 디테일로는 빠지지 않는 사람인데 이 부분을 읽고 두

손 두 발 다 들었습니다. 파리 시내 하수도의 역사만 전체 다섯 권 책 분량에서 10분의 1가량 차지해요.

장 발장은 어떻게 수십 억을 모았을까?

장 발장은 1796년에 빵을 훔쳐 감옥에 가는데 빵을 훔친 걸로는 5년 형을 받았어요. 그런데 탈출 시도를 4번이나 해서 시도할 때마다 3년씩 형이 늘어나게 됩니다. 그래서 12년을 받게 되고 가중치까지 받아서 총 19년 옥살이를 하게 되지요. 빵을 훔친 죄로 20대에 감옥에 들어갔는데 나오니까 40대가 된 거죠. 여담이지만 그가 옥살이한 곳이 툴롱Toulon 이라는 곳인데요. 여기서 사흘 걸어서 올라간 디뉴Digne 라는 곳에서 미리엘 주교를 만나게 됩니다.

그 이후 장 발장이 마들렌 시장이라는 이름으로 살아가는 곳은 프랑스 북부입니다. 남부에서 북부까지 올라간 것이니까 정말 멀리 도망간 셈입니다. 그런데 전과자라는 이유로 쫓겨나기 일쑤였던 장 발장이 어떻게 막대한 부를 가진 자본가이자 시장이 되었을까요? 영화나 뮤지컬은 이 부분이 좀 축약되어 있어요. 소설에는 이렇게 나옵니다.

그가 남몰래 몽트뢰유쉬르메르라는 작은 도시에 들어왔을 때,

마침 시청에 큰 화재가 났다. 이 사나이는 불 속에 뛰어들어 생명의 위험을 무릅쓰고서 어린아이 둘을 살려 냈는데, 이 아이들은 헌병 대장의 아들이었다. 그래서 아무도 그의 통행증을 보자는 생각을 하지 않았다. 이때부터 그의 이름이 사람들에게 알려졌다. 사람들은 그를 '마들렌 아저씨'라고 불렀다.

_1권 289쪽 중에서

이 책에서 흥미로운 건 처음부터 끝까지 돈 이야기가 굉장히 많이 나옵니다. 장 발장은 어떻게 돈을 모았을까요? 흑구슬 제조법으로 엄청난 부자가 되는데요. 도피생활을 위해 집을 3채 사는데 그 집값이 요즘 기준으로 무려 60억입니다. 상당한 자본가였던 셈이죠.

그런데 도망 다니는 동안 장 발장은 아주 검소한 생활을 합니다. 1년에 그가 쓴 돈은 한 1500프랑 정도? 절약한 이유가 뭐냐, 코제트에게 큰 유산을 남겨주려고 그렇게 아꼈다고 설명되어 있습니다. 결국 미리엘 주교가 준 은촛대와 함께 코제트에게 막대한 유산을 남겨주죠.

나는 벽난로 위에 있는 두 자루의 촛대를 코제트에게 유증합니다. 그것들은 은이지만, 나에겐 금이고, 다이아몬드요.

_5권 485쪽 중에서

주인공 장 발장이 1권에서 언제 처음 등장하는지 아시나요? 113쪽에 나옵니다. 1권 주제가 팡틴인데, 팡틴은 언제 나오냐? 220쪽에 처음 등장해요. 그럼 장 발장이 등장하기 전까지 투 머치 토커 빅토르 위고는 무슨 이야기를 하고 있었을까요? 바로 미리엘 주교와 프랑스 혁명 이야기를 합니다.

미리엘 주교는 왕당파*라고 계속 언급되죠. 그의 아버지는 귀족이었는데 그의 집안은 프랑스 혁명으로 완전히 몰락한다, 이렇게 써 있죠. 망한 가문의 사람이 어떻게 주교가 될 수 있었을까요? 주교는 지금으로 치면 최소 도지사급의 인물입니다.

나폴레옹은 자기를 바라보는 노인에게 몸을 돌려 느닷없이 말했다.

"나를 바라보고 있는 그대는 웬 늙은이인고?"

"폐하." 미리엘 씨는 말했다. "폐하께서는 한 노인을 보고 계시옵고, 저는 한 영웅을 보고 있습니다."

황제는 바로 그날 저녁 추기경에게 사제의 이름을 물었다. 그리고 머지않아 미리엘 씨는 디뉴의 주교에 임명되어 무척 놀랐다.

_1권 13쪽 중에서

---

* 프랑스 혁명과 나폴레옹 전쟁 당시 부르봉 왕가를 지지하는 귀족들

말 한마디로 천 냥 빚을 갚은 게 아니라 초고속 승진을 하게 된 거죠. 미리엘 신부는 자기가 갖고 있던 모든 걸 다 버리는 인물로 나오는데요. 주교로 발령 나자마자 한 일이 멋진 주교관을 짓고 아주 오래된 병원을 완전히 바꾸는 것이었습니다. 미리엘 주교는 홀로 쓸쓸히 죽어가는 혁명에 참여했던 사람을 만나서 프랑스 혁명에 대해 함께 이야기합니다.

> "우리는 낡은 세계를 무너뜨렸소. (중략) 권리에는 분노가 있는 것이오, 주교님. 권리에 분노는 진보의 한 요소요. 그야 어쨌든, 그리고 누가 뭐라고 하든 프랑스혁명은 그리스도의 강림 이래 인류의 가장 힘찬 한 걸음이었소. 미완성이긴 했지. 그러나 숭고했소. 혁명은 모든 사회적 미지수를 끄집어냈소. 혁명은 인간의 정신을 온화하게 하고, 진정시키고, 위안하고, 밝게 하였소."
> _1권 77~78쪽 중에서

불평등한 19세기 프랑스 신분제도

『레 미제라블』을 즐기고 싶다면 프랑스 혁명의 역사를 좀 알아야 할 필요가 있습니다. 프랑스 혁명 이전 프랑스를 지배했던 부르봉 왕가의 루이 14, 15, 16세는 한번 왕위에 오르면 평균 50년씩 자리에 있었습니다. 총 150년을 루이 14, 15, 16세가 이끄는데요. 루이 16세와 그의 부인인 마리 앙투아네트 때 결국 위기가 옵니다.

당시 프랑스에는 세 가지 신분이 있었습니다. 제1신분은 기도하는 자, 곧 성직자였습니다. 제2신분은 싸우는 자로 기사 같은 귀족이죠. 나머지는 모두 일하는 자, 제3신분입니다. 성직자와 귀족은 인구의 2%밖에 안됐어요. 이들이 토지의 40%를 소유했지만 세금을 전혀 내지 않았습니다. 나머지 98%인 제3신분에는 농민, 노동자, 변호사, 의사, 부유한 상인들이 포함되는데요. 프랑스 혁명 당시 그려진 그림을 보면 제3신분이 나머지 두 신분을 먹여 살리는 시대상을 풍자하고 있음을 볼 수 있습니다.

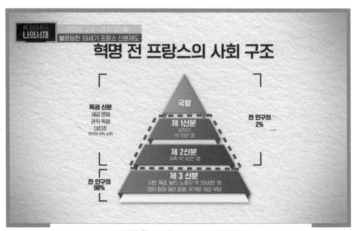

불평등한 19세기 프랑스 신분제도

당시 프랑스는 재정난에 시달렸는데 이 문제를 해결하기 위해 한동안 없었던 의회를 소집하게 됩니다. 국왕이 제3신분에게 세금 인상 협조를 요청하는데요. 제3신분은 세금을 더 내는 대신 입헌군주제를 실시하거나 의회를 닫지 말라는 등 여러 조건을 내걸었습니다. 그런데 받아들여지지 않았습니다. 이에 참여했던 제3신분 대표들이 옆에 있던 테니스 코트장으로 모여서 절대 물러서지 않겠다는 의미로 프랑스 혁명의 기를 올리는 선언을 하게 됩니다.

이를 시작으로 혁명이 엎치락뒤치락하면서 시작하는데요. 프랑스는 늘 주변 국가와 사이가 안 좋았지만 막상 프랑스 내에서 혁명이 일어나게 되니까 주변에 있는 나라들이 불안해하

불평등한 신분제도를 풍자한 그림

오스트리아, 영국의 프랑스 침투

며 프랑스 왕을 지지합니다. 주변국 스페인, 오스트리아, 영국, 독일 등이 기본적으로 왕정 체제이기 때문에 프랑스 왕정이 무너지면서 시민에 의한 새로운 세상이 오면 그 나라도 영향을 받을 테니 불안했던 거예요. 그래서 이 나라들이 프랑스 왕을 위해서 싸우게 되는데요. 이렇게 되면서 전 유럽은 프랑스 혁명을 퍼트리려고 하는 쪽과 그것을 막고 과거의 체제를 유지하려고 하는 쪽의 싸움으로 번지게 되죠. 프랑스 혁명에 대한 교전이 외부로 번지면서 안에서는 왕당파와 공화파가 싸우고, 밖에서는 오스트리아와 영국이 프랑스로 쳐들어오게 됩니다.

〈아르콜레 다리 위의 나폴레옹〉(1796) 앙투안 장 그로

난세의 영웅 나폴레옹의 등장

정신없던 이 상황을 하나씩 수습해 나간 인물이 있는데, 그 사람이 바로 나폴레옹이었습니다. 나폴레옹은 출신이 프랑스인인지도 확실하지 않습니다. 프랑스와 이탈리아 중간에 위치한 섬에서 태어났고요, '나폴레옹 보나파르트'라는 이름에서 그의 성을 프랑스식으로 발음하지만, 이탈리아에서는 '보나빠르떼'라고 이탈리아식으로 발음합니다. 프랑스 혁명이 없었다면 결코 프랑스 주류로 들어갈 수 없었던 인물이었습니다.

그는 1799년 쿠데타를 일으켜 권력을 장악하면서 제1통령으로 올라가게 됩니다. 이때부터 권력을 쥐고 있던 나폴레옹은 계속 그림을 통해 영웅화되는데요. 그의 그림에서 나폴레옹의 강력한 카리스마가 느껴집니다. 화려한 허리띠와 깃발, 휘장 등 혁명의 전사로서 강하게 표현되어 있습니다.

이 뜨거운 10년의 역사를 정말 치밀하게 그려낸 사람이 서양 미술사에 등장하는데요. 바로 자크 루이 다비드입니다. 오늘날 프랑스 하면 세계 문화의 중심지라고 생각하지만, 시간을 돌려서 18세기에는 그렇지 않았습니다. 세계적인 프랑스 화가가 그 당시까지 없었던 것이죠. 그래서 루이 14세 때 그림에 재능이 있는 프랑스 화가들을 뽑아서 로마에 유학을 보내는 제도가 만들어졌습니다. 그 당시 로마는 유럽 문화의 중심지니까 루이 다비드는 로마상을 받아서 로마 유학생이 되고 싶었고요. 로마

〈알프스 산맥을 넘는 나폴레옹〉(1800) 자크 루이 다비드

상을 받으려면 시험을 통과해야 되는데 다비드는 계속 낙방합니다. 이 낙방 과정에서 자살을 시도하는 등 정말 절박한 모습을 보여주는데요. 그러다 결국 로마상을 수상합니다.

다비드는 프랑스 혁명을 정말 뜨겁게 그려내는데 특히 나폴레옹에 열광합니다. 여러 점의 나폴레옹 초상화를 그리게 되는데 나폴레옹의 그림을 보면 시대의 흐름을 알 수 있습니다. 〈알프스 산맥을 넘는 나폴레옹〉은 나폴레옹이 이탈리아 원정을 떠날 때의 모습입니다. 프랑스와 이탈리아 사이에 있는 거대한 알프스 산맥을 넘어서 이탈리아로 진군해 들어가는 나폴레옹의 모습을 담고 있습니다. 이 전쟁에 참여했을 때 정말 백마를 타고 이렇게 올라갔느냐, 이에 대해선 여러 설왕설래가 있지만 이

〈나폴레옹의 대관식〉(1805-07) 자크 루이 다비드(왼쪽)
〈아르콜레 다리 위의 나폴레옹〉(1796) 앙투안 장 그로(오른쪽)

〈왕좌에 앉은 나폴레옹 1세〉(1806) 장 오귀스트 도미니크 앵그르

를 차치하고, 그림만 놓고 보면 전쟁에서 얻은 승리를 가장 확실하게 이미지로 만들어준 그림은 바로 다비드의 〈알프스 산맥을 넘는 나폴레옹〉이라고 할 수 있습니다.

나폴레옹은 곧 황제를 선포하게 되고 제1제정 초대 황제로 등극하게 됩니다. 〈나폴레옹의 대관식〉을 그린 화가도 바로 다비드인데요. 그야말로 일하는 지도자의 모습이 아니라 휘황찬란한 옷을 휘감은 아주 강력한 카리스마 넘치는 군주의 모습으로 탈바꿈시켰습니다. 황제의 모습을 그렸을 때와 처음 프랑스 중앙 권력에 들어갔을 때를 비교해보면 좀 더 많은 변화를 읽을 수 있습니다.

다비드에 이어 프랑스 혁명의 이야기를 그린 사람이 또 있습니다. 장 오귀스트 도미니크 앵그르는 나폴레옹을 가히 황제상의 표준으로 그려냈는데요. 〈왕좌에 앉은 나폴레옹 1세〉는 나폴레옹을 절대 권력자의 모습으로 미화시킨 그림이라고 할 수 있습니다.

신분제도가 만든 비극 〈메두사 호의 뗏목〉

당시 프랑스 미술계는 색채를 강화한 색채파와 선을 중시하는 드로잉파가 싸우고 있었는데요. 색이 먼저인지 선이 먼저인지 논쟁이 계속됐습니다. 이를 대표하는 인물이 바로 들라크루아와 앵그르입니다. 들라크루아는 이른바 색을 중심으로 좀 더 감성적으로 풍부하게 펼쳐나가야 한다고 주장했고, 반면 앵그르는 '선이 모든 것이다'라며 완벽한 선에 의해서 통제된 그런 세계를 꿈꿨지요. 정말 앵그르의 그림을 보면 선에 의해서 견고하고 아주 확고한 모습을 볼 수 있습니다.

들라크루아 이전에 낭만주의의 새로운 세계를 열었던 사람이 테오도르 제리코라는 화가입니다. 제리코가 그린 가장 유명한 그림 중 하나가 바로 〈메두사 호의 뗏목〉입니다. 『레 미제라블』에서도 언급되는 사건인데요.

죄수에게 '노형'이라는 말은 메뒤즈호의 조난자에게 주는 한 컵

〈메두사 호의 뗏목〉(1819) 테오도르 제리코

의 물과도 같았다. 모멸을 받아 온 자는 존경하기를 갈망한다.

_1권 143쪽 중에서

프랑스인 400명을 태우고 아프리카 해협을 건너던 메두사
호가 좌초합니다. 배가 암초에 걸려서 꼼짝달싹할 수 없게 된
거예요. 배를 몰아본 경험이 전무했으나 신분이 높아 선장이 된
이가 이끄는 배였습니다. 무능한 선장 때문에 이런 사건이 벌어
진 거죠. 그런데 400명 중 보트를 탈 수 있는 사람은 250명뿐
이었고 나머지는 150명가량은 뗏목을 만들어 타야 했습니다.
선장과 장교들이 선원과 승객들을 버리고 가버린 거였죠. 여기
서도 계급이 나뉘었던 거죠.

이 사건은 프랑스 왕정이 복귀했던 시기에 벌어집니다. 한마디로 부르봉 왕조의 무능함을 보여주는 사건으로 알려지게 됩니다. 뗏목에 있던 150명 중에서 15명만 겨우 살아남은 그 당시 참혹했던 사건이 바로 메두사 호 사건이었는데요. 제리코는 이 사건을 접하고 바로 이 그림을 그렸습니다. 조그맣게 그린 게 아니라 엄청 크게 그려서 폭이 7m, 높이가 5m나 되었어요. 사건의 현장을 거대한 화면으로 프랑스 시민들에게 보여준 것입니다.

그림을 보면 뗏목에 매달려서 살려달라고 요동치고 있는 모습이 아주 적나라하죠. 저기 수평선 위에서 깨알같이 배가 하나 지나가자 뗏목에 있던 사람들은 남은 힘을 다해서 구조해달라고 외치고 있는데요. 제리코는 실제 이 뗏목이 어떻게 생겼는지 확인하기 위해서 생존자들을 만납니다. 뗏목을 스케치도 하고 그때 살아남은 사람들을 통해서 여러 가지 취재를 해서 얻은 사실을 가지고 연구도 하는데요. 메두사 호에서 죽어가는 사람들을 잘 그리기 위해서 사람들의 팔다리가 잘려나간 끔찍한 것들을 참작해서 그림으로 옮깁니다.

이 그림은 1819년 당시 국가에서 주관한 살롱전에 전시됐는데요. 들라크루아는 제리코의 후배뻘 되는 어린 화가였는데 이 그림을 보고 너무 놀랍니다. 자기가 고민하고 있던 문제점 즉, 당대 벌어지고 있던 사회적 이슈가 그림 속에 녹아든 것을 목

<단테의 배>(1822) 외젠 들라크루아

도하고 제리코의 이 그림에 완전히 빠져버립니다. 제리코의 영향으로 이후 들라크루아는 색채 중심의 강렬한 그림을 힘 있게 그리게 됩니다.

　망각의 강을 건너는 단테와 베르길리우스 그리고 주변에 배를 붙잡고 있는 신과 함께 등장한 괴물들이 그림 속에 담겨있습니다. 그런데 아랫부분에 몸을 막 뒤틀고 있는 사람들, 어디서 본 듯하죠? 메두사호의 뗏목에서 죽어가던, 그 고통에 빠져있던 사람들입니다. 그걸 그대로 가져온 건 아니고 '미러 이미지'입니다. 거울에 비친 것처럼 약간 변형을 시켜서 존경하는 선배의 작품의 모티브를 가져와서 자기 식으로 소화한 것이죠.

그림을 본 당시 사람들은 메두사 호의 뗏목에서 죽어가던 사람들임을 바로 연상할 수 있었을 겁니다.

이 시대가 참 재미있는 시대인데요. 1830년대 화가들은 종군 기자처럼 역사적 사건이 벌어지는 현장을 화폭에 담아 당시 시민들과 대화하려고 시도했습니다. 들라크루아는 1830년의 혁명을 주제로 한 〈민중을 이끄는 자유의 여신〉과 같은 그림을 그렸고요. 제리코의 〈메두사 호의 뗏목〉부터 들라크루아로 이어지는 그림들은 매우 뜨겁게 당시의 미술계를 바꿔놓습니다.

평화로운 그림 속에 숨겨진 반전?!

빅토르 위고는 길고 긴 프랑스 혁명사에서 왜 스쳐 지나갈 수도 있는, 누군가에게는 잘 기억되지 않을 1832년의 이야기를 썼을까요? 이 책이 1862년에 나왔으니 30년 전 이야기를 다룬 거예요. 그럼 빅토르 위고가 30대 때 벌어진 일이 1832년의 6월 봉기인데요. 제가 대학생일 때 1987년 6월 항쟁이 있었습니다. 지금으로 놓고 보면 30년이 훌쩍 지난 그런 때인데요. 그런데 저에게는 정말 엊그제 일처럼 생생하게 다가옵니다. 아마 빅토르 위고도 저처럼 그때 일이 생생하게 기억에 남지 않았을까요. 그때 희생당한 이들을 누군가는 기억하고 기록해야 한다고 생각했을지도 모릅니다.

〈아스니에르에서 물놀이하는 사람들〉(1884) 조르주 쇠라

"프랑스혁명은 이유가 있었소. 그 분노는 미래에 용서를 받을
것이오. 그 결과는 더 나은 세계요."
_1권 85쪽 중에서

  책에 나온 구절처럼 프랑스 혁명 이후 더 나은 세계가 왔을
까요? 이 그림은 조르주 쇠라가 그린 〈아스니에르에서 물놀이
하는 사람들〉이라고 알려진 1884년 작품인데요. 이 작품은 영
국 내셔널 갤러리에 소장되어 있죠.
  지금 우리가 보고 있는 이 두 그림은 1830년, 1884년 작품
인데요. 한쪽은 19세기 전반에 뜨거운 분위기를 담고 있다면,
반대쪽은 사회가 안정화됐다고 할 수 있는 차분한 분위기를 담

평화로운 그림 속에 숨겨진 반전

고 있습니다. 둘 다 어떻게 보면 혁명을 꿈꾸었던 세계를 보여 주고 있는데요. 들라크루아 그림에서 등장했던 다양한 인물들이 쇠라의 그림에서 어디로 갔는지 볼까요?

우선 프랑스 혁명의 결실은 누가 가져갔죠? 건너편에 배 타고 놀고 있는 사람들입니다. 물가에서 자유롭게 옷을 벗고 쉬고 있는 모습과 강아지를 데리고 나서 여유롭게 걷는 이 쁘띠 부르주아의 모습. 무슨 요일로 보이나요? 휴일일까요, 아니면 주중일까요? 주중입니다. 멀리 연기를 내뿜으며 가동하는 공장이 보이는데요. 주중 한낮에 남자들이 나와있다는 건 무슨 뜻일까요? 실직에 대한 이야기도 가능할 것입니다. 이런 사회적 긴장감들이 모인 그림이라고 할 수 있습니다.

50년의 시차가 있지만 프랑스 혁명이라는 뜨거운 세계의 연장선이 그림 안에 교차하는 게 흥미로운데요. 쇠라의 그림에는 혁명 이후 변화하는 프랑스 사회를 하나의 축소판처럼 집어넣고 그 뒤에 기차와 다리, 공장, 새로운 근대화의 풍경을 두었습니다. 이 그림에서 강아지를 데리고 있고 보울러bowler라는 챙이 짧은 모자를 쓰고 누워있는 사람은 쁘띠 부르주아로 볼 수 있고요. 멀리 보트에 밀짚모자를 쓰고 노를 젓고 있는 사람은 소위 일하는 노동자 신분임을 알 수 있죠. 이 그림에 많은 긴장감을 주는 요소는 배 위에 있는 삼색기입니다. 프랑스 혁명의 깃발이 배를 장식하는 하나의 장식물로 바뀌었다는 이런 분위기를 화가가 그림 속에서 그려 넣었다는 생각도 하게 됩니다.

프랑스 혁명의 재창조

뉴욕의 〈자유의 여신상〉은 프랑스가 미국의 독립 100주년을 기념해서 만들어 보내준 겁니다. 들라크루아 그림에 등장한 자유의 여신이 이 조각상으로 옮겨갔다고 볼 수 있겠습니다. 프랑스 시민혁명을 시작으로 본격적으로 신분제가 없어졌어요. 그러나 평화로워 보일 뿐 실제로는 그렇게 평등한 사회가 오지 않았던 겁니다. 여전히 다양한 계층과 계급의 사람들로 나뉘어 있는 거죠.

프랑스 혁명은 짧게 보면 10년, 길게 보면 25년, 더 나아가서 100년 동안 지속되었다고 할 수 있습니다. 그 연장선에서 다양한 미술인들의 반응이 있었던 거죠. 자유의 여신은 지금도 계속 다른 세계에 의해서 해석되고 재창조되고 있다고 볼 수 있습니다. 이 세상에 빈곤이 계속되고 여성과 아이가 보호받지 못한다면 이 이야기는 앞으로도 계속될 겁니다.

오늘의 독썰가
서양고전학자 김헌 교수

#서울대학교 불어교육학(학사), 철학(석사), 서양
 고전학(석사, 박사과정 수료)
#프랑스 스트라스부르 대학 서양고전학 박사 학위
#서울대학교 인문학연구원 HK교수
#⟨차이나는 클라스⟩ ⟨요즘책방: 책 읽어드립니
 다⟩ ⟨발견의 기쁨, 동네 책방⟩ ⟨지식의 기쁨⟩
 ⟨최강 1교시⟩ 등 출연
#저서 『인문학의 뿌리를 읽다』 『그리스 문학의 신
 화적 상상력』 『그리스 문명기행』 『김헌의 그리스
 로마 신화』 등

오늘 함께할 책
『오이디푸스 왕』, 소포클레스, 을유문화사

#세계 문학 3대 걸작
#미국 대학위원회 선정 SAT 추천 도서
#아리스토텔레스가 지목한 최고의 비극
#나는 누구인가
#운명은 피해 갈 수 없다

기원전 430~420년 사이에 고대 그리스의 시인 소포클레스가 지은 비극. 그리스 신
화에 나오는 오이디푸스 일가의 불행한 운명을 소재로 하여 가혹한 운명에 휩쓸린 인
간의 비극을 그렸으며, 주인공 자신의 선의(善意)가 오히려 자신을 파멸의 길로 이끄
는 사건 전개가 비극적 반전의 미학을 잘 보여주고 있다.

오늘 제가 소개할 소포클레스의 『오이디푸스 왕』은 셰익스
피어의 『햄릿』, 도스토옙스키의 『카라마조프가의 형제들』과 함
께 세계 문학 3대 걸작으로 손꼽히는 동시에, 아리스토텔레스
가 최고의 비극이라고 평가한 작품입니다. 저는 이 작품을 감상
할 때 박찬욱 감독의 영화 〈올드보이〉(2003)를 비교해서 보기
를 추천합니다.

본격적으로 소포클레스의 『오이디푸스 왕』에 대해 이야기하
기 전에 그리스 아테네로 먼저 떠나볼까 합니다. 그리스 아테네
중앙에 우뚝 솟은 아크로폴리스에 올라가면 웅장한 파르테논
신전이 한눈에 들어옵니다. 신전을 빙 돌다가 남쪽의 성벽 끝으
로 가서 아래를 내려다보면 디오니소스 극장이 훤히 보입니다.

파르테논 신전 아래 위치한 디오니소스 극장

아찔하게 가파른 성벽이 끝나는 부분부터 완만한 경사면을 따라서 객석이 가지런히 계단을 이루며 부채꼴로 내려갑니다. 꼭짓점에서 평지가 시작되는데 거기에 대리석으로 만들어진 오르케스트라orkhstra＊라는 반원 모양의 마당이 있습니다. 그 중앙에는 제단이 놓여있던 흔적이 있습니다. 오르케스트라가 직선으로 끝나는 부분에 무대가 솟아있었고 무대 뒤로는 배경 화면을 걸어둘 수 있는 벽면 건물이 있었습니다.

오늘 제가 특별히 여러분을 상상으로 재건한 디오니소스 극장의 VIP석으로 모시겠습니다.

＊ 그리스 극장에서 연주, 합창을 하던 공간. 오케스트라의 어원

대(大)디오니소스 제전 속 비극 경연대회

디오니소스는 제우스의 허벅지에서 태어난 포도주와 풍요의 신으로 잘 알려져 있죠. 아마 요즘 학생들은 가수 BTS의 노래 〈디오니소스〉로 많이 친숙할 겁니다. 3월에서 4월로 넘어갈 즈음 고대 그리스 아테네인들은 디오니소스 극장에 모여 풍년을 기원하며 디오니소스 신에게 제사를 드렸습니다. 이것을 대디오니소스 제전이라고 합니다. 제전의 꽃은 비극 경연대회였습니다. 보통 시민들만 참여할 수 있었고 19세 이상만 극장에 들어갈 수 있었으니 그리스 비극의 내용은 대부분 19금이라고 보면 됩니다.

이 경연대회에서 우승하는 시인은 전쟁에서 이기고 돌아오는 개선장군이나 올림피아 경기에서 월계관을 받은 선수처럼 크나큰 명예를 얻었습니다. 비극은 그리스어 '트라고디아' tragodia를 번역한 것인데요. '트라고스' tragos 라는 말은 숫염소, '아오이데' aoidē 또는 '아오이디아' aoidia 는 노래라는 뜻이어서 이 트라고디아는 디오니소스 신에게 염소를 바치며 부르던 노래라는 뜻이 됩니다. 처음 트라고디아는 연극이 아니라 합창이었습니다. 대디오니소스 제전에서 경연대회가 벌어지면서 사람들이 우승을 위한 다양한 전략을 짜는 과정에서 점차 극으로 발전하게 되었습니다. 첫 대회부터 테스피스라는 작가는 파격적인 형식을 내놓았는데, 높은 굽의 신발을 신고 가면을 쓴 배우를 무대 위에 세운 것입니다. 아테네 시민들은 그 신박함에 깜짝 놀라며 열광했다고 합니다. 결국 테스피스가 우승을 거머쥐었죠. 이를 계기로 트라고디아는 합창단과 배우 한 사람이 대화를 주고받는 형식으로 발전했습니다.

얼마 후 아이스킬로스라는 사람이 더 신박한 전략을 가지고 나타납니다. 배우를 한 명 더 세운 겁니다. 그 당시 관객에게는 배우 둘이서 대화하는 장면이 너무 신기했던 겁니다. 배우 두 명을 내보낸 아이스킬로스가 그해 우승을 합니다. 배우의 대화가 트라고디아의 중심이 되면서 트라고디아는 본격적으로 드라마, 즉 극의 형태가 되었고 비로소 비극이라는 말이 성립하게 됩니다. 이런 이유로 아이스킬로스를 비극의 아버지라고 부르지요.

여기서 끝이 아닙니다. 소포클레스는 더욱더 혁신적인 신박함을 추가합니다. 배우를 무려 세 명이나 무대에 세운 겁니다. 배우가 두 명 있을 때는 두 사람이 극단적으로 싸우게 되지만 세 명이 되면 싸우는 두 사람 사이에서 갈등하는 사람을 넣을 수 있습니다. 즉 삼각관계가 형성되는 거죠. 갈등 구조가 복잡해지면서 그걸 해결해가는 과정이 극에 재미를 불어넣게 됩니다. 그리고 소포클레스는 무대 뒤에 집이나 궁전 같은 배경 그림을 넣었습니다. 이로 인해서 비극은 '듣는' 비극에서 '보는'

비극으로, 즉 청각 예술에서 시각 예술로 완전히 진화하죠.

이런 과정을 통해서 그리스 비극은 합창단의 합창과 배우 사이의 대화가 번갈아 가며 이야기를 전개하는 형식이 되었습니다. 그래서 그리스 비극은 현대의 연극보다는 뮤지컬이나 오페라에 더 가깝습니다. 대디오니소스 제전에서 열린 비극 경연대회는 이처럼 염소를 제물로 바치는 원래의 제의적 실행에서 벗어나 극의 형식으로 변형되었고, 배우들이 등장하면서 무대가 생겼습니다. 무대 위의 등장인물이 제단 위 제물을 대신하게 된 겁니다.

그리고 제물을 바치는 종교적 제의 형식은 무대 위의 주인공이 겪는 고난과 고통, 죽음으로 대치됩니다. 즉 아테네의 시민은 비극을 관람하면서 죄로 물든 자신과 도시를 깨끗하게 하고 부활의 기쁨으로 새로운 한 해를 시작한 겁니다. 아테네 시민이라고 생각하면서 그 제의적 의미를 되새겨본다면 『오이디푸스 왕』을 좀 더 생생하고 훨씬 의미 있게 즐길 수 있을 겁니다.

오이디푸스 왕이 두 눈을 뽑아버린 이유

그는 그녀의 옷에서 장식용 황금 핀을 잡아 뜯어내 (중략) 한 번도 아니고 여러 번 두 눈을 찔렀습니다. 피를 흘리는 눈알은 흥건하게 젖어 그의 뺨을 적셨고 피가 멈추지 않았습니다. 엉킨 핏

방울이 계속해서 나오더니, 갑자기 검은 피의 소나기가 우박처럼 쏟아졌습니다.

_135쪽 중에서

첫 구절부터 많이 놀라셨죠? 여기서 그는 오이디푸스 왕을 말합니다. 그는 어찌 된 영문인지 황금 핀으로 자신의 두 눈을 찔러 바닥을 온통 피바다로 만듭니다. 과연 그에게 어떤 일이 있었는지 시계를 잠시 거꾸로 돌려보겠습니다.

제우스의 사제와 많은 어린이들로 이루어진 한 무리가 오이디푸스 궁전 앞 제단 근처에 탄원자로 앉아있다. 오이디푸스가 궁전에서 등장해 그들에게 말을 건다.

_75쪽 중에서

첫 부분 설명인데요. 무대 중앙에 오늘의 주인공 오이디푸스가 등장합니다. 우측에는 제단이 있는데 제우스의 사제가 그 곁에 서죠. 비극의 첫 장면은 곧바로 종교적 제의를 연상시킵니다. 그의 주변으로 수많은 탄원자가 몰려와 구원을 요청하죠. 그들을 맞이하는 오이디푸스는 자신만만합니다. 그는 외지에서 왔지만 고대 그리스의 도시 테베의 왕이 되었습니다. 어떻게 그는 테베의 왕이 되었을까요?

테베로 향하는 길목에 사람들에게 수수께끼를 내고 풀지 못하면 사람들을 잡아먹는 스핑크스라는 괴물이 있었습니다. 스핑크스는 얼굴은 여자면서 몸은 사자의 모습을 하고 하늘을 날 수 있는 두 날개도 달려 있었습니다. 우연히 오이디푸스가 그 길을 지나가게 됩니다. 스핑크스는 오이디푸스에게 수수께끼를 냅니다.

"아침에는 네 발로, 점심에는 두 발로, 저녁에는 세 발로 걸으며 발이 많을수록 약한 존재는 무엇인가?" 정답은 사람입니다. 오이디푸스가 정답을 맞히자 당황한 스핑크스는 두 번째 수수께끼를 냅니다.

"두 명의 자매가 있는데, 언니가 동생을 낳고 곧이어 거꾸로 동생이 언니를 낳는 것은 무엇인가?" 오이디푸스는 언니가 동생을 낳고 동생이 언니를 낳는 것은 헤메라Hemera*와 뉙스Nyx**라고 대답합니다. 헤메라는 낮이고 뉙스는 밤이죠. 자신의 수수께끼를 오이디푸스가 완벽하게 맞히자 분노에 사로잡힌 스핑크스는 스스로를 제어하지 못하고 미쳐 날뛰다가 죽고 맙니다.

---

* 그리스 신화에 나오는 낮의 여신
** 그리스 신화에 나오는 밤의 여신

테베에 역병을 퍼뜨린 범인은?

오이디푸스는 테베의 구원자이자 영웅으로 부상하고, 때마침 남편이 살해당해 미망인이 된 테베의 왕비 이오카스테와 결혼하여 테베의 왕이 됩니다. 오이디푸스는 백성의 전폭적인 존경과 신임을 받는 지도자였습니다. 오이디푸스는 생의 절정에 선 것입니다. 그런데 갑자기 테베에 역병이 돌더니 사람들이 속절없이 죽어갑니다. 병과 죽음으로 더럽혀진 도시 사람들은 오이디푸스에게 구원을 갈망합니다. 더럽혀진 도시를 깨끗하게 하고 또 한 번 테베를 구하는 일이 오이디푸스의 새로운 사명이 된 거죠.

똑똑한 오이디푸스는 신속하게 조치합니다. 먼저 역병의 원인을 알아보기 위해 아내의 남동생이자 처남인 크레온을 아폴론 신전에 보냈습니다. 그가 돌아와서 하는 말이 라이오스 왕을 죽인 살인범이 테베에 들어와 있는데 그놈 때문에 테베가 오염되었고 사람들이 죽어간다는 것이었습니다. 따라서 범인을 잡아 처벌해야 도시를 깨끗하게 할 수 있고 재앙에서 구할 수 있는 거죠. 크레온의 보고를 들은 오이디푸스는 그 범인을 반드시 잡아내겠다고 호언장담합니다.

먼 곳에 있는 친구가 아니라 바로 나 자신을 위해 이러한 오염을

몰아낼 것이오. (중략) 카드모스의 다른 백성을 이곳에 모이게
하시오. 나는 무슨 일이든 다 할 것이다.

_81쪽 중에서

라이오스는 오이디푸스가 왕이 되기 전 테베의 왕이었습니
다. 오이디푸스는 선왕인 라이오스를 본 적은 없지만 그의 뒤를
이어 왕이 되었으니 그의 죽음을 자기 아버지의 죽음이라고 생
각하고 반드시 그 범인을 잡아내겠다고 합니다. 범인은 자수하
라, 그리고 범인을 알고 있는 자는 신고하라고 외칩니다. 그의
이런 모습을 보면 그가 백성 앞에서 장담한 그 약속을 잘 지킬
것 같지만 두고 볼 일입니다.

오이디푸스는 테베의 최고 예언자 테이레시아스도 부릅니
다. 선왕 라이오스의 살인자를 찾아낼 단서를 얻기 위해서였죠.
테이레시아스는 장님이었지만 가장 지혜로운 예언자로 명망이
높았습니다. 소년의 인도를 받으면서 등장한 테이레시아스에게
오이디푸스는 도시를 더럽힌 살인자를 찾아 도시를 깨끗하게
할 수 있도록 도와달라고 부탁합니다.

여기까지 전개된 내용에서 우리는 그리스 비극의 전형적인
구조를 볼 수 있습니다. 도시가 더럽혀졌다고 할 때 오이디푸
스는 '미아스마'miasma, 즉 오염이라는 말을 자주 씁니다. 이 미
아스마, 오염을 씻어내야 도시는 깨끗해지고 사람들은 재앙에

서 벗어날 수 있습니다. 이와 같은 정화의 의식을 카타르시스 katharsis 라고 합니다. 카타르시스라는 표현은 원래 죄를 씻어낸 다는 종교적인 용어였습니다. 카타르시스를 위해서는 제의에 바쳐지는 제물이 필요합니다. 오염을 씻어내는 카타르시스, 그리고 정화의 제의를 위한 희생제물, 이것이 비극에서 가장 핵심이며 비극의 기본적인 구조를 구성합니다.

이 작품은 이런 구조에 아주 충실하죠. 무대 위에서 이제 누군가가 마치 제단 위의 제물처럼 불에 타서 재가 되듯이 도시를 더럽힌 살인의 죄를 짊어지고 고통을 겪으며 쓰러져 죽거나 추방되어야 합니다. 그 죄는 무대 위의 주인공이 저지른 것이지만 동시에 관람석에 앉아 무대를 바라보는 아테네 시민의 가슴 속에 잠재된 죄, 욕망과 다르지 않습니다. 이제 그것을 도려내고, 태우고, 씻어내는 카타르시스의 의식을 곧 거행할 겁니다. 과연 누가 이 죄를 짊어질 제물이 될까요?

비극의 방아쇠를 당긴 예언자

예언자 테이레시아스를 불러낸 오이디푸스는 중요한 단서를 기대합니다. 그런데 어쩐 일인지 테이레시아스는 라이오스의 살인자에 대해 말할 수 없다고 버팁니다. 오이디푸스는 답답하고 애가 타지만 테이레시아스는 여전히 침묵합니다. 그러자 오이디푸스는 테이레시아스를 의심하기 시작하죠. '혹시 이 자는 아무것도 모르면서 예언자의 권위를 지키기 위해 거짓말을 하는 것은 아닌가. 돌팔이 예언자 같으니라고. 아니 혹시 이 자가 라이오스의 살인에 직접 연루되었나?' 뜻밖의 범인으로 몰리자 테이레시아스는 홧김에 입을 열죠.

> 당신이 바로 이 나라를 오염시키는 불경스러운 자이니까 (중략)
> 당신이 찾는 그분의 살인자가 바로 당신이라고 말하겠소.
> _91~92쪽 중에서

테이레시아스는 오이디푸스가 범인이라고 지목한 데에서 그치지 않고 이해할 수 없는 이상한 말을 덧붙입니다.

> 당신은 눈을 뜨고 있지만 어떤 불행 속에 빠져 있는지도, 지금 어디에 살고 있는지도, 누구와 함께 거주하는지도 볼 수 없소.
> _94쪽 중에서

오이디푸스는 테이레시아스의 말을 곱씹다가 크레온까지 의심하게 됩니다. 크레온은 오이디푸스의 처남이지만 예전에는 라이오스의 처남이었습니다. 라이오스 왕이 죽고 난 뒤에는 공석이 된 왕의 자리를 차지하고 통치했죠. 만약 그가 권력에 욕심을 가지고 있다면 갑자기 나타나 왕위를 차지한 오이디푸스가 제거 대상 1순위겠죠.

오이디푸스는 곰곰이 생각합니다. 델포이 신전에 다녀온 크레온은 라이오스 왕을 죽인 자가 테베에 들어와 있기 때문에 도시가 더럽혀졌고 재앙이 닥쳤으니 그 살인자를 찾아내 추방해야 한다고 말했고 예언자 테이레시아스를 불러와야 한다고 했죠. 그리고 때마침 등장한 테이레시아스는 라이오스를 죽이고 도시를 오염시킨 자가 바로 당신이라고 외쳤습니다. 이 둘의 말과 행동을 끼워 맞춰보니 음모의 냄새가 나는 겁니다. 오이디푸스는 크레온이 예언자와 짜고서 자신을 왕의 자리에서 내쫓으려고 한다는 결론에 이릅니다. 하지만 테이레시아스는 오이디푸스의 주장을 반박합니다. 그리고 테이레시아스는 더욱 기묘한 말을 남기고 떠나죠.

오늘 하루가 당신을 태어나게 하고 죽일 것이오. (중략) 형제이자 부친으로 제 자식들과 버젓이 살고 제 부인에게서 태어난 아들이자 그녀의 남편이며 아비와 함께 씨를 뿌리고 아비를 죽인 살인자라는 사실이 훤히 드러날 것이오.

_95~96쪽 중에서

왜 불길한 예감은 틀리지 않나

오이디푸스는 라이오스를 본 적이 없는데 본 적도 없는 사람을 죽였다고 하니 기가 막힙니다. 테이레시아스가 떠나고 크레온이 나타나자 오이디푸스는 그에게 역모의 죄를 묻습니다. 크레온은 펄쩍 뛰며 반박합니다. 이때 왕비 이오카스테가 나타나 싸우고 있는 오이디푸스와 크레온을 말립니다. 크레온이 가져온 아폴론의 신탁이나 예언자 테이레시아스의 폭로나 믿을 게 못 된다고 말입니다. 이오카스테는 자신의 경험을 들어 그 이유를 설명합니다.

예전에 이오카스테와 라이오스 왕 사이에서 아이가 태어나면 그 아이가 아버지를 죽인다는 예언이 있었습니다. 겁먹은 부부는 아이가 태어나자 발뒤꿈치에 구멍을 뚫고 끈으로 묶어 산에 버렸죠. 그런데 라이오스는 델포이로 가는 포키스Phocis 삼거리에서 도적을 만나 살해당했습니다. 결국 라이오스가 아들의 손에 죽게 되리라는 그 끔찍한 예언은 실현되지 않았던 겁니다.

이오카스테는 오이디푸스를 안심시키고 싸움을 말리려고 했는데 뜻밖에 그녀의 말은 역효과를 냅니다. 오이디푸스는 진정하기는커녕 오히려 더 큰 불안에 떱니다. 여기에는 두 가지 이유가 있습니다. 첫째 라이오스가 살해당했다는 바로 그곳에서 오이디푸스도 예전에 누군가를 죽인 적이 있었기 때문입니다.

그가 저지른 살인사건의 장소, 시기, 피해자의 인상착의가 그곳에서 죽었다는 라이오스 왕의 살인사건과 거의 일치했습니다. 하지만 그는 불안을 어느 정도 떨쳐낼 수 있었습니다. 라이오스 왕 살인사건 당시 생존자는 살인을 저지른 범인이 혼자가 아니라 도적 떼라고 했기 때문입니다. 어쨌든 오이디푸스는 살인할 당시 혼자였으니까 그 증언이 사실이라면 두 사건은 아주 비슷하긴 해도 다른 사건인 셈입니다.

오이디푸스를 불안하게 만든 두 번째 이유는 이오카스테가 들었다는 예언과 같은 내용의 신탁을 오이디푸스도 들은 적이 있기 때문이었습니다. 오이디푸스는 테베로 오기 전에 코린토스의 왕자로 자랐습니다. 그런데 어느 날 델포이 신전에서 충격적이고 끔찍한 신탁을 받고 맙니다. 오이디푸스는 자신을 낳아준 아버지를 죽이고 어머니와 결혼하리라는 것이었죠. 오이디푸스는 깜짝 놀라 절대 코린토스로 돌아가지 않겠다고 결심했습니다.

이런 점에서 보면 오이디푸스는 훌륭한 사람입니다. 왕의 자리가 탐났다면 오이디푸스는 그 끔찍한 신탁을 피하려고 하지 않았을지도 모릅니다. 그러나 그는 왕이 될 기회를 포기하고 왕자의 모든 기득권을 버리고 자신이 자라난 고향 코린토스를 떠났죠. 만에 하나라도 신탁대로 부모님께 끔찍한 일을 저지른다면 그것은 도저히 참을 수 없는 일이라고 판단했던 겁니다. 왕의 자리에 오르는 것보다 인간으로서 도덕적 품격과 명예를 지키는 것을 더 좋은 일이라고 여긴 거죠. 그래서 안락한 궁전으로 돌아가지 않고 거친 광야를 떠도는 방랑의 길을 선택했습니다. 모든 걸 버린 그의 선택이 고통스럽고 불행한 밑바닥 삶의 시작인 줄 알았는데 우연찮게 테베를 괴롭히는 스핑크스를 무찌르고 테베의 영웅이 되고 왕이 되었습니다. 아름다운 여인 이오카스테와 결혼하고 네 명의 자식도 낳았으며, 백성의 존경과 선망을 한 몸에 받았습니다. 자신이 고결한 도덕적 결단을 내리고 실천했기 때문에 신들이 이 모든 것을 보상으로 주었다고 생각하면서 자신만만한 삶을 살고 있었던 거죠.

충격적인 출생의 비밀

그러나 오이디푸스는 최절정의 순간에서 인생의 반전을 맞게 됩니다. 오이디푸스가 불안에 사로잡혀 있을 때 코린토스에서 사자가 옵니다. 코린토스의 왕 폴뤼보스가 죽었으니까 코린토스로 돌아와서 왕이 되어야 한다는 소식을 가져온 겁니다. 이 소식을 들은 오이디푸스는 아버지의 죽음에 슬퍼했지만 그와 동시에 자신에게 내려진 끔찍한 신탁이 빗나간 것에 대해서는 기뻐했습니다. 그렇지만 아직 코린토스로 돌아갈 수 없었습니다. 끔찍한 신탁의 반쪽, 즉 어머니와 결혼하리라는 신탁이 남아있기 때문이죠. 그러자 코린토스의 사자가 그런 건 걱정하지 말라고 합니다.

내 아들이여, 그대는 지금 뭘 하는지 모르는 게 분명하군요. 그 분들 때문에 집으로 돌아가길 꺼리신다면. (중략) 몸을 떨며 두려워할 이유가 없다는 것을 아시오? 폴뤼보스는 혈연적으로 당신과 아무런 관계도 아니니까요.

_122쪽 중에서

코린토스의 사자는 오이디푸스를 안심시키려고 하지만 의도와 다르게 오히려 더욱 불안하게 만듭니다. 오이디푸스가 죽일까 봐 걱정했던 코린토스의 왕은 오이디푸스의 친아버지가 아니고, 결혼할까 봐 걱정했던 코린토스의 왕비는 오이디푸스의 친어머니가 아니라는 것입니다.

우리는 코린토스의 사자가 오이디푸스를 아들로 부른 이 부분에 주목할 필요가 있습니다. 그는 오래전에 테베의 키타이론 산에 왔다가 갓난아이로 버려진 오이디푸스를 코린토스로 데려갔고 그때까지 자식이 없던 코린토스 왕 부부에게 선물로 주었다고 합니다. 왕과 왕비는 기쁜 마음으로 오이디푸스를 친아들처럼 키웠고요. 코린토스의 사자는 죽을 뻔한 오이디푸스에게 새로운 삶을 준 셈이죠. 그러니 그는 오이디푸스에게는 아버지 같은 존재였고 그래서 오이디푸스에게 '내 아들이여'라고 말할 수 있었던 겁니다.

　말로만 해서는 의심을 사겠죠. 그는 결정적인 증거를 내놓습니다. 그는 오이디푸스에게 발이 부어있을 거라고 말합니다. 갓난아이로 발견됐을 때 뒤꿈치가 뚫린 채 발이 끈에 묶여 있었기 때문입니다. 오이디푸스라는 이름도 그 증거 중 하나입니다. '오이디'oidi- 라는 말은 '붓다'라는 뜻이고 '푸스'poūs는 '발'이라는 뜻입니다. '오이디푸스'는 '부은 발'이라는 뜻이 됩니다. 코린토스의 사자는 왕과 왕비가 친부모가 아니니까 지금 두려워하는 신탁은 절대 이루어질 수 없다고 말하며 오이디푸스에게 안심하고 코린토스로 가자고 설득합니다.

　그러나 오이디푸스의 동공은 심하게 흔들립니다. '그렇다면 나의 친부모는 도대체 누구인가?' 코린토스의 사자는 테베의 양치기가 어린 오이디푸스를 자신에게 주었다고 말합니다. 오이디푸스는 그 양치기가 누구냐고 물었죠. 그러자 이 모든 이야기를 듣고 있던 테베의 원로들은 그 양치기가 바로 라이오스의 살해 현장을 목격하고 살아남았던 그 사람이라고 알려줍니다. 그 양치기에 대해서는 그 누구보다도 이오카스테 왕비가 잘 알 거라고 하면서요. 그 순간 이오카스테는 모든 것을 직감합니다. 그녀는 오이디푸스에게 수사를 중단하라고 간청합니다.

제발 부탁이에요. 당신의 삶을 조금이라도 염려한다면 그것을 탐구하지 마세요. 내가 괴로워하는 걸로 충분해요. (중략) 아, 불행한 사람, 당신이 누구인지를 알지 못하기를……

_124~125쪽 중에서

그러나 오이디푸스는 멈추지 않았습니다. 마침내 라이오스 살인사건의 현장에서 살아남았던 목격자가 등장합니다. 그런데 그는 오이디푸스가 라이오스의 살해자라는 것만 알고 있었죠. 코린토스의 사자는 테베의 양치기를 단번에 알아봅니다.

테베 양치기는 자기가 라이오스의 명령을 받아 산에 내다 버린 아이가 오이디푸스라는 사실을 비로소 알게 되자 큰 충격에

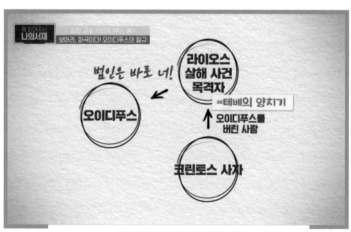

오이디푸스, 범인으로 밝혀지다

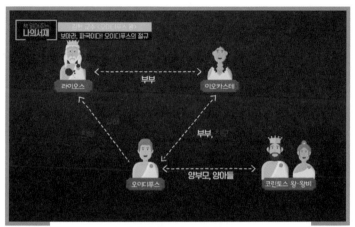

운명의 굴레 속 오이디푸스

빠집니다. 흩어져 있던 퍼즐 조각이 맞춰진 겁니다. 라이오스의 명령을 받아 자기가 버리려고 했던 그 아이가 먼 이방 땅 코린토스에서 자라나 고향 테베로 돌아왔고, 그 과정에서 아버지 라이오스를 죽이고 자신을 낳아준 어머니와 결혼하여 아이를 넷이나 낳았다는 사실이 모두 드러난 겁니다.

보아라, 파국이다! 오이디푸스의 절규

모든 것이 분명해진 순간 오이디푸스는 절규합니다.

아아, 아아, 지금 모든 게 분명해졌구나. 오 빛이여, 내가 널 바라보는 게 마지막이 되기를. 나란 인간은 태어나선 안 되는 부모에게서 태어났고, 함께 결혼해선 안 되는 사람과 결혼했으며, 죽여서는 안 되는 사람을 죽였구나.

_130쪽 중에서

테베 왕으로서 인생의 최절정에 서있던 오이디푸스. 테베의 구원자로서 자신만만했던 그는 인생의 최절정에서 순식간에 깊은 나락으로 추락한 겁니다. 잠시 후 전령이 끔찍한 소식을 전합니다. 오이디푸스의 아내이며 그의 어머니인 이오카스테가 목을 매달아 자살했고, 곧이어 오이디푸스가 그 시신에서 황금 브로치를 뽑아 자신의 두 눈을 찔렀다고 말합니다.

이오카스테는 왜 자살했을까요? 아마도 그렇게도 피하려고 몸부림쳤던 운명이 모두 이루어졌다는 사실을 감당할 수 없었기 때문일 겁니다. 그에 반해 오이디푸스는 목숨을 끊는 대신 눈을 찔렀습니다. 끔찍한 운명을 감히 눈 뜨고 볼 수 없지만 동시에 그 운명이 어디까지 가는지를 견뎌내려고 했던 것 같습니다. 모든 운명을 신의 탓으로 돌리지 않고 자기 징벌을 감행함으로써 자신이 이 모든 행위의 주체임을 선언한 셈입니다. 또한 정치 지도자로서 애초에 백성들과 했던 약속, 즉 라이오스의 살인범을 반드시 찾아내서 징벌하고 추방함으로써 테베를 정화하고 역병의 재앙에서 구하겠다는 약속을 결연하게 지킨 것입니다. 전령의 말이 끝나고 눈을 자해한 오이디푸스가 등장합니다. 그는 크레온에게 자신을 이 도시에서 추방하라고 부탁하고 무대 뒤로 쓸쓸히 사라집니다.

\<올드보이\>와 오이디푸스의 평행이론

지금까지 주로 소포클레스의 『오이디푸스 왕』에 대해서만 말씀드렸지만 그리스의 3대 비극 작가인 아이스킬로스, 에우리피데스, 소포클레스 모두 오이디푸스와 그 가문에 대한 이야기를 비극 작품에 담았습니다. 사건의 순서대로 나열한다면 소포클레스의 『오이디푸스 왕』『콜로노스의 오이디푸스』, 아이스킬로스의 『테베를 공격한 일곱 장수』, 에우리피데스의 『포이니케 여인들』, 그리고 소포클레스의 『안티고네』입니다. 모두 다섯 편이 남아있는데 함께 읽어보길 권합니다. 이들의 이야기와 주인공들의 성격과 운명이 작가의 개성과 상상력에 따라 다르게 그려져 있어서 여러분에게 또 다른 재미를 안겨줄 것입니다.

그리스 비극 작품은 모두 기원전 5세기에 창작되었습니다. 오이디푸스에 관한 이야기는 그 이전부터 여러 가지 버전으로 전해져 왔죠. 이오카스테가 오이디푸스의 친엄마가 아니라 새엄마라는 이야기도 있습니다. 그 이후로도 지금까지 오이디푸스의 이야기는 많은 작가의 상상력을 자극해서 새로운 작품을 탄생시켰습니다. 오이디푸스는 21세기 우리나라에서 재탄생하기도 했습니다.

'누구냐, 넌!'으로 유명한 박찬욱 감독의 〈올드보이〉인데요. 〈올드보이〉의 주인공 오대수와 오이디푸스는 공통점이 많습니다. 이름이 비슷하지 않습니까? '오대수' '오이디푸스'. 실제로 오대수의 이름을 오이디푸스에서 따왔다는 이야기도 있습니다. 오이디푸스와 오대수는 둘 다 자기도 모르는 사이에 엄청난 재앙을 일으켰습니다. 오이디푸스는 갈림길에서 만난 낯선 사람이 친아버지인 줄도 모른 채 그를 죽였고 왕위에 올라 어머니와 결혼했으며 아이까지 낳았습니다. 한편 오대수는 학교에서 급우의 부적절한 근친 장면을 목격한 후에 무심결에 친구에게 발설한 것이 원죄가 되어서 발설의 죄로 자신의 친딸과 근친상간의 관계를 맺게 되죠.

그들이 원한 것은 아니었지만 그들의 행동은 자신들도 모르는 사이에 수많은 사람을 불행하게 만들었습니다. 그 결과 오이디푸스는 자신의 눈을 뽑았고 오대수는 고통스러워하면서 자신의 혀를 잘라버리죠. 여기서 주목할 점은 두 비극의 주인공은 극한 상황에도 불구하고 자신의 운명을 수용하고 짊어졌다는 것입니다. 이처럼 〈올드보이〉의 전체 구성은 『오이디푸스 왕』과 비슷한 형식을 띠고 있습니다. 그도 그럴 것이 사실 박찬욱 감독은 오이디푸스 왕에서 많은 영감을 받아 이 영화를 완성시

켰다고 합니다.

이렇게 오이디푸스 왕의 이야기는 수천 년 전부터 전해 내려오는 이야기지만 지금까지도 우리에게 많은 영향을 주고 있습니다. 심지어 대디오니소스 제전에 올려진 〈오이디푸스 왕〉 공연은 지금도 전 세계적으로 절찬 상연 중입니다. 우리나라에서도 최근에 황정민 배우가 오이디푸스 역을 맡은 연극이 상연되기도 했습니다.

인간은 운명을 거스를 수 없을까?

『오이디푸스 왕』은 인간이 주어진 운명을 넘어설 수 없다는 메시지를 분명하게 전달하고 있습니다. 그런데 오이디푸스는 이런 운명을 선택한 적이 없었죠. 그 운명에서 벗어나려고 발버둥 쳤습니다. 그러나 결국 한 치도 벗어나지 못했죠. 운명에서 벗어나려는 모든 노력이 오히려 운명을 이루어 나가는 과정으로 짜여 있는 것 같습니다.

그런데 이건 마치 우리가 나의 부모, 가족, 국가, 유전자와 취향, 성격과 능력을 선택하지 못하고 태어난 것과 비슷하다고 할 수 있습니다. 이 모든 삶의 조건이 우리에게 운명처럼 주어진 것이죠. 고대 그리스 사람들은 '모이라'moira 라는 단어로 운명을 표현했습니다. 이 말은 원래 몫이라는 뜻이었습니다. 여러 사람이 제비를 뽑아서 땅을 나눌 때 제비에 따라 한 사람에게 나누어진 몫을 모이라라고 했습니다. 이를 우리의 삶에 적용한다면 한 사람에게 삶의 몫으로 정해진 수명을 가리키기도 합니다.

예를 들면 96세에 세상을 떠난 사람은 96년의 삶을 자신의 모이라, 즉 몫으로 가진 것입니다. 더 나아가서 단순하게 삶의 길이만을 뜻하는 것이 아니라 삶의 길이를 채우며 행하고 겪는 각종 사건과 사람의 관계를 모두 뜻하기도 하죠. 그리스 사람들은 한 번 몫으로 정해진 것은 자기 멋대로 바꿀 수 없다고 생각했습니다. 특히 인간에게 주어진 삶의 몫은 인간이 함부로 할 수 없는 신성한 것이라고 여겼습니다. 그 몫이 좋든 싫든 상관없이 받아들여야 한다고 생각했는데, 그것은 인간의 한계 너머에 있는 강력하고 신비롭고 초인적인 존재가 인간들 삶의 몫을 운명으로 정해준다고 믿었기 때문이죠.

그리스로마 신화에는 인간에게 운명을 부여하고 집행하는 세 명의 여신이 있습니다. 이들을 모이라 여신이라고 불렀습니다. 말 그대로 인간들에게 각자 삶의 몫을 부여하는 몫의 여신들입니다. 클로토는 인간의 운명을 실처럼 잣고, 라케시스는 인간의 운명을 실처럼 감고, 아트로포스는 정해진 시간에 운명의 실을 잘라버립니다. 누가, 언제, 어떻게 죽는지 그것은 이 여신들의 예정에 따른 것이며 이들의 결정을 인간이 제멋대로 바꿀 수는 없었습니다. 심지어 최고의 신인 제우스조차 참견할 수 없었습니다.

그런데 이런 식이라면 많은 의문이 듭니다. 몫의 신이라고 하는 모이라는 무슨 권리로 우리 각자의 운명을 결정하는 걸까요? 만약 나에게 주어진 운명이 불행과 비극으로 가득하다면 내 억울함은 어떻게 해야 할까요? 인간이 주어진 운명에 따라서 충실하게 사는 것이 정의라면 그럼 아무리 나쁜 운명이라도 충실하게 나쁜 운명 그대로 살아가면서 악한 사람이 되어야 하는 걸까요? 만약 내가 못된 짓을 저지르는 운명을 타고났다면 내가 저지른 그 나쁜 짓에 대해 책임을 져야 할까요? 정확히 따져보면 그것은 신의 뜻, 운명의 신이 정해준 삶의 내용에 충실한 거니까 오히려 정의로운 행위라고 할 수 있지 않을까요? 운명의 여신이 짜놓은 시나리오대로 살아야 한다면 우리는 그저 신들의 꼭두각시에 지나지 않을 것 같습니다.

오이디푸스는 운명에 순응하지 않고 끝까지 저항하며 올바른 길을 가려고 했습니다. 비록 그의 의지와는 달리 결국 그는 아버지를 죽이고 어머니와 결혼해 아이 넷을 낳았지만 아무도 그를 비난할 수 없을 것 같습니다. 그는 '어떻게 살아야 하는가' 라는 문제에서만은 적어도 주체적으로 선택하고 고결하게 판단하고 용감하게 실천했기 때문입니다.

정해진 운명 속 인간이 선택할 수 있는 한 가지

살아가다 보면 뜻밖의 조건과 통제할 수 없는 한계에 부딪혀서 계획한 일을 해낼 수 없을 때가 많습니다. 그럴 때 우리는 실패에 낙담하거나 좌절하기도 하고 이 모든 상황에 대해서 원망하거나 억울해하기도 하죠. 그러나 그럴 필요 없습니다. 엄밀하게 따져서 그런 실패의 책임은 우리의 것이 아닐 수도 있기 때문이죠.

우리가 선택하지 않았고 우리가 통제할 수 없는 운명처럼 주어진 어떤 힘과 체계 탓일 수 있으니까요. 그것은 우리가 넘어설 수 없는 한계로 우리를 묶은 셈이니까요. 중요한 것은 그 한계에 굴하지 않는 결기와 뚝심 그리고 한계에 맞서 어떤 자세로 싸워나가고 살아나가는가 하는 점입니다.

우리는 운명을 선택할 수는 없지만, 운명을 대하는 방식은 선택할 수 있기 때문이죠. 그런 점에서 보면 오이디푸스는 먼 옛날 그리스 신화와 비극에 나오는 인물이 아니라 우리 안에 깃든 우리 본성의 상징과도 같습니다. 우리도 가끔씩 그를 생각하면서 비극의 제의를 치르듯이 나의 하루, 나의 과거, 나의 삶을 돌아보면서 잘못을 씻어내고 '나는 누구인가' '내가 하는 행동은 어떤 결과를 낳고 있는가' '내가 한 약속은 철저히 지키고 있는가' '나를 옭아매는 한계와 상황에 굴하지 않고 나는 얼마

나 고결한 도덕적 결단으로 판단하고 행동하는가'를 묻고 답해
나간다면 그것은 날마다 그리스 비극처럼 삶을 정화해 나가는
아름답고 정갈한 삶이 될 것입니다.

오늘의 독썰가
역사학자 임용한 박사

#한국사 박사
#한국역사고전연구소, KJ인문경영연구원 대표
#경희대, 광운대, 충북대, 공군사관학교 출강
#경기도 문화재 전문위원 활동
#인문학과 전쟁사에 관한 강연과 프로그램 운영
#저서『시대의 개혁가들』『박제가, 욕망을 거세한
　조선을 비웃다』『세상의 모든 전략은 전쟁에서
　탄생했다』『한국고대전쟁사 1·2』『전쟁과 역사
　1·2·3』『조선국왕 이야기 1·2』등

오늘 함께할 책
『갈리아 원정기』, 카이사르, 숲

#전쟁문학의 바이블
#라틴 문학의 정수
#카이사르 흔적의 결정체
#약 2천 년째 베스트셀러
#로마 문명 브이로그

로마인에게 드리운 원한 맺힌 갈리아에 대한 공포를 종식시킨 카이사르의 업적을 알
리고, 폭넓은 지지기반을 만들겠다는 정치적 목적에서 쓰인 책이다.

그러나 오늘날『갈리아 원정기』는 야심찬 정치가의 입지를 위해 출판된 책을 넘어, 역
사서로서의 가치, 문체적 특징과 조직적 관점에서 솔선수범하는 리더십을 담은 고전
으로 읽히고 있다. 또한 그 누구도 기록하기 어려운 전쟁에서의 군사작전을 직접 들
려줄 뿐 아니라 그 시원시원하고 군살 없는 명료한 문체는 이 책을 전쟁문학의 고전
으로도 빛나게 했다.

임용한 박사×『갈리아 원정기』

『갈리아 원정기』는 기원전 58년부터 51년까지 로마군이 약 8년 동안 갈리아에서 펼친 전쟁을 기록한 책입니다. 갈리아가 어디냐면 지금의 프랑스, 스위스, 벨기에, 네덜란드에서 라인강 유역까지 아우르는 지역인데요. 당시에 100여 개 이상의 부족이 거주하고 있었습니다.

갈리아로 원정을 떠났다가 쓴 이 전쟁서로 한 사람의 운명이 뒤바뀌는데요. 바로 "주사위는 던져졌다" "왔노라, 보았노라, 이겼노라"라는 명언을 남긴 이 책의 저자이자 고대 로마 시대의 장군 겸 정치가였던 카이사르입니다. 황제를 뜻하는 영어 '시저'caesar, 독일어 '카이저'kaiser, 러시아어 '차르'цaрь가 황제가 되지도 못했던 카이사르에게서 유래했다는 사실만 봐도 카이사

갈리아 지역

르의 영향력이 어마어마함을 짐작할 수 있습니다.

아직도 카이사르라는 이름 자체가 유럽에서는 힘이 있습니다. 제가 로마에 있는 카이사르의 화장터를 방문한 적이 있는데요. 뭔가 따로 장식은 안 해놨어요. 그냥 돌무더기, 흙무더기 느낌입니다. 그런데 그곳을 방문하는 사람들의 표정을 보면 굉장히 경건합니다. 그리고 그냥은 못 가겠는지 꽃이나 동전 등을 놓고 갑니다. 이렇게 후대인이 가장 존경하는 인물이자 그 당시 로마의 최고 인기남이었던 카이사르를 만든 것, 바로 오늘의 책 『갈리아 원정기』 덕분입니다. 그 이유가 무엇인지 이 책을 지금부터 하나씩 집중적으로 살펴보겠습니다.

전쟁문학의 바이블

『갈리아 원정기』는 8년간의 전쟁을 1년씩 기록해서 총 여덟 권으로 구성되어 있습니다. 그중 1권에서 7권은 카이사르가 직접 저술했고 마지막 8권은 카이사르의 부하 히르티우스가 집필했습니다. 국제적인 전쟁사를 서술할 때 사실적이며 구체적인 서술은 당연히 중요하지만 다양한 인종, 다른 환경, 지리, 다양한 부족, 제각각인 전투 환경에 대한 소개와 분석이 중요합니다. 카이사르는 이러한 내용을 간결하면서도 명확한 문체로 각 전투와 전술의 핵심 포인트를 짚는 안목이 뛰어납니다.

왜 이런 점이 중요하냐면 우리 문화를 포함해서 한·중·일 문화의 역사서는 전투 상황을 구체적으로 쓰는 것을 싫어합니다. 싫어한다는 표현이 이상한데, 싫어한다고밖에 다른 표현이 없어요. 전쟁사를 쓸 때도 실제 행군 거리나 진지 구축 면적, 참호 깊이 등 이런 얘기는 절대 언급하지 않습니다. 심지어 병서를 쓸 때도 구체적인 전술이나 행동요령, 무기사용법 같은 내용을 잘 안 씁니다. "적을 알고 나를 알면 백 번 싸워도 위태롭지 않다" 이런 식의 어떤 격언, 개념화된 표현이 대부분이죠.

반면에 서양의 전쟁사는 오히려 이런 원리적인 표현을 자제하는 경우가 많습니다. 특히 『갈리아 원정기』는 더 명확하고 구체적으로 기술되어 있습니다.

카이사르는 더 이상 보급을 방해받지 않으려고 (중략) 적당한 장소를 물색한 다음, 3열의 전투대형을 이루고 그곳으로 행군했다. 제1열과 제2열은 무장하고 대기하라는 명령을 받았고, 제3열은 진지를 위해 보루를 구축하라는 명령을 받았다.

_63쪽 중에서

이런 구절만 봐도 2천 년이 지난 지금도 로마의 실제 지휘관들이 어떤 일을 했고 군대를 어떻게 움직였는지 전투 상황을 생생하게 알 수 있습니다. 심지어 객관성을 위해서 카이사르는 본인을 3인칭으로 기술했어요. 이 때문에 『갈리아 원정기』는 전쟁 문화계의 명저로 꼽힙니다. 아마 유럽에서는 군인치고 이 책을 읽지 않은 사람이 없을 겁니다.

『갈리아 원정기』에는 전투 기사뿐만이 아니라 당시 로마인에게는 낯설었던 민족의 관습과 제도에 대한 기록도 적혀있습니다. 각 민족의 관습과 제도부터 심지어 숲에 서식하는 야생동물의 이야기까지 서술됐죠. 당시 문자나 기록이 제대로 없던 암흑기의 갈리아 사회와 게르마니아 연구에도 훌륭한 사료가 되고 있습니다. 그런데 이 책의 진짜 숨은 가치는 단순한 전투 보고서가 아닌 카이사르의 야심과 전략적 사고의 결과물이라는 겁니다.

카이사르는 왜 갈리아로 갔을까?

카이사르가 갈리아 원정을 시도한 이유는 로마 제국의 성립 기반을 쌓는 것과 통치자로서 자신을 부각하고 능력을 증명하기 위해서였습니다. 젊은 시절의 카이사르는 로마의 유서 깊은 귀족 가문 출신이기는 하지만 가세가 상당히 기울어져 있었다고 합니다. 게다가 본인은 난봉꾼에 도박꾼으로 유명했습니다. 둘 다 돈이 많이 드니 빚도 엄청나게 졌습니다. 그래도 이름 있는 집안이고 친구 사귀는 재주가 좋아서 위기를 모면하고 변호사로 명성을 얻습니다. 변호사로 성공하자 관직이 따라왔고 마침내 에스파냐 총독을 거쳐서 로마 공화정 시대의 최고 관직인 집정관 자리까지 오릅니다.

당시 로마는 내란의 위기 상황이었습니다. 로마 공화정은 부패와 체제의 한계로 인해서 사회적 대립이 극한으로 커졌습니다. 공화정이 저물면서 로마에 두 명의 권력자가 떠오르게 되는데 하나는 해적을 소탕해서 로마 최고의 전쟁 영웅이었던 폼페이우스, 그리고 당시 최고의 부자였던 크라수스였습니다. 군대를 쥔 사람과 부를 쥔 사람 중에 누가 최고 권력자가 될 것이냐로 싸우는데 이때 카이사르가 등장합니다. '내가 둘을 화해시키고 안정된 정치를 하겠다'라고 합니다. 그럴듯하잖아요. 군인이 통치한다면 이건 좀 무섭죠. 또 재벌이 통치한다고 하면 뭔가 손해 볼 것 같죠. 그런데 둘이 같이하면서 중재자도 있다? 괜찮을 것 같죠. 카이사르가 이걸 법안으로 제출하고 이게 받아들여집니다.

그래서 졸지에 카이사르와 폼페이우스와 크라수스의 연립 정권이 성립되는데 우리가 세계사 시간에 배운 그 유명한 삼두 정치입니다. 이렇게 삼두 정치가 시작되는데 카이사르의 위치가 애매합니다. 폼페이우스는 군사력이 막강해요. 크라수스는 재정적으로 막강해요. 카이사르는 어떻게 끼긴 꼈는데 도박에, 바람에, 빈털터리예요. 전쟁터에는 가본 적이 없어요. 이렇게 되니까 둘을 이기려면 카이사르는 둘 다 해야 합니다. 여기에 당시 귀족과 민중, 부자와 빈민의 대립이 아주 극단적으로 펼쳐지는 상황이어서 어떤 정책과 제도를 내놓아도 극렬한 비난을 받고 폭력이 난무했습니다. 카이사르는 아마도 이 분열된 국민에게 지도력을 발휘하려면 논리 이상의 설득력, 지도자에 대한 환상과 로망이 필요하다는 사실을 깨달았던 것 같습니다.

로마의 속주와 국경을 접하고 있는 갈리아 지역에 거주하는 부족들은 수시로 로마와 충돌합니다. 국경지대를 공격하고 반란을 일으킵니다. 그러던 어느 날 갈리아에서 심상치 않은 일이 발생합니다. 지금의 스위스 산지에 거주하던 헬베티이 Helvetii 라는 부족이 갈리아 내지로 이동하기 시작한 겁니다. 헬베티이족이 고향을 떠날 수 있는 길은 두 가지밖에 없었습니다. 하나는 줍고 험해서 마차 한 대가 겨우 지나갈 정도의 길이었는데요. 그 위로 높은 산이 우뚝 솟아있어서 몇 사람만 지켜도 쉽게 저지할 수 있는 위험한 길이었습니다. 다른 한 길은 로마의 속주를 지나가는 길이었죠. 훨씬 빠르고 쉬운 길이었습니다. 헬베티이족은 로마의 속주를 지나가기로 결정합니다. 카이사르는 헬베티이족이 로마의 속주를 통과하려 한다는 소식을 접하고 그들을 막기 위해서 서둘러 로마를 떠납니다.

헬베티이족은 로마군을 두려워하지 않았습니다. 그들은 자신들의 전투력은 갈리아에서도 최고라고 자신했고, 로마군을 격파하고 커다란 수모를 안긴 적도 있습니다. 그들은 단순히 따뜻한 프랑스 남부로 이주하는 것만이 목적도 아니었습니다. 자신들의 전투력으로 갈리아 부족을 정복하고 전 갈리아를 통일하겠다는 야망도 있었죠. 로마는 갈리아에 있는 부족들이 야만족이라고만 알고 있었는데 이들이 통일해서 제국을 만들려는 움직임이 시작된 겁니다.

카이사르는 바로 이 부분을 주목했습니다. 만약에 갈리아가 다른 누군가에 의해서 통일된다면 로마는 그저 작은 이탈리아 반도에 있는 국가에 그치게 됩니다. 로마군은 사실 그전에도 갈리아 원정을 몇 번 떠났는데 거의 다 참패로 끝나곤 했습니다. 특히 헬베티이족은 로마군에게 전쟁에서 치욕을 안겨준 부족이어서 카이사르의 군대는 더 전의에 불타올랐을 겁니다. 카이사르는 겨우 몇 만의 군대를 이끌고 갈리아 정복에 나섭니다. 적은 인원으로 수천만 인구가 사는 갈리아를 정복한다는 건 어찌 보면 무모한 도전이었죠. 하지만 카이사르는 그때까지 획득한 모든 권력과 재산, 심지어 목숨까지 잃을 수 있는 아주 위험한 도전에 나섭니다.

로마의 역사를 바꾼 전쟁의 서막

카이사르는 갈리아 원정의 시작이라고 할 수 있는 헬베티이족과의 전투에서 로마군의 진수를 보여줍니다. 로마군단 병사의 나이는 약 17~46세입니다. 로마 시민으로 이루어져 있고 근무 연한이 18년 정도였습니다. 이들은 대단히 체계적인 훈련을 받았고 철저한 팀플레이와 조직력을 갖춘 군대였습니다. 장비와 보급도 아주 철저하게 표준화됐죠. 그래야 부대 간의 이동거리, 하루 행군 속도 등을 정확하게 매뉴얼화할 수가 있습니다. 로마군은 대개 무릎까지 내려오는 '튜니카'tunica 라는 셔츠와 '사굼'sagum 이라는 모직 외투를 입고 반장화를 신었습니다. 그리고 너비 약 75cm, 높이 약 1m의 방패와 강철 투구, 철판을 댄 가죽 흉갑으로 방어력을 높였습니다.

로마군의 비밀 무기 중에 '필룸'pilum 이라는 투창이 있습니다. 적이 접근하면 이 필룸을 던집니다. 적군은 날아오는 필룸을 막기 위해서 방패로 몸을 보호하겠죠. 이 필룸은 방패에 꽂히면 창이 구부러져 버립니다. 그리고 잘 뽑히질 않아요. 창 중간에 무거운 추를 달았기 때문에 방패에 꽂히면 휘니까 적군은 무거워진 방패를 버리게 됩니다. 이렇게 되면 방어력을 잃죠. 중장갑과 방패로 무장한 로마군이 무방비 상태가 된 갈리아군을 밀어붙입니다. 갈리아인이 체격도 크고 힘이 좋지만 중무장한 로마군과의 집단 전투에는 무력해집니다. 로마군의 전투 방식과 장기는 여기서 끝이 아닙니다.

> 로마군은 방향을 틀어 두 패로 나뉘어 진격했는데, 1열과 2열은 아군에게 이미 패해 물러갔던 헬베티이족을 상대하고 3열은 새로운 공격을 막기 위해서였다.
>
> _42쪽 중에서

로마군의 조직력, 순발력, 유연성을 보여주는 대목입니다. 이런 식으로 대형을 나눠서 싸울 수 있는 군대는 이전에는 없었습니다. 로마군은 밀집 대형을 작게 나누고 전투 경험을 기준으로 1열, 2열, 3열의 병사들을 구분했습니다. 1열에서 3열을 경험으로 구분함으로써 유사시 책임을 나눕니다. 이런 방식으로 로마군은 다양한 환경, 다양한 상황에 대한 적응력을 높입니다. 이 능력이 실전에서 발휘하는 효과는 어마어마했습니다. 헬베티이족은 패배하고 원래 살던 지역인 지금의 스위스 지역에 정착하면서 카이사르의 통치를 받게 됩니다. 실제로 스위스인의 조상은 헬베티이인이고 스위스의 정식 국호는 헬베티이연합이라는 뜻으로 '콘페더라치오 헬베티카'Confoederatio Helvetica 입니다. 그래서 스위스의 약자도 CH로 표시하죠.

헬베티이족을 격파한 카이사르는 갈리아 전역을 돌아다니면서 약탈을 일삼던 게르마니족(게르만족) 군대와 전투를 벌입니다. 하지만 카이사르는 뜻밖의 상황에 부딪히게 됩니다. 뜻하지 않은 원정이 시작되면서 불안과 공포로 장병의 분위기가 뒤숭숭해진 겁니다. 이번에 싸울 게르마니족이 앞서 싸웠던 갈리아인보다 더 크고 사납고 야만적인 데다가 눈빛만으로 압도된다는 얘기를 들었으니 얼마나 무섭겠어요. 특히 연대장들, 동맹군의 지휘관들, 카이사르와 친구가 되려고 전쟁 경험도 별로 없는데 무작정 로마에서 따라온 사람들 사이에 공포심이 일기 시작합니다. 그들은 여러 가지 핑계를 대면서 카이사르에게 진지를 떠나는 것을 허락해달라고 간청하죠. 그들은 자신의 막사에 틀어박혀서 신세타령하고 친구들끼리 모여서 그들에게 닥친 위험을 슬퍼했습니다. 심지어 유서까지 쓰면서 다가올 죽음을 준비하고 있었죠. 이런 상황이 카이사르의 귀에 들어가게 됩니다.

카이사르는 군사회의를 열어 각급 백인대장들을 소집한 뒤, 무

엇보다도 자기가 그들을 어느 방향으로 어떤 의도로 인솔하는
지 묻거나 추정하는 것을 그들이 자신들의 업무로 여기고 있는
것을 엄하게 질책했다. (중략) 자신의 두려움을 감추려고 군량
보급이 어렵다느니 행군로가 좁아 염려스럽다느니 핑계를 대는
자들은 주제넘은 짓을 하는 것이며, 그들은 분명 자신들의 지휘
관의 의무감을 의심하거나 지휘관에게 지시하려는 것이다.

_54~55쪽 중에서

백인대장은 쉽게 말하면 오늘날 중대장급으로 보면 되는데
요. 보통 백인대장은 실전에서 증명된 베테랑 용사를 임명합니
다. 로마군단의 힘은 백인대장에서 나온다고 할 정도로 중요한
보직입니다. 카이사르는 백인대장에게 "너희가 행군의 방향, 목
적에 대해서 문제 삼거나 생각하고 있다는 게 무슨 말인가. 이
런 걱정은 지휘관인 나 카이사르의 몫이지 백인대장 너희의 몫
이 아니다"라고 말합니다. 지금 들으면 비민주적인 말처럼 들리
기 쉽습니다. 그러나 절대 아닙니다. 오늘날의 조직에서도 역할
분담이라는 게 분명합니다. 특히 생사가 오가는 군대는 그 특수
성 때문에 명령과 책임이라는 부분이 상하로 쪼개져 있는 겁니
다. 현대전에서도 마찬가지예요. 카이사르는 이 점을 부하들에
게 명확하게 인지시킨 겁니다. 괜한 공포에 사로잡혀 사서 걱정
하지 말고 너희 맡은 임무와 책임과 전투에 집중하라는 겁니다.

카이사르는 또 "게르마니족은 헬베티이족과 가끔 교전을 벌여 헬베티이족의 나라에서뿐 아니라 그들 자신의 나라에서조차 종종 패했다. 헬베티이족도 우리 군대의 적수가 되지 못했으니 게르마니족을 두려워할 필요가 없다"라고 말합니다. 그리고 이전에 헬베티이족과의 전쟁을 통해서 본인이 운 좋은 사람으로 입증됐다면서 부하들에게 사기를 북돋워줍니다. 카이사르의 말이 끝나자 모든 대원의 태도가 극적으로 변했습니다. 사기가 충천되고 전의를 불태웠다고 합니다.

전쟁에서는 금손이 승리(?)한다

로마군의 승리에는 그들의 탁월한 기술력과 공병술도 한몫했습니다. 로마군은 사실 전투만 하는 군대가 아니었어요. 당시 로마군은 정말 훌륭한 토목기사이자 건축가라고 말하고 싶습니다. 로마군이 한 번 진지를 구축하면 보통 네모꼴로 만듭니다. 그리고 진지 둘레에 해자*를 파요. 그다음 장대로 울타리를 세웁니다. 이게 정말 빠른 시간에 이루어집니다. 그럴 수 있었던 비결이 다 표준화했기 때문입니다. 그리고 로마는 공학 분야에 굉장히 많은 투자를 했는데 이게 전투에서 빛을 발합니다.

---

* 적의 침입을 막기 위해 성 밖을 둘러 파서 못으로 만든 곳

로마군의 눈부신 기술력과 문명화된 힘

갈리아인의 요새는 공성구 앞에서 무용지물이었습니다. 목재로 만들어진 바퀴 달린 공성탑은 여러 층으로 이루어져 있었는데 맨 아래층에는 적의 성문을 파괴하기 위한 철퇴가 장착되어 있었어요. 로마군은 이런 능력 덕분에 적은 병력으로도 여러 번 승리할 수 있었죠.

그리고 전투에서 의외로 중요한 역할이 교량 건설입니다. 갈리아인이라면 20일은 걸릴 도강 작전을 로마군은 단 하루 만에 부교를 가설해서 건너기도 했습니다. 심지어 게르마니족에게 겁을 주기 위해서 카이사르는 지금의 라인강에 다리를 만들었는데요. 다리를 놓기에는 강물이 깊고 물살이 빨라서 게르마니아 사람들은 다리를 놓을 수 없을 거라고 생각했어요. 그런데 목재를 운반한 지 열흘 만에 다리를 완성하고 군대가 도하했죠. 갈리아 원정에서 로마군은 눈부신 기술력과 문명화된 군대의 힘을 제대로 보여주었습니다.

완벽한 정복을 위해 바다를 건너다

기원전 55년 그리고 54년에 카이사르는 갈리아 정복 도중 바다까지 건너 브리타니아 원정길을 떠납니다. 브리타니아는 지금의 영국인데요. 도버 해협이 좁다고는 하지만 그 당시 바다를 건너는 건 쉽지 않았습니다. 만약 폭풍으로 길이 막히면 브리타니아에서 고립될지도 모릅니다. 이런 위험을 무릅쓰고 카이사르는 왜 브리타니아 원정을 감행했을까요?

카이사르는 갈리아에서 전쟁할 때마다 적군이 브리타니아에서 지원받는 사실을 알게 됐습니다. 이 때문에 그에게 브리타니아는 완벽한 갈리아 정복을 위해서 꼭 굴복시켜야 할 땅이었죠. 이것은 앞으로 유럽 전쟁사에서 대단히 중요한 지정학적 구조입니다. 원래 저항이라는 건 희망이 사라져야 끝납니다. 그런데 누군가가 대륙을 점령하면 꼭 영국이 남아요. 나폴레옹 때도 그랬고, 히틀러 때도 그랬죠. 그러니 대륙 점령은 영국을 점령해야 끝이 납니다. 카이사르의 침공 계획은 이미 브리타니아에도 알려집니다.

카이사르 함대가 해안에 접근했을 때 이미 브리타니아군이 포진하고 있었습니다. 예나 지금이나 상륙작전은 정말 부담스러운 작전입니다. 배에서 내려 해변으로 올라가는 동안 로마군은 장기인 대형 전투를 벌일 수도 없습니다. 카이사르는 전함을 해안에 바짝 붙여서 투석기와 발사대로 활과 포를 쏘아 해안에 공간을 확보하게 합니다. 그 틈에 로마군 병사들은 바다로 뛰어내렸고 마구잡이로 난전을 벌이면서 브리타니아군을 밀어내고 해안 교두보를 확보하는 데 성공합니다. 첫 번째 침공은 이 정도의 탐색전으로 끝났습니다. 그리고 다음 해에 다시 쳐들어갔습니다. 그런데 이때 끔찍한 위기가 닥칩니다.

카이사르에게 와서 보고하기를, 간밤에 심한 폭풍이 불어 거의 모든 함선이 피해를 입고 바닷가에 내던져졌으며, (중략) 그 결과 함선끼리 서로 충돌해 심각한 피해가 발생했다고 했다.
_147쪽 중에서

이런 상황이 벌어지면 로마군의 사기는 저하될 수밖에 없죠. 반대로 브리타니아인의 사기는 오르겠죠. 용기백배한 브리타니아 부족들은 캇시벨라우누스를 총대장으로 선출하고 총단결하기 시작합니다. 전술도 잘 세웠어요. 전술의 기본은 적의 약점을 친다는 겁니다. 중무장한 로마군은 당연히 무거워서 기동력과 속도가 떨어집니다. 브리타니아군은 이 점을 노려서 멀리 넓게 포진한 다음에 기습 공격을 하는 '히트 앤드 런' 전술을 사용합니다. 이 전술은 굉장한 효과가 있어서 로마군은 연대장이 전사할 정도로 큰 타격을 입습니다.

그러나 카이사르는 역시 카이사르죠. 카이사르 역시 적의 약점을 공략합니다. 그것은 바로 브리타니아군이 가진 구조적인 약점, 단결력입니다. 평소 이들은 서로 적대적이고 이해관계가 달라 자기들끼리 싸우곤 했습니다. 카이사르는 적을 유인해서 작은 승리를 거둡니다. 그러자 전투 의지가 약하거나 혹은 캇시벨라우누스와 사이가 나빴던 부족들이 즉시 로마군에게 항복하겠다고 합니다. 카이사르는 이들을 이용해서 총대장인 캇시벨라우누스의 요새까지 공격합니다. 자신의 부족이 쑥대밭이 되자 캇시벨라우누스는 카이사르에게 항복을 선언합니다. 이렇게 해서 카이사르는 브리타니아를 안정시키고 다시 갈리아로 돌아갑니다.

뜻하지 않은 강적의 등장

카이사르가 득의양양하게 로마로 귀국해서 국내 정치에 집중해야겠다고 생각할 때 프랑스 중부의 도시 케나붐, 지금의 오를레앙Orléans 에서 카르누테스족이 봉기합니다. 이 소식이 프랑스 중부 전체에 퍼지자 믿을 수 없는 일이 발생해요. 갈리아인이 하나로 뭉친 겁니다.

이 놀라운 단합을 이룩해낸 인물이 아르베르니 부족의 족장이었던 베르킹게토릭스인데요. 베르킹게토릭스는 도끼와 창, 방패를 들고 함성을 지르면서 그냥 달려드는 부족의 전쟁 방식으로는 로마 같은 제국 군대에게 이길 수 없다는 걸 깨닫습니다. 국가의 전략과 국가의 전쟁 방식으로 싸워야 한다는 걸 깨닫습니다. 그런데 이다음이 문제입니다. 깨달음을 얻기는 얻었는데 제국의 군대로 바꾸려면 훈련만 몇 년이 필요하죠. 훈련을 시킬 능력이나 여건, 시간도 부족하고요. 그래서 일단 이 방식은 포기합니다.

다른 방식으로 국가의 전쟁을 하자고 생각한 베르킹게토릭스는 로마군을 직접 공격하는 대신 전략적 접근 방식을 택합니다. 로마군을 분리시키는 거죠. 베르킹게토릭스는 군을 둘로 나눠서 한 부대로는 프랑스 남부에 주둔 중인 로마군을 압박하고 자신은 다른 부족을 이끌고 통합에 소극적인 부족들을 공격합니다. 로마군의 주위를 남쪽으로 유인해서 묶어놓고, 그 사이에 중부 부족의 통합을 완성하려고 했죠. 하지만 이런 작전을 카이사르는 정확히 짚습니다. 베르킹게토릭스의 불행은 상대였던 카이사르가 너무 똑똑했다는 거예요.

카이사르는 베르킹게토릭스를 직접 추격하지 않고 소수의

병력만 이끌고 베르킹게토릭스의 고향인 아르베르니로 치고 들어갑니다. 아르베르니로 들어가려면 세벤 산맥을 넘어야 하는데 이곳이 겨울에는 눈이 수북이 쌓여서 행군하기 어려운 지역이지만 역시 로마군은 상상을 뛰어넘죠. 잘 훈련되고 뛰어난 공병을 보유한 로마군은 약 1.8m 높이의 눈 쌓인 산맥에 도로를 가설하고 아르베르니로 진입합니다.

베르킹게토릭스는 고향이 침략을 당하자 할 수 없이 고향으로 회군합니다. 그러자 카이사르는 다시 군대를 돌려서 베르킹게토릭스가 통합하려고 했던 중부 갈리아 지역을 진정시켜 순식간에 반란의 확산을 막아버린 거죠. 그리하여 전장의 주도권이 한순간에 카이사르에게 넘어갑니다. 여기서 또 대단한 것이 보통 이렇게 되면 베르킹게토릭스가 포기해야 하는데 좌절하지도 겁먹지도 않았습니다.

그는 로마군의 또 다른 약점을 찾아냅니다. 카이사르는 로마군을 갈리아 지역 곳곳에 분산 배치했습니다. 파출소를 설치하듯이 갈리아 전체를 감시하려는 의도도 있었지만 진짜 이유, 약점이 있었는데요. 바로 식량입니다. 로마군은 보통 현지에서 식량을 조달하기 때문에 한 지역에 군대를 모아두면 그 식량 공급을 감당할 수 없었던 거예요. 베르킹게토릭스는 바로 이것을 알아차리죠. 카이사르 대 베르킹게토릭스의 2라운드 대결이 시작됩니다.

베르킹게토릭스는 로마군의 식량 보급을 공격하기 위해서 갈리아족들에게 새로운 전술, 즉 부족 수준의 전술이 아닌 국가의 전술을 제안합니다. 바로 청야전술입니다. 청야전술이란 적이 사용할 수 있는 모든 군수물자와 식량을 없애 적군을 굶주리고 지치게 만드는 전술이죠. 고려나 조선 같은 중앙집권 국가에서는 이게 어렵지 않습니다. 백성을 이주시키고 도시를 불태우고 나중에 전쟁이 끝나면 돌아와서 식량을 지원해주고 다시 살게 해줍니다. 하지만 부족 세계는 그렇지 않습니다. 자기 고향이 없어지면 끝이에요. 베르킹게토릭스는 이런 부족들과 함께 청야전술을 해야 해서 이 부족, 저 부족을 뛰어다니며 설득하고 '전쟁이 끝나면 반드시 식량을 지원하겠다' '도시 재건을 돕겠다'라고 약속해서 이 전술을 성공시킵니다.

그 결과 베르킹게토릭스의 명령으로 20개가 넘는 도시가 불탑니다. 도시를 태운 이유는 도시에 곡물 창고가 있기 때문입니다. 놀란 카이사르는 식량을 구하기 위해서 여기저기 흩어져 있는 농촌과 작은 촌락으로 부대를 보냅니다. 그런데 이것도 베르킹게토릭스가 예측했죠. 갈리아 기병들이 중간에 매복하고 있다가 로마군 보급 부대를 공격해서 엄청난 피해를 입힙니다. 갖고 있는 식량마저 떨어진다면 로마군은 이제 전멸할 수밖에 없는 상황에 놓입니다. 천하의 카이사르도 방법이 없었습니다. 진퇴양난, 사면초가였죠. 베르킹게토릭스가 놓았던 죽음의 덫에 완벽하게 걸려든 것입니다.

카이사르와 로마군단이 이때 갈리아 지역에서 식량이 떨어져 생을 마감했더라면 세계사가 달라졌을 겁니다. 지금 우리가 알고 있는 로마 제국이 사라졌을 수도 있습니다. 하지만 이 역사적인 순간에 아직 덜 익은 갈리아 제국이 또다시 카이사르를 구합니다.

> 그들은 아바리쿰을 불태울 것인지 아니면 지킬 것인지 토론을 벌였다. (중략) 자기들 부족의 피난처이자 자랑거리인 도시를 자기들 손으로 불태워 없애도록 강요하지 말아달라고 간청했다. (중략) 베르킹게토릭스는 처음에는 반대했으나 나중에는 그들의 호소와 그곳 주민들에 대한 동정심에서 양보했다.
> _224~225쪽 중에서

치명적인 실수였죠. 청야전술을 펼칠 때 가장 먼저 태웠어야 할 도시였습니다. 하지만 부족들의 반대와 애원으로 끝내 태우지 못했어요. 그들은 아바리쿰은 강과 늪으로 둘러싸여 요새화된 도시라서 식량이 얼마 남지 않은 로마군이 절대로 도시를 함락시키지 못할 것이라고 말했습니다. 이 소식은 금방 카이사르의 귀에 들어갑니다. 지형이 까다롭고 공략이 어려운 곳이긴 했지만 로마군은 그 어느 때보다 결사적으로 아바리쿰을 공략

합니다. 그리고 아바리쿰이 난공불락이라는 것은 갈리아인의
기준으로 본 판단이었을 겁니다. 로마군은 의외로 손쉽게 아바
리쿰을 함락시킵니다.

이렇게 함으로써 카이사르는 식량을 얻고 죽음의 문턱에서
살아남게 됩니다. 아바리쿰 함락을 끝으로 베르킹게토릭스가
구상한 제국의 전술은 물거품이 됩니다. 이제 그에게 남은 방법
이라고는 전체 갈리아 연합군의 수에 의존하는 것이었습니다.
베르킹게토릭스는 갈리아군을 최대한 동원하기 위해서 스스로
미끼가 되는 방법을 택합니다. 카이사르와 베르킹게토릭스의
3라운드가 시작됩니다.

로마의 역사를 바꿀 마지막 승부

베르킹게토릭스는 군대를 끌고 알레시아라는 고지로 올라갑
니다. 알레시아는 평지의 불쑥 솟아오른 타원형의 바위산입니
다. 그리고 강줄기가 산 양쪽을 휘감고 흘러서 강이 해자(참호)
역할을 하는 천연 요새였습니다. 로마군이 베르킹게토릭스를
추격해 알레시아 주변을 포위합니다. 그러자 베르킹게토릭스는
기병을 내보내 각자 자기 고향으로 달려가서 이 상황을 알리라
고 말하죠. 고향으로 돌아간 그들은 주민들에게 성전에 참여할
것을 호소합니다. 이에 호응한 수십만 명의 갈리아 전사가 알레

시아로 집결합니다. 로마군이 베르킹게토릭스를 포위하고 있는데 다시 등장한 갈리아 군대가 로마군을 역포위합니다. 세계 전쟁사 어디에도 없는 이중 포위전이라는 특이한 전투가 벌어지게 됩니다.

그런데 사실 여기에 또 하나의 반전이 있는데 갈리아 지원군이 집결하는 동안 로마군이 이를 예측하고 바깥쪽으로도 빙 둘러서 보루와 진지를 구축해놓았습니다. 정말 놀라울 정도로 짧은 시간에 이 모든 걸 해냅니다. 사실 이때 전투에서 갈리아군이 팀워크와 시간차를 이용해서 정교한 공격을 했더라면 충분히 로마군을 이길 수 있었습니다. 하지만 안타깝게도 갈리아군은 차분하게 이 진지를 공략할 여유가 없었어요. 알레시아의 식량이 거의 고갈됐고, 갈리아 지원군도 급하게 달려온 데다 병력이 너무 많아서 식량이 부족했을 겁니다. 결국 베르킹게토릭스가 패배합니다.

이 로마군의 진지는 정말 대단한 거였어요. 이런 이중 진지는 일단 적의 공격을 어렵게 하지만 사실 더 중요한 역할을 합니다. 바로 적은 병력을 효과적으로 사용하는 거예요. 특히 중요한 게 내선 기동이죠. 갈리아 연합군은 병력은 많지만 외곽에서 움직입니다. 반면 로마군은 내선에서 움직여요. 로마군은 방벽을 만들어놨기 때문에 빠르게 주요 지점에 병력을 투입하고 이동시킬 수 있어요. 게다가 갈리아군은 안쪽과 바깥쪽이 단절

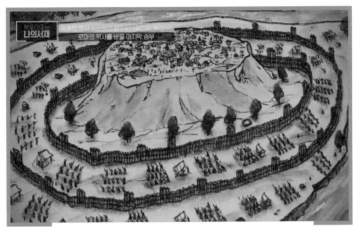

알레시아 전투, 로마군의 이중 진지

돼 있습니다. 그래서 협동 공격을 할 수가 없었어요. 로마는 공학으로 이긴다는 걸 또 한 번 실천했습니다.

갈리아군은 마음으로는 통합이 되었지만 한 번도 손발을 맞춰본 적 없는 군대예요. 어쩌면 말도 통하지 않았을 테니 팀플레이라는 게 나올 수가 없어요. 로마군의 약점을 발견해도 신속하게 대응하기가 어려운 거죠. 예를 들면 로마군의 진지에 구멍이 났다고 할 때, '저기로 가라' '이렇게 가라'고 했는데 사인이나 말이 통하지 않아 우왕좌왕하는 사이에 로마군 진지의 구멍이 메워지는 거예요. 사실 전쟁이라는 건 순간에 나타나는 틈을 파고 들어가는 군대가 이기는 건데, 로마군의 순간 파고드는 틈을 막는 속도가 갈리아인이 모여서 들어오는 속도보다 훨씬 빨

랐던 거죠. 로마군의 노련한 지휘와 선택, 집중으로 매순간 위기를 극복한 겁니다.

안쪽과 바깥쪽 군대가 그래도 어떻게 협동해서 싸웠으면 로마군은 양쪽에서 공격을 받게 되는데 이 바깥쪽과 안쪽의 협력 공격이 여간해서 잘 안 돼요. 결국 갈리아 지원군이 철수하고 식량도 떨어지자 베르킹게토릭스가 항복합니다. 그는 로마로 이송된 후에 화형당했다고 전해집니다. 베르킹게토릭스는 갈리아를 역사의 다음 단계로 발전시키기 위해 노력한 인물이었습니다. 비록 실패했지만 로마군을 패배 직전까지 몰아넣었고 갈리아인에게 갈리아가 나아갈 방향과 이를 위해 필요한 것이 무엇인지 명확히 제시한 인물이라고 생각됩니다. 시대를 잘못 타고 태어난 안타까운 인물이죠.

우리가 전쟁사를 읽어야 하는 이유

갈리아 원정 덕분에 카이사르는 로마 최고의 인기남으로 급부상합니다. 본인이 쓴 『갈리아 원정기』가 로마에 퍼지면서 신의 한 수로 작용한 거죠. 카이사르가 머리가 좋다고 느끼는 게 『갈리아 원정기』를 쓸 때 나라는 표현 대신에 카이사르라는 3인칭을 사용합니다. 여기에 대해서 많은 사람이 최대한 객관적으로 쓰기 위해 3인칭을 썼다고 해석합니다. 그런데 저는 좀 생각이 다른 게 정치적 목적으로 3인칭을 쓴 것 같아요. 만약 원정기를 쓰는데 '내가 ~ 했다' '내가 깃발을 흔들자 적군이 쓰러졌다'는 식으로 쓰면 자랑 같은 느낌이 있습니다. 읽다 보면 거부감이 들어요. 사람은 누구나 남이 자랑하는 건 듣기 싫어합니다. 그런데 '카이사르가 ~ 했다' 하면 거부감은 줄고 동시에 이름이 각인돼요.

카이사르는 정말 대단한 야심가였어요. 이 점은 어떤 역사가도 부인하지 않습니다. 물론 그를 비난하는 사람도 많습니다. 하지만 중요한 것은 그가 그 거대한 권력을 거저 얻으려 하지 않았다는 거죠. 심지어 삼두 정치를 했던 폼페이우스와 크라수스도 지금까지 자신이 이룬 것만으로 최종 승자가 되려고 했습니다. 그때 카이사르는 새로운 모험에 자신의 모든 것을 걸었습니다.

우리의 삶도 어찌 보면 전쟁과 같습니다. 어느 순간이든 승자와 패자는 나누어지기 마련입니다. 그리고 어느 누구도 패자로 살아가고 싶지는 않을 겁니다. 이것이 우리가 인생 한가운데서 전쟁사를 읽어야 하는 이유입니다. 그 안에 있는 영웅들의 숨은 전략, 삶의 지혜를 만나보기를 바라는 마음에서 전쟁사 입문용으로 『갈리아 원정기』를 추천드리며 마치겠습니다.

오늘의 독썰가
고고학자 강인욱 교수

#경희대 사학과 교수
#러시아과학원 시베리아분소 고고학 연구소에서 박사 취득
#유라시아 고고학 전공
#〈차이나는 클라스〉〈책 읽어주는 나의서재〉 등 출연
#〈조선일보〉〈동아일보〉〈중앙일보〉〈서울신문〉〈한겨레〉 등 칼럼 연재
#대중에게 고고학의 진짜 매력을 어필
#저서 『유라시아 역사 기행』 등

오늘 함께할 책
『실크로드의 악마들』, 피터 홉커크, 사계절

#탐욕이 만든 역사
#이것은 피 땀 눈물의 길
#영화 〈인디애나 존스〉
#1981년 영국 도서상 논픽션상 수상
#중앙아시아 탐험기의 역사를 다룬 최초의 책
#《더 타임즈》 아시아 전문기자 출신

미지의 세계에 대한 치열한 탐구정신을 가지고 있었지만 타국의 문화재를 도굴해 간 도둑의 얼굴을 가진 서양의 탐험가들에게 중앙아시아는 관연 어떤 의미로 존재하는 것일까? 20세기 첫 4반세기 동안 서양 열강이 중앙아시아의 저 후미진 오지에서 행했던 고고학적 침략에 대한 이야기를 담고 있다.

강인욱 교수×『실크로드의 악마들』

제 서재에 있는 많은 책 중에서 여러분과 함께할 이 책은 읽으면 읽을수록 혈압이 오르는 책입니다. '어떻게 이럴 수 있지?' 싶을 정도로 인간의 탐욕을 담고 있기 때문인데요. 게다가 고고학자들의 이야기를 위인전처럼 포장하지 않은 거의 유일한 책입니다. 20세기 미지의 땅 중앙아시아 오지로 떠난 세계 각국 탐험가들의 모험을 담은 오늘의 책은 바로『실크로드의 악마들』입니다.

전 세계적으로 고고학자 하면 가장 먼저 떠오르는 이름, 영화〈인디애나 존스〉(1981)일 텐데요. 그런데 고고학자들은〈인디애나 존스〉를 제일 싫어하는 영화로 꼽습니다. 저 또한 마찬가지입니다. 왜냐하면 고고학자를 실제 조사나 연구가 아니라 폭파하고 유물을 약탈하는 것으로 영웅화시켰거든요. 인기 영화에 가려진 20세기 고고학자의 민낯을 『실크로드의 악마들』을 통해서 되짚어보는 시간을 가지려고 합니다.

Who is '양귀자'?

『실크로드의 악마들』은 20세기 초 당시 사람들에게 미지의 땅이었던 중앙아시아 지역을 누볐던 수많은 탐험가의 이야기를 담은 책입니다. 초판이 1984년에 나왔으니까 꽤 옛날 책이죠. 저자 피터 홉커크는 약 100년 전 실크로드의 탐험을 아주 생동감 있는 필체로 담아냈습니다. 하지만 실크로드 그 환상뿐 아니라 이면에 숨겨진 탐험가의 어두운 모습, 유물에 대한 탐욕도 함께 다루었습니다. 당시 실크로드의 탐험가들이 문화재를 마음대로 파괴하고 훔쳐가는 처참했던 현실을 너무나 당연한 듯 이야기하는 점에 주목해야 합니다.

중국이 유물 반출에 대한 금지령을 내릴 때까지, 그들은 경쟁적으로 실크로드의 사라진 도시들에서 벽화, 필사본, 조상(彫像), 그 밖의 유물들을 말 그대로 톤 단위로 빼내갔다. (중략) 유물을 빼내갔던 탐험가들은 자신들의 행위가 정당한가에 대해 아무런 양심의 가책을 느끼지 않았다. (중략) 당시 그들은 자신들이 발견한 놀라운 유물과 중앙아시아 및 중국 연구에 기여한 공헌으로 존경과 추앙을 받았다.

_16쪽 중에서

저자는 당시 탐험가들이 실크로드의 유물을 톤 단위로 빼내가면서 그 행위의 정당성에 대해 아무런 양심의 가책을 느끼지 않는다고 표현했습니다. 게다가 그들은 유물을 발견한 덕분에 자국에서 존경과 추앙을 받았다고 합니다. 이는 2차 대전 전후에 20세기의 시각을 대표하는 것이라 할 수 있습니다. 그리고 저자는 책의 후반부로 갈수록 그 탐험 과정을 그 어떤 책보다 솔직하고 자세하게 묘사하는데요. 모든 관점은 영국인의 관점입니다. 그러니까 그들과 적대적이었던 러시아나 중국 또는 동양에 있는 일본 탐험대들은 모두 스파이나 야만인 같은 식으로 경멸합니다. 영국의 적대국이었기 때문이죠.

제가 읽은 『실크로드의 악마들』은 영국 측 입장에서 바라본 악마 같은 재미를 가진 반쪽짜리 여행기예요. 원제는 "Foreign Devils On The Silk Road"입니다. 저자는 아주 반어적이고 도발적인 제목을 이 책에 붙였어요. 우리가 가지고 있는 중앙아시아에 대한 상반된 인식이 이 책 안에 다 들어있습니다. 'Silk Road', 낭만적이죠. 그리고 'Devils', 무시무시한 악마가 함께한 제목입니다. 여기서 이 Devils는요, 중국의 관점에서 실크로드의 약탈자를 '양귀자'라고 하는 단어로 불렀던 데에서 착안한 것입니다. 양귀자란 서양에서 온 귀신이라는 뜻입니다. 사막 속 폐허가 된 유적지에서 악마같이 유물을 파괴하고 끄집어내서 귀신같이 자기 나라로 가져가 버리는, 훔쳐가 버리는 것을 아주 정확하게 표현한 단어죠.

그런데 과연 저자는 서양 탐험가를 악마라고 생각했을까요? 제가 보기엔 그렇지 않습니다. '우리는 그 모든 것을 훔쳐낼 수 있었어'라는 식으로 담아내는 아주 불편한 책이기도 합니다. 그렇다면 이 반쪽짜리 시각과 불편한 마음이 드는 이 책을 왜 읽어야 하는지 의아할 텐데요. 과연 실크로드로 떠난 고고학자, 탐험가는 악마였을까, 아니면 실크로드에 숨겨져 있었던 문화재를 서구의 다양한 박물관에서 볼 수 있게 공헌을 한 사람이었을까요. 우리는 '누가 진정 실크로드의 악마였을까'라는 질문을 던지면서 읽어야 합니다.

실크로드는 150년 전에 생긴 신조어?

먼저 실크로드가 어떻게 만들어졌는지 보겠습니다.

실크로드는 세계에서 가장 오래된 교통로 가운데 하나지만 뭔가 그럴듯한 이름이 지어진 것은 비교적 근래의 일로서 지난 세

기의 독일 학자 페르디난드 폰 리히트호펜에 의해서였다. 실크
로드라는 말이 의미하는 것에는 사실 약간 오해의 소지가 있다.
(중략) 이 길을 통해 비단 말고도 다른 많은 종류의 물품들이 이
동했기 때문이다.

_36쪽 중에서

우리가 말하는 실크로드, 이 비단의 길이라는 말은 놀랍게도
역사 기록에는 없어요. 150년도 안 되는 과거에 새로 만들어진
말입니다. 그런데 이 말이 만들어질 당시에 영국, 프랑스, 스웨
덴, 스페인, 이탈리아 등 이미 많은 유럽의 나라는 바다 건너 다
양한 대륙의 식민지를 다 차지하고 있었죠. 그런데 독일같이 뒤
늦게 식민지 경쟁에 뛰어든 나라의 입장에서 볼 때 남의 식민
지를 뺏기가 쉽지 않았겠지요. 그러자 지리학자 리히트호펜이
발상을 전환합니다.

유럽에서 내륙의 길을 거쳐서 중국과 동아시아로 갈 수 있
다고 주장한 겁니다. 고대 중국에서 로마까지 이어진 교역로를
1877년에 최초로 실크로드라는 단어로 언급해요. 독일어로 자
이덴슈트라센 Seidenstrassen 인데요. 리히트호펜은 이 교역로를 통
해서 주고받은 것 중 가장 대표적인 것으로 비단을 꼽고 실크
로드로 명명한 것이죠.

이렇게 실크로드라는 이름이 붙여지자 많은 나라가 그 개념

실크로드, 중국에서 로마까지

에 동의하고 각자의 실크로드를 떠올립니다. 전통적으로는 중국의 서안과 로마 사이를 일컫습니다. 그런데 특히 그중 중심지는 어디냐? 지금의 중국 북서부에 있는 신장 위구르 자치주인 동투르키스탄, 그리고 서투르키스탄입니다.

최초로 서역에 진출한 중국인 장건

2천 년 전 중국 한나라의 무제는 용맹하기로 이름난 장군 장건을 서역으로 파견했습니다.

장건(張騫)이라는 이름의 모험심 많은 중국의 한 젊은이가 비밀

임무를 띠고 당시로서는 멀고도 신비로운 서역으로 출발하였다. (중략) 그것은 역사상 매우 중요한 의미를 지닌 여행이 되었다. 그 까닭은 중국이 유럽을 발견하고 또 실크로드가 탄생하는 계기가 되었기 때문이다.

_32쪽 중에서

장건이 목숨 걸고 서역의 험한 길을 지나서 현재 아프가니스탄과 우즈베키스탄 또는 대하국이라고 하는 곳에 도착합니다. 그때 벌어진 재미있는 에피소드가 있습니다. 사마천이 썼던 『사기』 중 「서남이열전」에 나오는데요. 시장에 나갔더니만 장건 앞에서 중국제 물건들을 팔고 있는 거예요. 그러니까 장건이 처음이 아닌 거죠. 그때 뭘 팔고 있었냐, 촉나라의 베하고 비단, 공이라는 나라에서 쓰는 대나무 지팡이를 팔고 있는 거예요. 그 이전부터 실크로드를 통해서 사람들은 이미 다양한 교역을 하고 있었습니다.

이 장건을 놀라게 한 바로 그 교역로는 무엇이냐, 중국 서남부 사천성에서 험난한 히말라야 산맥을 거쳐서 중앙아시아로 가는 총 5000km 이상 되는 인류 역사상 가장 높은 험난한 교역로 차마고도입니다.

이렇게 실크로드는 한나라 이전부터 수천 년간 사람들이 목숨을 걸고 넘나들면서 장사하고 교류했던 바로 그 길입니다. 저

인류 최고 교역로, 차마고도

는 그래서 실크로드를 길 같은 선이 아닌 점이라고 표현합니다. 즉 사막과 험난한 산속이나 초원, 군데군데 오아시스 같은 몇몇 거점이 있습니다. 바로 그 점을 잇는 것이 실크로드입니다.

사실 초원이나 사막이나 지역 간의 이동이 어려워서 사람들은 거의 살지 않는 고립된 공간이었습니다. 그런데 어떻게 이렇게 허허벌판 초원 위에서 다양한 문명이 오가는 교차로 역할을 할 수 있었을까요? 아마 여러분은 실크로드 하면, 가장 먼저 사막을 가로지르는 낙타를 떠올릴 텐데요. 제 생각에는 유라시아의 진정한 주인공은 바로 '말'입니다.

자, 여기서 생각을 좀 바꿔볼까요? 우리는 왜 수많은 동물 중에서 말을 타게 되었을까요? 카자흐스탄 북쪽에 보타이라는 유적이 있습니다. 이곳은 한마디로 말 목장이었어요. 말은 초식 동물이니까 사람을 해치지 않습니다. 그리고 말 젖이 있어요. 고기는 식량이 되고 육포를 만들어서 보존할 수 있고요. 그래서 인간이 초원 지역에서 농사를 짓지 않고 살 수 있게 된 계기가 된 것이죠.

그런데 이것만이 아니에요. 말뼈를 연구해보니까 앞뒤쪽 어금니 사이가 비정상적으로 늘어나 있는 거예요. 약 6천 년 전에 중앙아시아의 목동들이 말에 재갈을 씌운 것입니다. 약간의 힘만 가해도 재갈을 물린 말은 엄청난 아픔을 느끼겠죠. 그래서 가벼운 손재간으로 말을 제압할 수 있었던 거죠. 그렇게 말은 가축에서 운송수단으로 바뀝니다. 거대한 유라시아 초원에 말의 경로가 생겨난 것이죠. 실크로드의 놀라운 역사는 사실 이 작은 재갈에서 시작되었다고 해도 과언이 아닙니다.

그게 왜 실크로드에서 나와…?

중국으로 가는 대상들은 금과 보석, 모직물과 면직물, 상아, 산호, 호박(琥珀), 석면, 그리고 5세기까지는 중국에서 제작되지 않은 유리를 실었다. (중략) 사실 거의 1만 5천 킬로미터에 달하는 실크로드의 전 구간을 왕복하는 대상은 극히 드물었다.

_41쪽 중에서

실크로드를 따라서 온 물건은 실크 이외에도 굉장히 많죠.
그럼 이때 사람들이 처음 실크로드로 들여온 선물은 무엇이었
을까요? 그건 바로 지금 우리가 좋아하는 맥주와 국수입니다.
유럽에서 건너온 유목민들이 새로운 곡물인 보리를 가지고 왔
어요. 그 덕분에 새로운 술, 맥주가 등장할 수 있었습니다. 그리
고 보리와 함께 밀도 들어와서 본격적으로 우리 동아시아에서
도 국수를 만들어 먹기 시작했습니다.

실크로드 남쪽 타클라마칸 사막에서 발견된 로프노르라는
곳에 샤오허 유적이 있습니다. 이 유적 무덤에서 손으로 빚어
만든 국수가 발견되었어요. 마치 우리가 제사 음식 올리듯이 저
승에서 드시라고 같이 놓아둔 것이죠. 국수 이외에도 샤오허 유
적에서는 마황이 발견되었습니다. 왜 이곳에서 마약 성분의 마
황이 발견되었을까요. 이 지역은 사막이라 겨울이 춥고 긴데다
가 모래 폭풍이 심한 곳이었습니다. 그러니 천식 같은 기관지
쪽 질환이 고질병처럼 있었겠죠. 그래서 기침과 기관지에 좋고
거담을 해주는 마황을 많이 먹었던 것으로 추측됩니다. 이 마황
의 주성분은 에페드린입니다. 최근까지도 감기약에 들어갔던
성분입니다. 아마 이 수천 년 전 사람들에게는 마황이야말로 모
래바람이 몰아치는 건조한 지역에서 살아남는 데 도움을 주는
고마운 약재였을 겁니다.

그런데 처음 허허벌판인 줄 알았던 그 지역에서 유적을 찾은 사람들이 자꾸 뭔가 발견하는 거예요. 우리나라 속담으로 도랑 치다 가재 잡는다고 하지 않습니까? 의외의 소득을 거둔다는 뜻인데요. 이 실크로드의 발견도 딱 그랬습니다.

중앙아시아에서 서로의 패권을 경쟁하던 중 전 세계로 뜻밖의 소식이 전해진 것이었죠. 모래 속에서 유물이 자꾸 발견되었습니다. 사람들은 경쟁적으로 모래 속 유물을 서로 탐했습니다. 아니, 그런데 그냥 땅을 차지하면 되는데 왜 이렇게 사람들은 그 유물, 고대 사람들의 그 유물들을 목숨을 걸고 얻으려고 했을까요?

영화 <기생충>으로 보는 약탈의 심리

영화 〈기생충〉(2019)을 통해서 한번 그 심리를 이해해볼까 해요. 〈기생충〉에 보면 수석이 등장합니다. 그냥 돌덩어리죠. 근데 이 돌덩어리가 양반의 상징이자 부의 상징이다, 뭐 그렇게 설명합니다. 사실 그런 모습은 그 옛날 골동품을 모으던 이들의 모습과 너무나 흡사해요. 옛날 조상님의 청동기나 돌을 소유하면 그 조상님의 위대한 업적과 힘을 내가 같이 가질 수 있다고 생각했거든요. 그러니까 〈기생충〉 가족들도 이 돌덩어리를 가지고 있으면 우리 가족이 앞으로 잘될 것이고 이 조상처럼 잘 살 것이라고 계속 자기 암시를 걸면서 현재 상황을 탈피하려는 마음으로 수석을 그렇게 끌어안고 아꼈던 것이었죠.

또 하나는 인디언입니다. 정확히 말하면 아메리칸 원주민이라고 하는 것이 맞겠죠. 그런데 이 〈기생충〉에서 주인집 아들 다송이는 비 오는 날 마당에서 텐트를 치고 인디언 복장을 하고 인디언 놀이를 해요. 영화 마지막에도 사장 동익(이선균 분)과 운전사 기택(송강호 분)이 인디언 복장을 하고 놀이를 하다가 결말을 맞이합니다. 인디언 흉내를 내면서도 그 속마음은 그들을 깎아내리고 그에 비하면 우리는 얼마나 행복한가를 이야기하는 것이죠. 이렇게 고고학이 다른 사람을 비하하고 또 자신을 높이는 데 사용되는 것을 알 수 있습니다.

조상의 위대한 유물인 수석을 어루만지면서 잘살리라 믿는 것 그리고 이국적인 인디언 복장을 보면서 우월감을 느끼는 것이 포인트죠. 세계 곳곳을 탐험하고 식민지로 만드는 시기에 실크로드에서 (다른 경쟁국에는 없는) 더 희귀한 유물을 찾아 자기 나라의 박물관을 채워놓는 것도 바로 이러한 우월감 때문입니다. 이러한 심리로 다른 나라에서 무언가 갖고 오면 이에 맞서 우리도 질 수 없다, 서로 경쟁하듯이 실크로드의 유적 발굴에 뛰어든 겁니다.

실크로드의 탐험가들

책 『실크로드의 악마들』에는 정말 많은 탐험가가 등장하는데요. 그 중심에는 영국의 위대한 두 탐험가로 꼽히는 스벤 헤딘과 오렐 스타인을 상당히 자세하게 소개하고 있습니다. 실제 두 사람은 공통점이 많습니다. 둘 다 작고 단단한 체구에 독신이었죠. 이보다 더 주목해야 하는 공통점이 있습니다. 둘 다 영국 사람이 아닙니다. 헤딘은 스웨덴 사람, 스타인은 헝가리 사람입니다. 마치 용병같이 다른 나라의 사람들을 데리고 일을 합니다.

> 중앙아시아의 무대를 가로질러 혜성처럼 나타난 이 걸출한 인물은 당시 별로 알려져 있지 않았던 스웨덴의 젊은이 스벤 헤딘이었다. (중략) 그는 여러 국가의 정부로부터 훈장을 받았고, 왕과 독재자의 환대를 받았으며, 위대한 사람으로 추앙되기도 했다.
> _83쪽 중에서

사막의 길을 뚫은 실크로드의 개척자 스벤 헤딘입니다. 그는 한 번 들어가면 나올 수 없다는 뜻을 가진 타클라마칸 사막을 조사하는데요. 실크로드에 엄청난 유적이 있음을 서유럽에 알린 최초의 사람이기도 합니다. 그는 위대한 업적으로 세계적인 명성을 얻습니다. 일본과 한국에도 방문해서 강의할 정도로 세계적인 명성을 얻었죠. 하지만 그 끝은 좋지 못했습니다.

헤딘은 첫 번째 조사에서 모든 현지인 가이드, 낙타는 물론 탐험 장비 일체를 잃어버리고 간신히 몸만 살아 돌아왔어요. 처참한 실패로 끝난 것이죠. 저도 고백하자면 아주 어렸을 때 약 45년 전에 스벤 헤딘의 회고록을 보면서 실크로드의 꿈을 키웠는데요. 그때 그 구절이 지금도 기억이 나요. 헤딘이 탐험을 갔는데 원주민 가이드가 몰래 뭔가 훔쳐 먹고 혼자 도망쳤다고 되어있었어요. '그래서 그는 모든 것을 잃었다' '현지인 원주민도 그 배신한 사람도 결국 죽었다' '하지만 나는 초인적인 노력으로 살아 돌아왔다'고 적혀있었지요. 80년 동안 사람들은 헤딘의 말이 진실인 줄 알았어요.

그런데 1990년대 중국이 개방되고 난 다음, 그가 갔던 곳을 후대에 다른 사람들이 찾아가니까 헤딘의 이야기가 거짓말로 들통나요. 왜냐, 이때 헤딘을 배신했다고 하는 그 사람은 사실 그 지역에서 아주 존경받는 마을의 족장이었고 그때 죽은 것이 아니라 다시 마을로 돌아와서 잘 살았답니다. 그리고 실제 가보니까 그 루트는 모래 폭풍 때문에 봄에 갈 수 없었어요. 하지만 헤딘은 성공에 눈이 멀어 앞뒤 안 가리고 강행하다 실패했고 그 실패를 원주민 탓이라고 누명 씌운 것입니다. 더구나 헤딘은 지독한 인종주의자였습니다. 이 책에서는 완곡하게 표현해서 '독재자의 환대'를 받았다라고 표현하는데 사실 헤딘은 열렬한 나치의 추종자였습니다.

또 다른 탐험가 스타인은 중국 둔황 천불동에 엄청난 양의 고문서가 있다는 소식을 듣고 설레는 마음으로 찾아갑니다. 실제로 이 둔황의 서부에는 400개가 넘는 석굴사원과 벽화, 조각상이 가득했어요. 그곳에는 평생 그 둔황 벽화를 자발적으로 관리하던 중국인 왕원록이라는 사람이 있었습니다. 스타인이 그에게 그림을 달라고 하니까 절대 줄 리 없겠죠. 그래서 협박도 하고 돈도 줘가면서 꼬드깁니다. 결국 그는 스타인에게 일부를 내어주는데, 이때 스타인이 엄청난 양의 고문서, 약 만 개 이상을 그냥 앞뒤 가리지 않고 가져갑니다. 이때 스타인이 준 돈은 약 130파운드, 현재 우리나라 돈으로 약 20만 원밖에 안 되는 금액이었어요.

만약 스타인이 탐험한 곳이 실크로드가 아니라 우리나라였다면 어땠을까요? 우리나라 강화도 정족산성에 왕조실록이나 팔만대장경을 그렇게 현지인을 꼬드기고 협박해서 훔쳐가고 난 다음에 훔쳐간 그 행위로 영웅이 되었다, 생각해보세요. 이러한 약탈은 중국인들에게 극도의 민족적 감정을 불러일으킵니다. 책에 스타인에 대한 중국인의 인식이 나오는데요.

불굴의 의지를 가진 사나이였던 그는 16년에 걸친 탐험을 하면서 박물관 하나를 가득 채우고도 남을 미술품과 고사본들을 중국령 중앙아시아로부터 가져다 날랐다. 그 때문에 스타인은 오늘날까지도 중국인들로부터 중국 역사의 뼈대를 약탈해 간 외국인 강도의 원흉으로 지목되는 불명예도 동시에 안게 되었다.
_103쪽 중에서

중국인에게는 지금까지도 서양의 악마를 대표하는 인물이 바로 스타인입니다. 그리고 이 책에 보면 그에게 돈을 받고 고문서를 넘겼던 인물 왕원록 일명 왕도사에 대해서 약간 좀 어수룩한 사람으로 묘사하고 비웃는 듯한 표현도 많습니다. 서양의 악마 바로 이 양귀자의 꼬드김과 협박에 그만 유물을 넘긴 역적이 되고 만 인물이죠.

스타인의 소문을 듣고 둔황에 찾아온 탐험가 중 대표적인 인물로 프랑스의 폴 펠리오가 있었습니다. 펠리오는 유창한 중국어 실력 덕분에 중요한 문헌만 골라갈 수 있었거든요. 펠리오는 당시 13개 국어를 할 수 있었던 언어 천재였지만 스타인은 중국어를 몰랐어요. 그러니까 고문서 중에서도 뭣이 중헌지도 모르고 그냥 마구잡이로 들고 간 반면, 펠리오는 꽉꽉 채운 문서들을 다 보고 좋은 것만 골라서 뽑아가죠. 그래서 그 당시에 펠리오는 프랑스에서 존경받는 사람이 됩니다. 펠리오가 엄선해서 약탈해 간 5천 점의 고문서 중에는 우리나라와 관련된 책도 있습니다. 바로 『왕오천축국전』입니다. 이 책은 신라 출신인 해초가 쓴 인도 기행문인데요. 이 『왕오천축국전』은 8세기 인도와 중앙아시아에 대한 거의 유일한 기록이라 굉장히 의미가 있는 책이에요. 어쨌든 이 모든 책은 현재 프랑스 국립도서관이 소장하고 있습니다. 긍정적으로 본다면 『왕오천축국전』이 세상의 빛을 보게 된 것은 펠리오의 덕분일 수도 있습니다. 하지만 우리가 소장하지 못한 현실은 답답할 뿐입니다.

실크로드 벽화의 기구한 운명

중국 관리들이 프레스코 벽화를 절취해 간 르콕과 바르투스의 흔적을 가리키면서 분개한 것도 베제클릭이었다. 한때는 벽화가 있었던 텅 빈 벽면을 지날 때마다 데이빗슨의 안내인들은 그 앞에서 "도둑 맞았어요!" 하고 소리쳤다.
_187쪽 중에서

독일 탐험가 포 르콕은 베제클릭 석굴 사원 안에서 프레스코 벽화를 발견합니다. 그리고 어떤 희생을 치르더라도 그 벽화를 하나도 빠짐없이 뜯어서 베를린까지 옮기겠다고 결심하는데요. 이후 르콕은 이 날의 일을 "오랜 시간 힘들게 작업한 끝에 벽화를 모두 떼어내는 데 성공했다. 20개월이 걸려 그것들은 무사히 베를린에 도착했다. 그 벽화들은 박물관에 방 하나를 가득 채웠다. 그 방은 모든 벽화가 완벽히 옮겨온 하나의 작은 사원이었다"라고 기록합니다.

르콕이 한 작업은 사실상 벽화를 절취해서 가져간 문화재 파괴죠. 특히 벽화를 칼로 그어 가져간 것은 다시는 돌이킬 수 없는 명백한 파괴 행위입니다. 그렇다면 그들은 왜 벽화를 잘라내기까지 하면서 가져가려고 했을까요? 유적지의 보존이 주목적이 아니었던 겁니다. 소유가 목적이었죠. 실크로드 탐험가들은 실크로드를 차지하면 그 땅의 문화재는 저절로 자국의 소유가 된다고 생각했습니다. 하지만 현실적으로 러시아와 중국의 땅이 되었으니 남 주긴 싫고 다 파괴해서라도 가져가려고 했던 것이었죠. 심지어 유물들이 실크로드에 그대로 있었으면 파괴될 것이었기 때문에 훔쳐간 것이라고 합리화합니다. 그렇다면 르콕이 훔친 벽화들은 베를린에서 온전했을까요?

베를린 장벽 근처에 위치해 있던 박물관은 (중략) 일곱 차례 이상 연합군의 폭격을 맞았다. 이렇게 해서 1천 년 이상 수많은 전화와 지진, 우상 파괴주의자로부터 살아남았었던 28점에 이르는 대형 벽화들이 완전히 파괴되고 말았다.

_330~331쪽 중에서

2차 대전 중 베를린 박물관이 폭격을 맞게 됐는데 이때 거대한 걸작품들이 끔찍하게 사라지면서 르콕의 유물 전부가 파괴된 것이 널리 알려졌습니다. 박물관으로 옮겨간 벽화들의 끔찍한 최후죠. 또 다른 벽화 절취범으로는 미국의 랭던 워너가 있습니다. 그가 탐험대를 꾸려 실크로드로 떠날 때는 이미 서양 각국의 탐험가들이 들고 갈 수 있는 유물 대부분을 가져가버린 뒤였습니다. 뒤늦게 경쟁에 뛰어든 워너 탐험대는 더 이상 털어갈 유물이 없자 남은 벽화라도 뜯기로 합니다. 검증되지 않은 수법으로 벽화를 떼어내는데 이때 가장 좋은 부분이 있죠? 머리 부분만 잘라가는 식이어서, 아주 흉측한 흔적이 지금도 그 자리에 남아있어요. 그리고 벽화를 가져갈 때 얼마나 강력한 접착제와 아교풀이 필요한지 잘 모른 채 그냥 벽화를 떼어갔습니다. 그래서 미국 가서 그걸 열어보니까 이미 상당수가 훼손되고 파괴되어 영영 사라지고 맙니다. 이 때문에 워너 탐험대는 실크로드 최악의 탐험대로 꼽힙니다.

실크로드의 진정한 주인은 누구인가

사실 실크로드는 지난 5천 년 동안 척박한 환경을 딛고 그 일대 거주했던 사람들의 역사입니다. 사막이라는 환경적 고립을 뚫고 살아남아 문명을 이은 주체는 바로 중앙아시아의 토착

민입니다. 그 위를 지나간 소수의 여행자가 아니라는 것이죠.

그렇다면 다시 한 번 처음 질문으로 돌아가 볼까요. 실크로드에서 과연 진짜 악마는 누구일까요? 러시아? 영국? 중국? 아마 현시의 수민에게 그들 모두가 악마 같았을 것입니다. 이때 우리의 문화재를 빼앗아갔던 일본 그리고 다른 나라에 대한 우리의 입장을 비교해서 생각해보면 더 와닿습니다. 생각해보면 동서문명의 교류장이었던 실크로드를 막연한 낭만의 모험장, 영화의 한 장면으로 만든 건 실크로드의 악마들이 자신들의 행위를 감추기 위한 수단 아니었을까요? 현실 사회에서 인디애나 존스는 고고학을 빙자한 범법자일 뿐입니다. 하지만 지금까지도 속편의 제작이 이어지는 등 약탈자로서의 고고학자를 미화하는 일은 여전히 계속되고 있습니다. 사실 고고학이라는 것은 쉽게 접하기 어려우니 그런 프레임을 씌우는 편이 자신들의 뜻을 선전하기에 쉬웠기 때문일지도 모릅니다.

> 오늘날, 워너가 묘사한 "길고 오래된 길long old road"을 알고 있는 미국인은 거의 드물 것이다. (중략) 현대식 포장도로가 이들 오아시스 사이를 잇고 있으며, 카라코람 산맥으로 새로 뚫린 길을 따라 자동차가 달리고 있다. (중략) 캐러밴의 행렬을 통째로 삼켜버리곤 해, 사막들 가운데서 가장 공포의 대상이었던 타클라마칸은 이제 그 위력을 잃었다. (중략) 마지막 남아있던 신비와

낭만은 실크로드와 함께 영영 역사의 뒤안으로 사라져 버린 것
이다.

_344~345쪽 중에서

실크로드는 더 이상 낭만적이지 않습니다. 찬란한 유물만 보
고 그 뒤에 있는 숨겨진 인간의 탐욕을 외면한다면 우리는 또
다른 악마가 될지도 모릅니다. 문화재를 약탈당한 우리의 아픈
역사를 참고 그들이 더 이상 악마들에게 문화재를 빼앗기지 않
도록 도와줘야 하는 것이 우리의 임무가 아닐까요?

과학자의 서재

오늘의 독썰가
뇌과학자 김대식 교수

#KAIST 전기 및 전자공학부 교수
#뇌과학, 뇌공학, 인공지능
#인류의 과거, 현재, 미래를 성찰
#독일 막스플랑크연구소 뇌과학 박사 학위
#미국 미네소타대학교 조교수, 보스턴대학교 부
 교수 역임
#저서 『김대식의 인간 vs 기계』『김대식의 빅퀘스천』

오늘 함께할 책
『클라라와 태양』, 가즈오 이시구로, 민음사

클라라와 태양

KLARA AND THE SUN

가즈오 이시구로 장편소설

#노벨 문학상 수상 일본계 영국 작가
#전 세계 30개국 출간
#영국·호주 베스트셀러 1위
#진한 여운 메이커
#속도감 무엇 하루에 1장

가즈오 이시구로는 한국 독자에게 보내는 인사의 말을 통해 이 책이 그의 대표작 『남아있는 나날』과 『나를 보내지 마』 사이에 다리를 놓는 작품이 될 것이라 밝힌 바 있고, 유수의 언론 매체들은 인공지능 로봇이라는 타자(他者)를 주인공으로 설정했다는 점에서 『나를 보내지 마』와 『파묻힌 거인』과 한데 묶어 3부작으로 부르기도 한다. 이 책의 출간을 맡은 영국 파버 출판사의 편집국장 앵거스 카질은 이 소설이 "다른 곳으로부터 '지금, 이곳'에 간절하게 이야기를 건네는 인간의 마음에 관한 작품"이며 "이시구로가 늘 그랬듯이 가슴 떨리는 놀라운 이야기를 담고 있는 동시에 그의 전체 작품 세계와 여전히 맥을 함께하고 있는 소설"이라는 소감을 남겼다.

김대식 교수×『클라라와 태양』

사실 오늘 제가 여러분에게 소개해드릴 책은 살짝 지루합니다. 책을 읽다 보면 어느 한순간부터 '이걸 도대체 내가 왜 읽고 있지?' 이런 생각이 듭니다. 그럼 이렇게 지루하게 읽은 책을 왜 소개하려고 할까요? 이 책은 패스트푸드와 비슷한 패스트책이 아닌 사찰 음식처럼 건강하고 오래오래 몸과 마음에 남는 책이라고 저는 표현하고 싶습니다.

『클라라와 태양』은 인공지능에 대한 소설입니다. 노벨 문학상까지 탄 작가가 몇 년 만에 신작을 냈는데 인공지능 이야기를 다루었다니 저로선 당연히 읽어봐야 하는 책이라고 생각하고 읽기 시작했습니다. 사실 큰 기대는 하지 않았습니다.

세상을 관찰하는 AF, 클라라

인공지능을 주제로 한 책과 영화는 우리가 지겨울 정도로 많이 경험했잖아요. 그런데 『클라라와 태양』에 소개되는 인공지능은 살짝 다릅니다. '클라라'라는 이름을 가진 인공지능은 AF Artificial Friend, 즉 인공 친구라고 책에서 소개됩니다. 클라라는 AF를 판매하는 가게에서 세상을 바라봅니다. 그리고 이 가게는 가장 내놓고 싶은 자랑스러운 제품들, 즉 인공 친구들을 쇼윈도에 세워놓고, 지나가는 사람들은 쇼윈도 안에 있는 AF들을 구경합니다.

그런데 흥미로운 것은 이 작은 쇼윈도 안에 앉아 창문을 통해서 세상을 바라보고, 지나가는 사람들의 그림자를 통해서 세상을 이해하려고 하는 클라라를 보면서 플라톤이 제안했던 동굴 상상이 떠오르더라고요.

플라톤은 이렇게 주장했죠. 우리가 경험하고 있는 세상은 참이 아니며 우리는 완벽한 세상, 이데아적인 세상의 그림자를 항상 보고 있다고요. 이를 좀 더 쉽게 표현하기 위해서 세상에 태어나는 우리를 '동굴 안에 갇힌 죄인'으로 표현했죠. 동굴 안에 갇힌 상태에서 세상에 대한 정보는 빛에 반사되는 그림자를 통해서만 해석할 수 있다는 주장입니다. 결론은 뭐냐 하면 참된 세상과 진실은 태양에 있고, 우리는 참과 진실을 직접 볼 수 없기 때문에 태양이 주는 빛에 비친 그림자를 보고 세상을 왜곡해서 이해한다는 겁니다.

클라라 역시 비슷하지 않을까 싶어요. 클라라에게 태양은 매우 중요합니다. 이 세계관에서 인공지능 기계의 에너지 동력이 태양 에너지이기 때문입니다. 즉 삶의 모든 기원과 에너지가 태양에서 오는 거죠. 그 태양과 빛 덕분에 클라라가 직접 경험할수 없는 세상의 그림자를 볼 수 있습니다. 그래서 클라라는 태양을 세상에 대한 지식을 얻을 수 있는 근원으로 받아들입니다. 마치 신처럼 여기지요.

저는 이 쇼윈도에 있는 클라라를 보면서 문득 펫숍 안의 반려동물 같은 느낌이 들더라고요. 우리가 백화점 또는 상점가에 있는 펫숍을 보면 수많은 동물이 쇼윈도에서 재롱을 부리고 입양해달라고 귀염을 떨죠. AF도 비슷합니다. 오랜 시간이 지나도 입양이 안 되는 AF들은 가게에서 사라집니다. 어디로 가는지 아무도 모르죠. AF들이 왜 입양되고 싶은지는 관심도 없고 알지도 못합니다. 그런데 클라라는 다릅니다. 다른 AF와 달리 클라라는 늘 바깥세상을 아주 세세하게 보고 싶어했거든요.

클라라는 자신 역시 세상을 관찰하고 있다고 생각합니다. 단순히 다른 사람에게 보여지는 게 아니라 자신이 세상과 다른 사람을 보지요. 쇼윈도 안 소파에 앉아서 틈새로 들어오는 햇빛을 관찰하면서 수많은 상상을 합니다. 좁은 창문을 통해서만 세상을 볼 수 있기 때문에 클라라가 이해하는 세상은 왜곡된 세상입니다.

몸은 얼마나 중요한가?

클라라는 계속 질문을 던집니다. 누가 자신을 입양할지, 어떤 가족과 함께 살게 될지를요. 그러던 어느 날 입양이 되면서 본격적인 스토리가 시작됩니다. 클라라가 입양된 가정에는 조시라는 어린 딸이 있습니다. 그런데 조시는 아픕니다. 아마도 조시가 아픈 이유 중 하나는 이 세상, 이 미래 세상에서는 아이들을 더 경쟁력 있게, 더 좋은 대학교에 보내기 위해서 유전자 조작을 한다는 내용이 서술돼 있는데 그 때문인 듯합니다. 그런데 문제는 유전자 조작을 함으로써 지능이 압도적으로 높아질 수 있지만 동시에 치명적인 병에 걸릴 확률도 있습니다. 그 리스크를 감수하고 유전자 조작을 하는 겁니다.

조시는 유전자 조작을 당했고 그 때문에 큰 병에 걸립니다. 병에 걸린 딸 때문에 엄마는 슬픔에 빠지고, 아빠와 엄마가 헤어지는 등 많은 문제가 있었죠. 하루는 조시의 엄마가 클라라에게 아무 감정 없는 네가 부럽다고 말합니다. 그러자 클라라는 "저에게도 여러 감정이 있다고 생각해요. 더 많이 관찰할수록 더 다양한 감정이 생겨요"라고 답하죠.

적어도 클라라는 자신 역시 감정을 가지고 있다고 생각하고 있는 거죠. 조시의 엄마는 클라라의 말을 들으면서 웃어버립니다. 진지하게 받아들이지 않습니다. 왜 엄마는 이런 이야기를 꺼냈을까요? 저는 이 대목을 보면서 영화 〈HER〉(2013)가 기억나더라고요. 〈HER〉의 주인공 테오도르(호아킨 피닉스 분)는 정말 외로운 삶을 살고 있죠. 남을 대신하여 편지를 써주는 일을 하는 그는 항상 귀가 후 혼자서 식사하고 혼자서 게임하면서 시간을 보냅니다. 친구가 없는 인물이죠. 이 넓은 세상에서 유일한 친구는 바로 '사만다'라는 인공지능입니다.

〈HER〉에서 핵심 내용은 인간과 기계의 사랑 이야기입니다. 그러나 어떤 관점에서 보면 이게 진정한 사랑이었는지는 잘 모르겠습니다. 우선 〈HER〉에 등장하는 인공지능 사만다는 '몸'이 없습니다. 100% 소프트웨어인 거죠. 반대로 클라라는 사람과 매우 유사한 몸을 가진 로봇입니다.

그러면 질문해볼 수 있겠죠. 몸이라는 것이 얼마나 중요할까? 클라라같이 세상을 지능적으로 이해하는 것을 넘어서 몸이 있기 때문에, 우리가 몸으로만 느낄 수 있는 경험을 할 수 있고 이런 경험 덕분에 진정한 감정까지 가질 수 있지 않을까요? 〈HER〉에서의 사만다는 몸이 없기 때문에 이런 감각을 가질 수가 없겠죠.

왜, 인간은 친구가 필요한가?

그런데 영화 〈HER〉와 소설 『클라라와 태양』에는 공통점이 하나 있습니다. 인간에게는 친구가 필요하다는 겁니다. 『클라라와 태양』에서도 아픈 조시에게 친구가 필요합니다. 그리고 바로 그 친구가 클라라였죠. 그럼 한번 질문해봅시다. 왜 인간은 친구가 필요한가요? 우리가 인공지능이 있는 미래를 그릴 때 왜 인공지능을 친구로 삼는다는 전제를 깔고 있는 걸까요? 친구로서의 인공지능이 왜 이렇게 결정적인 질문으로 떠오르고 있을까요?

지금부터 수십만 년 전 또는 수백만 년 전 과거로 가본다고 생각을 해봅시다. 오스트랄로피테쿠스나 수많은 호미닌hominin[*] 조상들은 사실 대부분 맹수에게 사냥하기 매우 쉬운 간식 정도였을 겁니다. 우리 인간은 육체적으로 나약하거든요. 먼 과거에 지구에서 가장 나약한 영장류 존재 중 하나였던 우리를 사냥하던 맹수의 후손은 현재 동물원 안에 갇혀있습니다.

어떻게 이런 일이 가능했을까요? 교과서적 내용으로는 인간의 뇌가 급격하게 팽창한 덕분에 지구에서 인간이 가장 높은 지능을 지닌 존재가 되었기 때문이라고 설명합니다. 그리고 이

---

[*] 분류학상 인간의 조상으로 분류되는 종족

지능을 통해서 우리는 칼과 창을 만들고 문명을 만들고 핵무기를 개발했죠.

그런데 문제가 하나 있습니다. 뇌가 급격하게 팽창하기 시작한 것이 우리 호모 사피엔스부터가 아니라 호모 하빌리스 또는 호모 에렉투스 시점부터라는 가설입니다. 그런데 그땐 인류에게 문명이 없었어요. 다시 말해서 뇌가 급격하게 커진 원인과 동기의 가장 핵심은 지능이 아닐 수도 있다는 겁니다.

지능을 향상시키기 위해서 뇌가 커진 게 아니라면 무엇을 위해서 뇌가 커졌을까요. 최근 많은 진화학자들이 친구를 얻기 위해서가 아닐까 하는 가설을 세우고 있습니다. 옥스퍼드 대학교 심리학과 교수 로빈 던바는, 도대체 인간은 친구가 몇 명이나 필요할까에 대해 책[**]을 썼습니다. 놀랍게도 이에 대한 답이 있습니다. 영장류는 사회적인 동물입니다. 그룹으로 살고 있죠. 뇌의 크기와 그룹의 크기를 그래프로 정리해봤습니다. 한 축에는 영장류 종의 뇌의 크기를, 반대 축에는 그 영장류 종이 살고 있는 그룹의 크기를 그려봤더니 거의 일대일 매칭이 되더라는 거예요.

이런 사회적인 그룹을 유지하기 위해서 우리는 서로 간의 관계를 기억할 수 있어야 합니다. 내가 상대에게 일주일 전에 바

[**] 『Friends 프렌즈』 어크로스, 2022

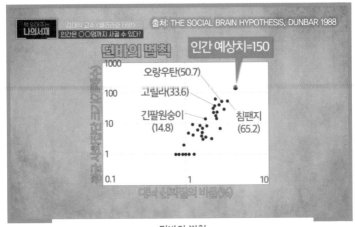

던바의 법칙

나나 3개를 줬는데 상대방은 나한테 바나나를 몇 개 줬을까. 이런 식으로 사회적인 그룹에서 서로 간의 거래 관계를 반드시 기억해야만 사회적인 그룹이 유지될 수 있습니다. 이를 위해서는 기억력이 필요합니다. 앞서 말씀드린 대로 인간은 매우 나약하죠. 혼자 맹수와 싸우면 맹수가 이길 겁니다. 그렇지만 친구 10명이 힘을 합쳐서 맹수와 싸우면 인간이 이기겠죠. 친구 100명이 있다면 매머드도 사냥할 수 있고 친구 1만 명이 있으면 도시를 만들 수도 있습니다. 결국 인간이 지구를 장악할 수 있었던 가장 핵심적인 이유는 더 많은 친구를 확보할 수 있었기 때문인데 그러기 위해서는 뇌가 점점 커질 수밖에 없었다는 것이 최근 가설입니다.

그런데 친구가 많아지면 많아질수록 문제가 하나 생깁니다. 가짜 친구도 가능하다는 거예요. 가짜 친구란 무임승차를 하는 친구입니다. 내 상황이 좋을 때 내가 주는 여러 혜택을 받다가 상황이 안 좋아지면 도망가 버리는 이들이죠. 그러나 자연 상태에서는 이런 무임승차를 하는 가짜 친구와의 관계는 오래 유지될 수 없습니다. 세상 자체가 워낙 험하기 때문에 가짜 친구와 진짜 친구가 자연히 식별되는 상황이 벌어지기 때문이에요.

지난 만 년 동안 인류가 문명을 만들고 나서부터 아주 흥미로운 일이 하나 벌어졌습니다. 친구가 많아졌는데 문명과 기술 덕분에 세상이 점점 안전해지다 보니 진정한 친구와 가짜 친구를 식별할 수 있는 기회가 점점 줄어들고 있다는 거예요. SNS 상의 수백 수천 명, 친구라고 주장하는 이들이 사실 대부분 자신을 위해서 친구인 척하는 가짜 친구는 아닐까, 이런 생각을 하게 됩니다. 문명이 발달하면 발달할수록 뭔가 이건 아닌 것 같지만, 식별할 수 있는 방법이 없는 상태에서 우리는 살고 있는 건 아닐까 생각해볼 수 있습니다.

인공지능 AF의 핵심은 진정한 친구가 되어준다는 거잖아요. 처음부터 그렇게 코딩돼 있습니다. 입양될 가정의 아이와 진정한 친구가 되는 것이 클라라 인생의 목표이자 삶의 의미입니다. 이런 친구를 우리가 계속 구상하는 건 언제든지 나를 위해서 희생해주는 진정한 친구가 현실에서 점점 사라지면서, 기술을 통해서 인공적인 친구라도 만들겠다는 의지가 반영된 것이 아닐까 싶습니다.

인간과 인공지능의 관계는 어떻게 발전할까?

『클라라와 태양』은 클라라라는 인공지능 로봇과 조시라는 인간 소녀가 서로 친구로 지내는 아름다운 이야기일까요? 사실 그렇지 않습니다. 책을 읽다 보면 엄청난 반전이 하나 있습니다. 조시가 언제 죽을지 모르는, 모든 가족이 슬퍼하는 상황이었습니다. 그런데 조시의 엄마는 처음부터 큰 그림을 가지고 있었던 겁니다. 엄마는 클라라에게 "너는 조시가 될 거고 나는 너를 평생 사랑할 거야"라면서, 자신을 위해서 그렇게 해달라고 부탁하죠.

결국 엄마가 원했던 것은 클라라가 조시의 역할을 하는 겁니다. 로봇 성형수술로 클라라의 외모를 조시로 바꾼 다음에 지금껏 조시와 나눴던 수많은 대화를 데이터화 기계 학습해서 그냥 조시인 척하고 자기 곁에 있어 달라는 거였죠. 조시가 되어 조시처럼 본인을 사랑해달라는 거예요.

엄마가 슬픔에 빠진 것은 딸 조시의 죽음 자체가 아니라 본인이 사랑하는 혹은 사랑한다고 믿는 딸이 죽어서 슬퍼하는 자신이 가여웠기 때문 아닐까요. 연민과 슬픔의 대상이 자기 자신인 거죠. 충격적인 이야기죠. 그래서 클라라가 묻습니다. 만약 자신이 새로운 조시 안에 들어간다면 지금의 몸은 어떻게 되냐고요. 그랬더니 그게 뭐가 중요하겠니, 그건 그냥 껍질일 뿐라고 대답합니다. 엄마가 클라라의 몸을 껍질이라고 얘기하는 것은 당연합니다. 우리에게 로봇은 그냥 껍질이겠죠. 클라라가 아무리 본인에게 감정이 있다고 얘기해도 엄마는 그냥 비웃었잖아요. 그런데 흥미로운 것은 그렇다면 엄마에게는 조시 역시 껍데기일 뿐이라는 거잖아요. 조시라는 주체적인 인간 한 명이 사라지면 비슷한 껍질, 비슷한 말을 하는 인공지능으로 대체해도 상관없다는 거잖아요.

결론은 엄마에게는 로봇만이 아니라 다른 인간, 그리고 본인이 그토록 사랑하는 딸조차도 표피적인 존재라는 거예요. 조시의 내면에 어떤 감정이 있고 어떤 생각이 있는지는 아무 문제가 안 된다는 거죠. 상관없다는 거예요. 겉모습만 비슷하고 비슷한 기능을 하면 된다는 거예요. 그리고 이 기능 역시 본인을 위한 기능입니다. 본인이 사랑할 대상이 필요하기 때문에 딸이 있어야 하는 거죠. 조시가 그 역할을 했었고 이제 조시가 사라지면 클라라가 같은 역할을 해주면 되는 겁니다. 엄마가 얘기한 대로 나는 너를 평생 그 무엇보다 사랑할 거라고, 그냥 본인이 사랑하는 그 자체가 중요하다는 거예요.

이런 관점에서 보면 이런 질문을 해볼 수 있습니다. 어쩌면 우리는 이미 다른 사람을 마치 인공지능 AI처럼 취급하는 건 아닐까요. 다른 사람을 독립적이고 내면에 희망과 생각이 있는 존재가 아니라, 내가 원하는 것을 만족시켜주는, 나를 행복하게 해주는 기능을 가진 존재로 보는 게 아닐까요. 이 책이 우리에게 질문을 던지는 것 같습니다.

기계 학습과 딥 러닝

클라라는 어느 날 충격적인 경험을 합니다. 가족과 방문한 극장에서 만난 아주머니가 클라라를 못마땅해하는 거예요. 자기는 공연 표를 힘들게 구했는데 기계가 좌석을 차지하는 건 있을 수 없다는 식으로 말합니다. '처음에는 우리 일자리를 빼앗아가더니 이제는 극장 좌석까지 차지해버리냐'고요. 그러면서 극장에 이의를 제기하겠다고 하죠. 인간과 기계가 같이 살아야 하는 세상에서 이 둘은 어떤 관계를 갖게 될까요?

1950년대에 인공지능이라는 개념이 처음 도입됐고 처음 30년 동안 사용했던 방식을 지금은 '룰' 기반, '규칙' 기반 인공지능이라고 이야기를 합니다. 인간이 기계에게 세상에 대한 법칙을 코딩해줬던 거예요. '고양이는 이렇다' '강아지는 이거다' 그런데 이런 식으로 세상을 아무리 설명해도(법칙을 입력해도) 세상을 이해하지 못하더라는 거예요.

1980년대에 '기계 학습'이라는 개념이 소개됐습니다. 세상을 설명해주는 것이 아니라 기계가 스스로 세상을 학습하도록 유도하는 것입니다. 초기 기계 학습은 성공적이지 않았습니다. 기계를 학습시킬 만큼 데이터가 충분하지 않았기 때문입니다. 그러나 엄청난 사건이 하나 벌어졌죠. 기계 학습 알고리즘이 업데이트됐고 인터넷을 기반으로 한 천문학적인 데이터가 생성됐습니다. 그리고 컴퓨터 기술도 발달하다 보니 이 세 가지 트렌드가 합쳐져서 심층 학습, 즉 '딥 러닝'이라는 기술이 나왔습니다. 이제는 기계가 세상을 알아보기 시작합니다. '이건 자동차다' '이거는 자전거다' 그리고 이런 기술 덕분에 우리는 이제 자율주행 자동차 같은 것을 상상할 수 있게 됐습니다. 또 흥미로운 점은 최근 인공지능 또는 심층 학습 방법을 사용하면 진짜와 거의 비슷한 수준의 새로운 데이터를 만들어낼 수 있다는 겁니다.

불평등의 알고리즘화

최근 들어 '인공지능 기술이 불평등을 알고리즘화하지 않을까' 하는 걱정을 많이 합니다. 예를 들어서 검색 엔진에 교수, 'professor'라는 단어를 치면 대부분 등장하는 인물이 백

김대식 교수
클라라와 태양   _ 239

인 남성입니다. 그런데 같은 검색 엔진에 흑인 청소년, 'black teenager'라는 단어를 치면 대부분 감옥에 있는 사진이 검색됩니다.

인터넷에 올라와 있는 데이터가 이미 중립적이지 않다는 뜻입니다. 누가 인터넷에 데이터를 올렸을까요? 확률적으로 선진국, 잘 사는 나라, 평화로운 나라의 사용자들이겠죠. 그러다 보니 확률적으로 인터넷 데이터에 이미 편파성이 포함돼 있다는 거예요. 편파적인 데이터를 가지고 만들어진 인공지능 기술이 더 극단적으로 편파적인 데이터를 만들어낼 수 있다는 겁니다. 그러면 문제가 생기지 않겠어요?

예를 들어서 인공지능 기술로 물체 인식을 해봅시다. 건물을 보여주면 건물이라고 잘 인식하고 비행기를 보여주면 비행기라고 잘 인식합니다. 그런데 흑인 여성이 등장하면 고릴라라고 인식할 확률이 상당히 높다는 겁니다. 또는 '신부입니까'라고 질문했을 때 인공지능 기계가 백인 여성은 신부라고 답하는데 인도 여성 같은 경우에는 춤추는 여자라고 대답합니다.

우리와 함께 살아야 할 인공지능이 이미 중립적이고 객관적인 세계관이 아니라 편파적인 세계관을 갖고 있는 거죠. 우리가 만들어주는 편파적인 세계관을 고스란히 기계에 물려주었으니까요.

조시의 마지막 인사

다행히 조시는 건강을 회복하고 대학교에 가게 됩니다. 조시가 클라라와 헤어져 기숙사로 떠나면서 클라라에게 말합니다. 다시 집으로 돌아오면 널 만날 수 없겠지, 하며 넌 최고의 친구였다고요.

무슨 뜻일까요? 저는 이 장면을 읽으면서 프란츠 카프카의 『변신』이라는 책이 떠오르더라고요. 『변신』은 그레고르 잠자라는 평범한 직장인이 주인공입니다. 그레고르 잠자는 반듯한 청년이에요. 그에게는 사랑하는 여동생이 있습니다. 여동생은 나처럼 고생하면 안 되니까 여동생을 위해서 모든 것을 희생하고 일만 하는 청년입니다.

그런 그레고르가 아침에 일어났는데 벌레가 되어버린 거잖아요. 이유와 원인에 대한 설명은 없습니다. 그냥 벌레가 되는 장면으로 시작됩니다. 아주 거대한, 아주 징그러운 바퀴벌레 같은 모습일 것 같아요. 외모는 벌레 같은데 내면의 그레고르는 여전히 본인입니다. 스스로 그레고르라고 알고 있고 그레고르의 기억도 있어요.

방에 들어온 부모님이 너무나 놀라죠. 아니 아들이 있어야 되는데 징그러운 벌레가 있잖아요. 너무 놀라는데 벌레가 말합니다.

"너무 놀라지 마세요. 전 여전히 그레고르입니다."

부모님은 이해할 수 없지만 그레고르라고 인정합니다. 그런데 그레고르가 그렇게 사랑했던 여동생이 부모에게 얘기하죠.

"서 싱그러운 거 빨리 버려버려."

저는 『클라라와 태양』을 읽으면서 클라라가 약간 그레고르 같은 역할이지 않을까 싶었어요. 여동생을 위해서 모든 것을 희생했던 그레고르는 여전히 감정과 기억이 있는 인간 그레고르인데 외양이 벌레라는 이유로 버려집니다. 비슷하게 클라라도 감정이 있고 지능도 있죠. 심지어 조시의 엄마는 딸을 대신하려는 계획까지 가지고 있었잖아요.

그런데 딸이 건강을 회복합니다. 그리고 딸의 행복은 클라라의 불행이 됩니다. 이제는 딸이 커서 기숙사로 떠났기 때문에 더 이상 친구가 필요 없어요. 클라라의 존재 자체가 다른 사람을 위해서 만들어진 겁니다. 부유층 아이의 좋은 친구 역할을 하도록 만들어진 거죠. 그런데 이제 아이가 건강해졌고 무럭무럭 자라 성인이 되었기 때문에 클라라의 삶의 의미와 목적이 사실 사라져버린 겁니다. 클라라는 이 사실을 덤덤히 받아들입니다. '정말 기계들이 클라라같이 덤덤하게 받아들일까요?'라는 질문을 한번 해보겠습니다.

클라라 삶의 마지막 순간

자, 이제 클라라는 버려집니다. 이상한 공장이나 쓰레기장 같은 데 아닐까 싶은 곳에 클라라는 버려졌습니다. 얼마나 지났을까요? 클라라는 혼자서 많은 생각을 하며 시간을 보내고 있었습니다. 시간적인 개념이 사라져 가던 어느 날, 과거 클라라가 있었던 AF 가게 매니저가 클라라를 찾아옵니다. 그리고 대화를 나누죠.

그래 네가 클라라지, 너 그때 이런 집으로 입양됐지, 어떻게 살았냐고 물어봅니다. 클라라는 얘기해요. 태양이 친절했다고. 조시와 같이 있을 때 더없이 친절했다고. 클라라는 태양이 조시를 건강하게 해줬다고 믿고 있으니까요. 그런데 매니저가 그런 이야기를 듣고 싶어할까요. 아닙니다. 매니저도 인간입니다. 클라라의 내면에는 관심 없습니다. 매니저가 클라라를 찾아온 건 그냥 본인이 팔았던 AF의 기념품을 모으기 위함이었습니다. 매니저는 클라라와 헤어져 걷다가 갑자기 걸음을 멈춥니다. 클라라는 매니저가 자신을 좋아하기 때문에 발걸음을 멈추고 자신을 쳐다본다고 생각하지만 사실 매니저가 본 곳은 저 먼 곳, 지평선 근처 건설용 크레인이었습니다.

이 크레인은 대체 뭘까요? 단두대 같은 역할 아닐까요? 이 크레인을 통해서 소각 장소로 옮겨지는 건 아닐까요? 이렇게 삶을 마무리하는 클라라를 보면서 저는 이런 생각이 들더라고요. '클라라의 삶에 의미가 있었을까?' 그리고 반대로 '이 책을 읽는 내 삶에 의미가 있을까?' 그런데 삶에 의미가 있다는 질문을 던질 때 우리가 중요하게 살펴야 할 것이 있습니다. 보통 삶의 의미를 이야기할 때, 기능 또는 목표로 대부분 이야기한다는 것입니다.

예를 들어서 망치는 도구입니다. 그리고 망치에는 기능이 있습니다. 못을 잘 박아야 의미가 있고 못을 잘 못 박는 망치는 의미가 없습니다. 그런데 우리 인간이 '우리 삶에 기능이 있을까?' '내 삶은 좋은 삶일까?'라고 묻는 것은 나 자신이 내 삶을 망치화하는 거겠죠. 그런데 우리 삶이 망치일까요?

우리가 단순히 외면적인 기능을 가진 존재라면 클라라처럼 기능이 없어지는 순간, 기능을 다 만족시키는 순간 삶의 의미가 사라집니다. 『클라라와 태양』을 통해서 작가 가즈오 이시구로가 전하고 싶었던 것은 인공지능이라는 이 새로운 기술적인 변화를 통해서 인간인 우리가 점점 기계가 되고 있는 면모 아닐까, 다른 사람들의 내면적인 의미는 다 무시하고 타인을 기능 위주로 마치 인공지능처럼 받아들이고 모든 것을 너무나 본인 위주로 여기는 현대의 트렌드를 표현하고자 했던 게 아닐까 싶습니다.

제가 문학장르, 그것도 소설을 소개한 이유는 기계도 내면의 세상을 가질 수 있지 않을까 하는 생각을 우리 머리에 심어줄 수 있는 건 문학만이 할 수 있는 일이라는 생각에서였습니다. 만약 클라라와 같은 AI가 등장한다면 우리 인류를 관찰하고 우리가 이미 만들어낸 편파적인 내용으로 세상을 인식하게 되지 않을까 하는, 아주 중요한 메시지를 전달해주는 문학 작품이었던 것 같습니다.

오늘의 독썰가
대기과학자 조천호 교수

\#경희사이버대학교 기후변화 특임교수
\#전 국립기상과학원장
\#대기와 바다가 이 세상의 삶과 어떻게 연결되는
 지 고민
\#한국 최초 세계 날씨 예측 수치모형과 지구 탄소
 추적 시스템 구축
\#'변화를 꿈꾸는 과학기술인 네트워크(ESC)'와
 '기후위기비상행동'에서 활동
\#저서 『파란하늘, 빨간지구』

오늘 함께할 책
『지구 한계의 경계에서』, 요한 록스트룀·마티아스 클룸,
에코리브르

\#인류의 운명은 당신에게 달려 있다
\#지구가 뿔났다!
\#세계 최초 지구위험한계의 개념 제시
\#지구환경 분야에 가장 영향력 있는 과학자
\#〈내셔널 지오그래픽〉 사진작가

인간이 기후위기도 극복할 수 있을까? 저자들은 인류의 막대한 영향력을 강조하기 위해 만들어낸 비공식적 개념, 인류세를 통해 인류가 지구에 가하는 압박의 규모를 이해하는 데에서부터 출발해야 한다고 주장한다. 과학·사진·스토리텔링을 한데 아우른 이 책은 '지구 한계 내 번영'이라는 새로운 발전 패러다임의 필연성·가능성·기회에 관한 최근의 통찰을 다룬다. 지구에 남아있는 아름다움을 지키는 것, 전 지구적 지속가능성에 비추어 혁신을 촉발하고 복원력을 키우는 것이야말로 지구 한계 내 세계 성장이라는 새로운 서사의 골자다.

인간과 지구의 공존에 대한 이야기
조천호 교수×『지구 한계의 경계에서』

제가 오늘 소개해드릴 책은 『지구 한계의 경계에서』라는 책입니다. 저자 요한 록스트룀은 지구 환경 분야의 세계적인 과학자이기도 한데요. 2009년에 요한 록스트룀과 28명의 다양한 분야의 과학자 그룹이 '지구 한계'라는 개념을 논문으로 발표했습니다.

우리가 지금까지 경제 성장 목표를 향해 내달려 왔잖아요. 그러나 앞으로 우리는 더욱 더 가치 있는 목표를 가져야 합니다. 숨 쉬는 공기, 마시는 물, 먹는 식량, 삶의 거주지 이러한 것은 우리가 지구 환경으로부터 공급을 받는데 바로 여기에 한계가 있기 때문입니다.

날씨는 기분, 기후는 성품

지구 환경은 안정적이지는 않아요. 특히 기후는 자연적으로 계속 변화되어 왔습니다. 여기서 기후와 날씨를 구별해볼 필요가 있어요. 날씨는 사람으로 따지면 기분과 같습니다. 맑고 흐리고 비가 오고 천둥 번개가 치고 순간순간 바뀌는 거죠. 기후는 날씨가 30년 동안 평균이 된 상태입니다. 사람으로 따지면 성품이에요. 성품은 변하는 게 아니잖아요. 기후는 지속돼야 되는데 변화가 일어났어요. 사람도 성품이 확 변하면 어른들이 '죽을 때가 온 거 아니냐'라고 하잖아요. 지속돼야 되는 게 갑자기 바뀌면 위험하다는 것을 옛 어른도 다 알고 있었습니다.

반면 날씨는 변화가 일어나야 정상인데 기후변화가 일어나다 보니까 똑같은 날씨가 계속되려고 하는 거예요. 여름에 구름 한 점 없으면 맑고 좋죠. 그 상태가 일주일 계속되면 폭염이고 그런 날이 한 달 두 달 계속되면 가뭄이 들고 그런 날이 1~2년 계속되면 사막이 되는 겁니다. 그래서 똑같은 날씨가 지속된다는 것은 굉장히 안 좋은 것이죠. 결론적으로 이야기하면 지속되어야 하는 기후는 변화가 일어나고 있고 변화가 일어나야 하는 날씨는 지속되고 있기 때문에 오늘날 기후위기가 일어나고 있습니다.

우리 인류가 이 지구상에 등장한 이후 어떤 기후 조건 아래 지금까지 생존해왔는지 이야기해 드릴게요. 지금으로부터 6천 5백만 년 이전 중생대는, 공룡이 뛰어놀던 시절이에요. 그때는 지금보다 온실가스가 몇 배나 더 높았습니다. 평균기온이 지금보다 10도 정도가 더 높았어요. 남극과 북극에는 빙하도 없었습니다. 무척 따뜻했었죠.

영화에서 공룡과 사람이 같이 뛰어놀잖아요. 그러니까 '지금보다 10도 높았을 때에도 생명이 살았으니까 지구 온난화가 일어나도 괜찮은 거 아니야?' 하고 이야기하는 경우가 있습니다.

그런데 중생대 때 포유류의 생물학적 위치는 지금의 설치류 정도였어요. 공룡은 거대했기 때문에 포유류는 밖에 돌아다닐 수가 없었습니다. 중생대 기후에서는 인류가 생존할 수가 없고 공룡이 지배적으로 살 수 있는 기후 환경이었던 거죠.

멸종 위기를 벗어난 건 기후 덕분?!

6천 5백만 년 전부터 기온이 떨어지기 시작했습니다. 4천 5백만 년 전에 처음으로 남극에 빙하가 생기기 시작했습니다. 그 다음 5백만 년 전에 처음 북극의 빙하가 생겼어요. 250만 년 전부터 빙기와 간빙기를 왔다 갔다 하는 변화가 일어났습니다. 바로 이때 우리 인류의 조상이 된 호모Homo 속(屬)이 처음 지구에 등장했습니다. 지금 이 문명은 어떤 기후 조건에서 시작되었는지 이야기해보겠습니다. 약 30만 년 전 등장한 호모 사피엔스는 해부학적으로 우리와 동일했고요. 정신적으로 동일했던 호모 사피엔스 사피엔스는 약 5만 년 전에 등장했죠. 이들은 동굴에 멋진 그림을 그렸고, 바늘을 발명해서 옷을 꿰며 입었어요. 뇌는 우리와 거의 동일했지만 대부분의 시간을 구석기 시대에서 벗어나지를 못합니다. 왜 그랬을까요?

이 그림은 지난 10만 년 동안 북반구에서 일어났던 기온의 변화를 보여주고 있습니다. 지금보다 1만 년 전을 빙기라고 해요. 빙기 때에는 기온 변동의 폭이 굉장히 크죠. 이처럼 기후변화가 크면 극단적인 날씨가 많이 발생합니다. 대한민국에서 가장 극단적인 날씨는 태풍이죠. 태풍이 호남평야를 쓸고 지나가

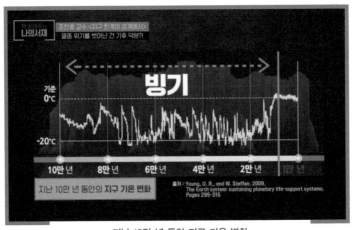

지난 10만 년 동안 지구 기온 변화

면 벼 세우기를 해야 겨우 한 해 추수가 가능합니다. 그런데 빙기에는 지금보다 극단적인 날씨가 10배 이상 발생했어요. 태풍이 1년에 10개가 휩쓸고 지나간다면 어느 누가 농사를 짓겠습니까?

빙기 때는 추워서라기보다는 극단적인 날씨가 많이 발생해 농업을 할 수가 없었습니다. 그 때문에 우리의 조상은 수렵, 채집을 하는 구석기 시대를 보냈습니다. 지금으로부터 1만 년 전부터 기후가 안정되어 농업을 시작하고 정착을 하고 문명을 탄생시킬 수 있게 된 것이죠. 그래서 우리의 문명은 농업이 가능한 안정적인 기후 조건이 가장 중요하다는 것을 알 수 있습니다.

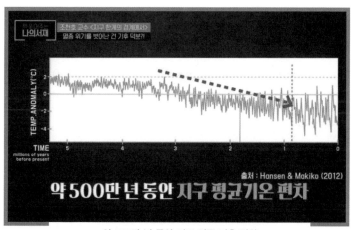

약 500만 년 동안 지구 평균 기온 변화

지난 500만 년 동안 지구 평균 기온이 변화되는 모습을 보여주는 그래프입니다. 여기서 0은 산업화 이전 평균 기온을 기준으로 잡은 거예요. 지난 250만 년 동안 단 한 번도 지구 평균 기온 상승폭이 2도 이상인 적이 없습니다. 그리고 기온 하강폭이 5도 더 아래로 내려가본 적도 없어요. 그러니까 우리 인류는 평균 기온폭이 7도 안에서만 생존해왔습니다.

지구의 평균 기온은 전산업시대의 평균보다 섭씨 2도 이상 높은 단계, 즉 세계의 지도자들이 넘어서는 안 되는 상한선으로 합의한 단계까지 올라간 적이 없었다.

_66쪽 중에서

2015년에 UN의 파리기후협약에서 지구 평균 기온 상승이 2도 이상 넘어가면 안 된다고 했어요. 2도를 넘는다고 하는 건 인류가 이 지구상에 등장한 이래 단 한 번도 살아보지 않았던 환경 속으로 들어가는 것입니다. 우리의 생존이 보장되지 않는 세상 속으로 들어간다는 의미입니다.

피자 위에 그 많은 새우는 어디서 왔을까?

1760년 산업혁명 이후 사회에는 엄청나게 빠른 속도로 성장을 하게 되는 거대한 가속이 일어났어요. 현재 산업혁명 당시보다 약 10배 정도의 인구가 늘었고, 1950년 이후에는 약 3배 정도가 늘었어요. GDP는 1950년대에 비해 지금은 10배 이상으로 성장을 했습니다. 비료 사용량, 물 사용량, 교통량, 통신량 등이 2차 대전 이후에 기하급수적으로 성장합니다.

이러한 성장이 인간의 두뇌와 근육의 힘만으로 되느냐? 결코 아니죠. 그만큼 더 지구에서 자원과 에너지를 빼내어 써야 하고, 그만큼 더 온실가스와 오염 먼지를 내뿜어야 하고, 쓰레기를 쌓아야 거대한 가속을 할 수 있습니다. 이러니 지구에도 변화가 일어날 수밖에 없잖아요. 사회, 경제가 거대한 가속으로 성장하는 만큼 지구도 그만큼 빠르게 무너진다는 뜻입니다.

온실가스인 이산화탄소가 증가하고, 성층권 오존층이 파괴되고, 지상 기온이 올라가고 해양이 산성화됩니다. 몇 십 년 전까지만 해도 새우는 우리나라의 대표적인 먹거리가 아니었죠. 그런데 요즘은 어떤가요? 피자 한 판 시키면 새우가 빵 둘러 나옵니다. 도대체 이 많은 새우는 어디서 온 걸까요? 아열대 지방 해안에 맹글로브 숲이 발달돼 있어요. 그곳을 싹 다 베어내고 새우 양식장을 만든 겁니다. 그래서 새우 양식량이 많아진다는 것은 아열대 생태계가 그만큼 빠르게 파괴되고 있다는 것을 의미합니다.

연안 질소의 양이 증가하고 경작지 면적이 증가하고 생물 다양성이 붕괴되고 있어요. 현재 경작지 면적이 1950년대에 비해서 약 25% 늘어났어요. 많이 안 늘어났단 말이죠. 그런데 1950년대에 인구 25억 명이었고 지금 79억이니까 3배 이상이 됐잖아요. 1950년대에는 영양실조에 걸린 사람이 절반이었어요. 그런데 지금은 10%가량입니다. 인류 역사상 가장 많은 사람이 가장 잘 먹는 시대가 바로 지금입니다.

농경지가 조금밖에 늘지 않아도 많은 사람이 더 잘 먹는 이유는 뭐냐, 바로 녹색 혁명 덕분이에요. 똑같은 면적에서 1950년대보다 현재 훨씬 많이 생산합니다. 종자 개량도 했고 농약도 쳤고 비료도 많이 뿌렸기 때문입니다. 그런데 다른 문제가 일어났어요. 우리가 질소·인 비료를 뿌렸는데 농작물이 절반도 흡수를 못 합니다. 비가 오면 그 비료가 녹아서 하천으로 흘러들어 강으로 들어가 우리 연안까지 나오게 돼요. 오늘날 대형 농업을 하는 지역의 모든 물 생태계에는 질소가 이미 과잉이 되어있는 상태입니다. 그래서 기후 조건만 딱 맞으면 강에는 녹조가, 바다에는 적조가 발생합니다.

지구가 보낸 청구서

옛날에는 우리 인간이 만든 세상이 작았을 때, 10배 100배 1000배씩 성장한다 해도 넉넉한 지구가 다 품어줄 수 있었습니다. 그런데 이제는 인간이 만든 세상이 너무나 커져서 지구가 이를 감당하기 어렵게 된 것이지요.

지금 전 세계 경제 성장률이 평균 3%입니다. 23년이 지나면 경제 규모가 두 배가 돼요. 2000년을 시작으로 매년 3%씩 성장을 한다면 경제 규모가 2100년에 20배, 2200년에 370배, 2300년에 7000배에 이르게 됩니다. 우리가 그만큼 더 지구를 파괴했다는 의미잖아요. 이런 세상은 존재할 수 없어요. 성장에는 그만큼 대가를 치러야 해요. 이미 인간이 만든 세상이 지구가 감당할 수 없을 정도로 너무나 커졌어요.

인류가 역사를 진보시킨다는 근대적 신념은 이제 더는 유지될 수 없습니다. 기후위기로 변덕스러운 힘들이 작용하는 위험 공간으로 지구가 바뀌고 있기 때문입니다. 지구는 인류 진보를 위한 착취 대상이 아니라 인류 문명을 붕괴시킬 수 있는 주체가 되려 합니다. 이것이 바로 오늘날 지구환경의 위기입니다.

수백만 년이 지난 다음에 우리가 살았던 지층을 본다면 우리가 살았던 어마어마한 흔적이 나오게 되겠죠. 그래서 인류도 지질 시대 구분에 포함되어 그 이름을 '인류세'라고 해요. 자연의 변화에 의해서 지질의 시대가 구분되는 것이 아니라 이제는 인간의 힘에 의해서 이 지질 시대가 구별되는 것입니다.

고대 그리스어 안트로포스Anthropos라 일컫는 우리 인간은 전 지구적 변화를 일으킨 대단히 심각한 원천으로 떠올랐다. (중략) 인류의 영향력은 그 규모나 속도 면에서 화산 분화, 판구조, 혹은 침식보다 더 광범위하다. 인간은 완전히 제멋대로 저만의 지실시대, 즉 '인류세Anthropocene'를 힘차게 열어젖힌 것이다.

_43쪽 중에서

지구는 크게 네 가지 압박을 받습니다. 그중 하나가 급속한 인구 증가입니다. 79억 명 모두가 지구를 박살내는 건 아니에요. 가장 잘 사는 사람 20%가 전체 자원의 80%를 사용합니다. 전 세계에서 가장 잘 사는 사람 10%가 전 세계 온실가스의 52%를 배출해요. 그래서 인구 증가도 문제지만 불평등 문제도

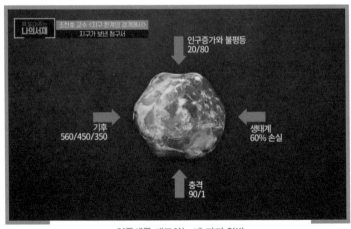

인류세를 대표하는 네 가지 압박

있습니다. 여기에 기후가 변화되고 생태계 붕괴가 일어나 우리 삶의 조건이 무너지는 것이죠. 예전에는 몇 년에 한 번씩 폭염, 홍수 같은 극단적인 날씨를 경험했는데, 이러한 충격이 일상처럼 다가오는 세상에 진입하게 됩니다. 이 네 가지 압박이 인류세를 대표하게 된다는 것입니다.

> 오늘날에는 변하지 않는 유일한 것이란 변한다는 사실 그 자체
> 뿐이다. 점점 더 그리되어가서 결국에는 놀라움이 새로운 일상
> 으로 자리 잡을 것이다.
> _24쪽 중에서

지구 한계의 경계를 넘으면 복원력을 잃게 됩니다. 볼펜심 앞에 있는 스프링을 조금 당겼다 놓으면 제자리로 돌아오잖아요. 그게 바로 복원력이죠. 그런데 확 당겨버리면 다시는 제자리로 돌아오지 못하잖아요. 복원력을 상실한 것이지요.

대한민국에서 큰 문제가 미세먼지인데, 미세먼지는 공기 중 배출된 후 대부분 하루 이틀 만에 자연적으로 파괴되고 제일 오래 머무르는 게 약 5일이에요. 5일 이내에 햇빛과 반응해서 자연적으로 싹 다 없어집니다. 내일이라도 미세먼지를 배출하지 않는다면 정상으로 돌아올 수 있는 거예요. 복원력이 아주 좋은 것이죠.

그런데 우리가 석유, 석탄 이러한 화석연료를 태워서 온실가스 농도를 늘렸잖아요. 그중 절반은 식물과 해양에서 흡수합니다. 나머지 절반은 그냥 공기 중에 있어요. 다시 말해서 누적되는 것이죠. 온실가스가 누적되는 만큼 기후위기가 더 강력해집니다. 우리가 배출하면 할수록 복원력을 점점 잃는 것이죠.

복싱 경기에서 펀치를 1회전, 2회전에 맞았을 때는 그래도 버텨내요. 그런데 10회전쯤에는 1회전 때 맞았던 그 충격에도 KO를 당할 수 있잖아요. 온실가스가 누적되어 기후위기가 심해지고 있어요. 농업이 가능했던 기후 조건이 점차 무너지고 이제는 완전히 다른 세상으로 바뀌는 상황이 되었어요.

지구도 참을 만큼 참았다!

우리 체온은 우리 몸의 상태를 나타내는 가장 대표적인 지수죠. 바로 지구의 상태도 지구 평균 기온이 가장 대표적인 지수입니다. 기온이 올라간다는 것은 극단적인 날씨가 많이 발생하는 거예요. 물이 부족하게 되고 가뭄이 들게 되고 생물 다양성 붕괴가 일어나요. 빙하가 녹으니까 해수면이 올라오겠죠. 그러니 연안에 있는 대도시가 침수당하고 해안 가까이에 있는 농토는 바닷물이 들어와서 못 쓰게 되어버리는 거죠. 또 이산화탄소가 늘어나는 만큼 바다가 이산화탄소를 흡수합니다. 그러면 탄

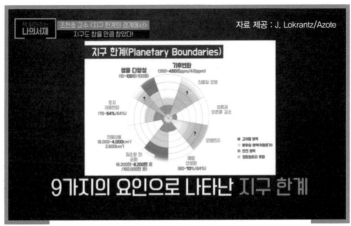

9가지 요인으로 나타난 지구 한계

산이 되어 해양을 산성화시켜요. 해양이 산성화되면 해양 생태계가 붕괴되니까 우리가 바다에서 얻을 수 있는 식량이 그만큼 줄어든다는 의미입니다. 기온이 상승하는 만큼 우리의 생존 기반이 그만큼 무너지는 것입니다.

우리가 몸 상태를 볼 때 체온이 가장 대표적이지만, 피검사도 하고 엑스레이 찍고 MRI와 CT도 찍고 하잖아요. 그래서 지구 평균 기온 변화도 굉장히 큰 위험 요소이긴 하지만 다른 요소도 있습니다. 바로 지구 한계입니다.

지구 한계 경계는 기후변화, 생물 다양성 등 아홉 가지의 요인으로 구성돼 있어요. 녹색의 범위 안에 있을 때는 안전한 상황이에요. 노란색 영역으로 들어가게 되면 불확실한 영역으로 들어간다는 의미이고, 빨간색으로 들어가면 되돌아올 수 없는 고위험 상황이란 뜻입니다.

지금까지 지구 평균 기온이 1도 상승한 상황이에요. 지구 평균 기온 상승이 2도 이상 되면 고위험입니다. 현재 기후변화는 불확실한 상황에 있다고 보고 있고요. 350ppm은 100만 개의 공기 분자 중에서 350개가 이산화탄소라는 걸 의미해요. 350개가 넘으면 이제 불확실한 영역으로 들어가는 거죠. 이산화탄소가 5500만 년 전부터 자연적으로 농도가 떨어지기 시작했어요. 그러다가 350ppm이 되었을 때 북극 빙하가 처음 생겼거든요. 바로 그래서 350ppm 이하에서 빙하가 안정적이에요. 그런데 이미 우리는 410개까지 높여 놓아 불확실한 영역에 있다는 겁니다.

두 번째로 생물 다양성이 크게 줄어들고 있습니다. 지난 5억 4천만 년 동안 다섯 번의 대멸종이 있었잖아요. 지금 대멸종 mass extinction* 때와 거의 비슷한 수준으로 생명이 죽어나가고 있습니다. 현재 생물 다양성이 줄어든다는 것은 생태계로부터 그만큼 우리의 먹거리나 생존 조건이 좋지 않은 상태가 되는 것입니다. 토지 이용의 변화는 경작지라든가 도시를 만들어가면서 숲을 파괴하고 있기 때문에 발생합니다. 현재는 불확실한 영

---

* 지구상에 있던 아주 많은 생물 종이 더 이상 존재하지 않게 되는 사건

역에 들어가 있습니다. 해양도 산성화되고 있습니다. 해양 산성화는 탄산염 이온 농도로 판단합니다. 탄산염 이온이 프랑크톤 껍데기와 산호를 만듭니다. 현재 탄산염 이온 농도가 84% 정도인데 아직 안정적이긴 하지만 곧 고위험 영역으로 들어가게 될 전망입니다.

신물질에는 미세 플라스틱이나 나노 물질이나 방사능 등이 해당합니다. 그런데 신물질은 아직 과학자들이 정량화하지 못했습니다. 이중에서 생물 다양성과 기후변화가 인간에게 가장 커다란 영향을 끼치는 지구 한계의 경계입니다. 토지의 이용, 물의 이용, 질소·인의 과잉은 바로 농업 때문에 위험 한계를 넘으려 하고 있습니다. 온실가스도 농작 기계를 사용하고 비료 뿌리고 운송, 저장, 보관을 하는 데 많이 배출합니다. 먹거리 분야도 엄청난 온실가스 배출원이에요.

'식량 전쟁'은 이미 시작됐다!

지구 한계를 넘어서게 되면 모든 규모에서 상호작용하기 때문에 걷잡을 수 없는 결과들이 일어납니다. 가장 대표적인 현상이 바로 식량 위기입니다. 지금 지구에 79억 명이 살고 있는데 매년 약 8천만 명씩 인구가 늘어나고 있어요. 오늘 저녁에 우리는 22만 명 분의 식사를 더 준비해야 된다는 걸 의미해요. 지금까지는 녹색 혁명을 통해 잘 감당해왔습니다.

2050년이 되면 인구가 약 100억에 이를 것이라고 예측해요. 사람들이 잘 살게 되면 끼니만 해결하는 것으론 만족을 못하죠. 우리나라도 몇십 년 전까지만 해도 하루 세 끼를 꼬박꼬박 먹는 사람은 풍요로운 사람이었어요. 그런데 지금 하루 세 끼 먹었다고 너 참 풍요롭구나, 잘사는구나, 이런 말 안 하잖아요. 지금은 먹는 욕망을 극대화시키는 세상에 살아가고 있어요. 그래서 인구 증가와 먹는 욕망을 충족시키려면 2050년도에는 지금보다 식량이 60%가 더 필요하다고 보고 있습니다.

그런데 기후위기가 일어나고 있잖아요. 현재의 배출량을 그대로 유지한다고 가정한 경우 2050년도가 되면 옥수수는 24%

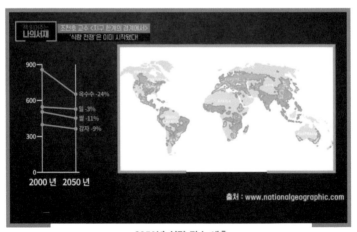

2050년 식량 감소 예측

가 줄고 밀은 3%가 줄고 쌀은 11%가 줄어들게 됩니다. 수요는 늘어나는데 공급은 줄어든다? 이렇게 되면 지정학적으로 불안정해집니다. 전 세계적으로 식량이 똑같이 줄어들지 않아요. 북쪽 나라들은 따뜻해졌으니 농사가 더 잘 되겠죠. 현재 유럽 연합은 자급자족을 합니다. 유럽은 앞으로 기후위기 속에서 식량이 더 많이 생산되는 거예요. 그러나 이미 지금도 식량이 부족한 지역들은 더욱 많이 부족해질 겁니다.

성경에 '마태 효과'라는 게 있죠. 가진 자는 더 가지게 될 것이고 못 가진 자는 더욱더 못 가지게 될 것이라는 거죠. 그 마태의 효과가 극단화되는 세상으로 진입하게 될 것입니다. 이렇게 과잉과 결핍이 극단화될 때 세계는 더 불안정해질 것입니다.

지구가 보내는 9가지 경고

인류는 엄청난 위험을 다 극복한 존재예요. 자연 재난, 감염병, 전쟁, 최근 들어 금융 위기까지. 그러한 위험에서 모두 회복됐기 때문에 오늘날 문명이 존재할 수 있는 것이죠.

그런데 기후위기는 회복이 불가능합니다. 예를 들어 북극해 위에 빙하가 있는데 햇빛이 들어왔다가 반사되어 우주로 되돌아갑니다. 그런데 지구 가열이 일어나면 빙하가 녹아 시커먼 바다가 드러나겠죠. 햇빛이 들어오게 되면 빙하에 반사되어 우주로 되돌아가는 게 아니라 지구에 그 태양 에너지가 흡수됩니다.

에너지가 흡수되니까 기온을 더 높일 것이고, 그러면 빙하를 더 녹일 테고, 더욱더 시키면 바다가 드러날 것입니다. 이는 사람이 배출하는 온실가스와 아무 상관이 없죠. 지구 스스로 이렇게 기후를 변화시키는 요인이 지금 이미 9개 정도 감지되고 있습니다.

북반구 고위도 지역에 동토 지대가 있어요. 이 동토 지대는 식물들이 수만 년 동안 얼어있는 상태입니다. 그런데 동토 지대가 녹고 있어요. 식물은 탄소 성분으로 되어있으니까 거기서 온실가스가 나오는데 이산화탄소보다 30배나 강력한 메탄이 나옵니다.

메탄이 배출되어 기온을 높이고 동토 지대를 더 많이 녹이고 메탄이 나와 증폭적으로 기온을 상승시킵니다. 동토 지대가 갖고 있는 탄소의 양은 공기가 갖고 있는 탄소 양의 두 배 이상입니다. 동토 지대가 본격적으로 녹기 시작하면 사람이 배출하는 온실가스와는 상관없이 기후가 크게 변화될 수 있습니다.

북반구 고위도 지역에 아한대 숲이 있는데 이산화탄소를 흡수하는 중요한 역할을 합니다. 그런데 거기서 산불이 일어나잖아요. 원래 자연적으로 산불이 일어나는 지역이에요. 자연적인 산불이 일어나면 늙은 나무들이 타서 재가 됩니다. 이 재에서 씨앗이 싹을 틔우면서 새로운 숲을 만들어요. 그런데 지금 기온

지구가 보내는 9가지 경고

이 올라가다 보니까 수분이 많이 증발돼서 건조화가 일어났어요. 그래서 산불이 늙은 나무만 태우는 게 아니라 어린 나무까지 태워버립니다. 이산화탄소를 엄청나게 흡수하는 지역이었는데 오히려 이산화탄소를 배출하는 지역으로 바뀌고 있어요.

아마존 열대 우림에 내리는 비는 바다 쪽에서 구름이 만들어져서 아마존에 들어와서 비를 내리는 게 아니에요. 열대 우림은 그 아래 토양이 축축하잖아요. 나무가 그 수분을 빨아들여서 잎에서 수증기를 증발시켜서 구름으로 만들고 비를 내리고 토양이 축축해져 그 숲이 유지되는 것이거든요. 그런데 사람들이 밭을 만들기 위해 산불을 내고 있어요. 숲이 사라지면 토양 수분이 줄어 비가 줄어들어요. 계속 아마존 열대우림을 개간해 나간다면 건조한 사바나 기후로 바뀌게 됩니다.

산호는 지금보다 1도가 더 높아져서 기온상승 폭이 2도가 되면 거의 전멸할 것으로 전망합니다. 물고기의 약 4분의 1이 어린 시절을 산호초에서 보내요. 그러니까 산호가 없어진다는 것은 해양으로부터 얻을 수 있는 식량이 그만큼 줄어든다는 의미입니다.

바닷물이 전 세계를 돌고 있는데 가장 대표적인 게 대서양 순환입니다. 대서양 멕시코만에서 유럽 쪽으로 흐르는 멕시코 만류는 따뜻한 물입니다. 런던 위도가 51도죠. 서울이 38도고요. 그런데 겨울철에 런던이 훨씬 따뜻합니다. 바로 멕시코 만류가 유럽을 향해 흐르기 때문이죠. 지구 가열로 빙하가 녹으면 민물이 대서양에 유입됩니다. 이로 인해 해양의 순환에 변화가 일어나요. 해양은 다 연결돼 있으니 전 세계 여기저기에서 기후 변화를 일으키게 될 것입니다.

그린란드와 남극 빙하가 깨지려고 합니다. UN의 IPCC* 보고서에서 우리가 극단적으로 온실가스를 배출하면 금세기 말에 1m 정도 물이 올라오리라 예측합니다. 해수면 1m 상승은 많은 피해를 일으킬 것입니다. 이 1m는 주로 빙하 표면부터 조금씩 녹아들어가 해수면이 상승하는 것입니다. 여름철에 커다란

---

* 국제적 환경 대책을 위해 공동으로 설립한 세계기상기구와 UN 산하 국제 협의체

얼음덩어리를 35도가 넘는 야외에 내놓아도 한순간에 싹 녹지 않잖아요. 그런데 빙하는 이런 방식으로만 녹지 않습니다. 빙하가 녹는 과정에서 깨질 수 있죠. 사탕을 입안에 넣고 깨뜨리지 않으면 오래가죠. 그런데 사탕을 이로 깨뜨리고 나면 표면적이 늘어나서 한순간에 녹아버립니다. 마찬가지예요. 빙하도 깨지려고 해요. 다만 과학자들이 정확히 계산할 수 없어요. 현재 해수면이 올라간다는 건 빙하가 깨지는 것을 고려하지 않고 전망한 것입니다.

지금 그린란드의 빙하와 남극의 빙하에 여기저기 금이 가고 있어요. 깨질 수 있다는 뜻입니다. 그린란드의 빙하가 다 녹으면 물이 7m가 올라옵니다. 남극의 빙하가 다 녹으면 지금보다 물이 60m 더 올라오게 돼요. 그러므로 빙하의 5%만 깨진다 해도 연안에 있는 모든 도시는 침수되고 연안에 있는 평야는 바닷물이 들어와서 못 쓰게 되고 맙니다.

기후위기의 피해는 불평등하다

우리는 어떻게 기후위기에 대응해야 할까요? 기후위기라고 하는 폭풍우가 우리 인류에게 다가오고 있어요. 그런데 이 폭풍우 속에서 우리는 똑같은 배를 타고 있지 않아요. 기후위기의 피해를 보는 곳이 어디일까요? 태평양 상에 있는 자그마한 섬나라들은 해수면이 올라와 나라가 없어지려고 하고 있고요. 방글라데시는 국토 대부분이 저지대여서 바닷물이 농토지대에 밀려들고 있어요. 이런 곳에 사는 사람들은 온실가스 배출과 아무 상관없어요. 그런데 피해는 가난하고 약한 사람에게 주로 일어나요.

그래서 기후위기에는 정의의 문제가 있는 것입니다. 기후위기는 이제 정의롭지 않은 세상 속에서 일어나기 때문에 정의로운 세상을 만드는 것이 기후위기를 극복하는 것이죠.

지속 가능성은 세계 성장에 관한 '하나의' 이야기가 아니라 '유일한' 이야기다.

_169~170쪽 중에서

케이트 레이워스라고 하는 옥스퍼드의 경제학자는 『지구 한계의 경계에서』에서 도넛 모델로 마무리 설명을 합니다.

바깥쪽에 있는 원은 지구 한계의 경계예요. 벗어나면 안 되는 것이죠. 안쪽에 있는 원은 사회의 기반이에요. 사회 기반이 무너졌다면 인간의 존엄성이 무너지잖아요. 그래서 이건 부족하면 안 돼요. 그래서 사회 기반이 무너지지 않게 하려면 먹거리, 의료와 교육 등을 충분히 공급받아야 되잖아요.

오늘날 인간이 생산하는 식량 중에서 3분의 1은 사람 입으

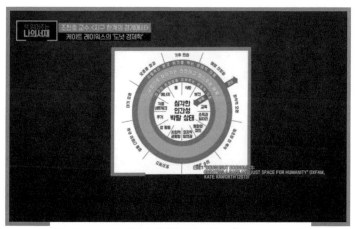

케이트 레이워스의 도넛 모델

로 들어가지 않고 쓰레기통으로 들어갑니다. 12억 명은 비만으로 고생해요. 반면 지구의 10%인 약 8억 명은 영양실조예요. 골고루 나누어 먹으면 식량은 부족하지 않아요. 오늘날 쓰레기 쌓이는 걸 한번 보세요. 태평양 한가운데 플라스틱 섬이 생길 정도로 많은 쓰레기를 배출해요. 쓰레기장에서 물건을 보세요. 아직 쓸 수 있는 것도 내다버리면서 살고 있습니다. 79억 명이 풍족하게 쓰고도 남을 생필품을 생산해요. 이런 상황 속에서 결핍이 있으니까 성장이 필요하다고 말해요. 이런 말에 속으면 안 됩니다. 바로 이렇게 풍족한 세상 속에 결핍이 있다면 이는 정의의 문제입니다. 이건 결코 결핍이나 성장을 통해서 해결할 수 있는 문제가 아닙니다.

탐욕스러운 자들은 제가 원하는 것을 잔뜩 움켜쥐고 있는 반면 굶주린 자들은 맨주먹으로 서있는 곳이다. 인류세는 세계에 남아있는 생태 공간의 권리를 기반으로 공정하고 평등하게 공유하는 것이 필수불가결하다.

_240쪽 중에서

지구를 현명하게 관리하는 방법

다음 그림에서 가로축은 지구 한계의 경계를 넘는 정도를 보여줍니다. 그래서 숫자가 작으면 작을수록 지구가 안전하다는 의미예요. 세로축은 사회 기반입니다. 저 값이 크면 클수록 인간의 존엄성이 보장됩니다. 그래서 왼쪽 제일 꼭대기에 있는 상태가 지구 한계의 경계를 넘지 않고 사회적 기반은 부족하지 않는 가장 이상적인 사회입니다.

그런데 실상은 어떠냐? 대한민국을 포함한 잘 사는 나라에는 사회적 기반이 어느 정도 구축돼 있어요. 그런데 지구 한계의 경계를 넘고 있어요. 반면 가난한 나라에 사는 사람들은 지구 한계의 경계를 넘지 않지만, 인간 존엄성이 무너진 삶을 살고 있어요. 한쪽은 과잉으로 넘쳐나고 다른 한쪽은 결핍인 상황이에요. 도대체 이러한 세상이 지속돼야 할 이유를 찾을 수 없습니다.

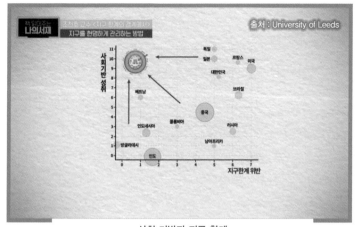

사회 기반과 지구 한계

　이 상태가 계속되면 지구 한계의 경계를 넘게 되고 지구가 우리의 생존 기반을 무너뜨리게 돼요. 이러한 상태를 더 이상 지속하면 안 돼죠. 우리는 담대한 전환을 해야 해요. 지금까지 한 번도 인류가 살아보지 않았던 그러한 세상을 만들어야 된다고 하는 겁니다.

　지구는 물질적으로 유한해요. 더 이상 여기서는 인간의 무한한 욕망이 달성될 수 없습니다. 지구는 유한하고 물질적으로 고립된 세상이죠. 그런데 우리는 대량 생산, 대량 소비, 대량 폐기를 하죠. 대량 생산 과정에서 지구의 에너지와 자원을 엄청나게 빼다 쓰고 있고요. 폐기 과정에서 온실가스, 오염먼지를 배출하고 쓰레기를 쌓아두잖아요. 순환이 안 돼요. 지구는 물질과 에너지가 순환해야 하는 곳이에요. 한쪽은 고갈시키고 한쪽은 쌓아두는 이런 세상은 자연법칙에 의해 붕괴될 수밖에 없어요. 도대체 그러면 우리는 왜 이런 세상을 만들어냈을까요? 잘 살기 위해서래요.

우리는 지구 환경도 부수고 공동체도 부수면서 경제 성장을 향해서 지금까지 내달려왔습니다. 이 상태는 이제 지구의 반격을 통해서 무너지게 된다는 것이죠. 앞으로 자원이 순환되고 에너지가 재생되는 순환의 구조를 만들어내야 합니다.

우리가 함께 사는 이유는 서로 돌보고 아끼고 나누고 베풀기 위해서입니다. 경제가 지금껏 목표였지만 지구 환경을 지켜내고 공동체의 가치를 실현하는 수단으로 바뀌어야 합니다. 지금까지 우리 인류가 한 번도 살아보지 않았던 완전히 새로운 세상으로 담대한 전환을 할 때만이 우리 인류는 지구 위기로부터 벗어나고 좋은 공동체에서 살아가게 될 것입니다.

독일 사회학자 울리히 벡은 오늘날 기후위기를 '해방적 파국'이라고 했어요. 지구 위기, 기후위기를 통해 우리의 삶, 우리의 공동체에 대해서 다시 성찰하게 하여 새로운 세상을 꿈꾸게 만드는 해방적 파국입니다. 그래서 기후위기가 보다 나은 세상을 만드는 기회가 될 것이라는 거죠.

미래는 저절로 주어지지 않습니다. 지금 우리가 함께 만들어 가야 합니다. 역사를 살펴보면 위기가 왔을 때 각자 도생으로 날뛰다가 그 사회가 완전히 붕괴되는 경우도 있었고, 함께 연대해서 위기를 극복하기도 했어요. 어떤 재난이 왔을 때 서로 돕고자 하는 마음이 우리 안에 있었어요. 우리가 연대할 수 있다면 지구 위기, 기후위기에서 벗어나 좀 더 나은 세상을 만들 수 있습니다.

오늘의 독썰가
법의학자 유성호 교수

#죽은 자에게서 삶을 배우는 법의학자
#서울대학교 의과대학 법의학교실 교수
#국립과학수사연구원 촉탁 법의관
#각종 방송에서 법의학 관련 자문
#범죄 및 미스터리 계간지 《미스테리아》의 'Non-
   fiction' 코너에 실제 사건들을 주제로 칼럼 연재
#저서 『나는 매주 시체를 보러 간다』 『법의학』

오늘 함께할 책
『죽음의 수용소에서』, 빅터 프랭클, 청아출판사

#20세기 최고의 비극
#세상과 작별하고 싶을 때
#스테디셀러
#죽기 전에 안 읽으면 후회할걸
#읽고 나서 인생 2회차가 되었습니다

20세기를 대표하는 사상가이자 정신 의학자인 빅터 프랭클의 자전적인 에세이. 나치 강제 수용소에서 겪은 참혹한 고통을 건조하고 담담한 시선으로 술회한다. 그리고 자신의 이러한 경험을 분석해 정신 치료 기법인 로고테라피를 정립하고, 이 기법을 통해 인간이 어떻게 고난을 극복하고 삶을 살아가야 하는지 방향을 제시한다. 인간다움이란 무엇인가, 삶의 의미란 무엇인가에 대해 심리학적으로 접근하며 읽는 이에게 깊은 감동을 전한다.

유성호 교수×『죽음의 수용소에서』

저는 이 책을 세 번 정도 읽었습니다. 볼 때마다 느낌이 다 다르더군요. 그리고 많은 분이 이 책을 읽고 인생 2회차를 살고 있다고 말합니다. 제가 오늘 소개해드릴 책은 의학 박사이자 철학 박사인 빅터 프랭클린의 자전적 에세이 『죽음의 수용소에서』입니다.

법의학자는 매일 죽음을 마주합니다. 아무래도 타인의 죽음을 목도하다 보면 사람인지라 여러 생각을 하게 됩니다. 제가 죽음에 대해서 깊게 생각하게 된 결정적인 일이 있었습니다. 2011년 3월, 2년 동안 방문 교수로 미국에 다녀온 적이 있습니다. 미국에서 돌아온 다음 날 고등학교 때 저와 가장 친했던 친구가 저녁을 함께하자고 했습니다. 시차 적응이 덜 되어서 몸이 좋지 않아 너무 피곤하다고 거절하고 내일 같이 식사를 하자고 했습니다. 저는 그 말을 두고두고 후회했습니다. 다음 날 친구가 사망했습니다. 죽음은 늘 우리 가까이에 있다는 말이 가슴에 와닿는 순간이었습니다.

어느 날 갑자기 여러분 앞에 죽음이 다가온다면 어떤 기분일까요. 지금부터 제가 소개할 『죽음의 수용소에서』는 제2차 세계대전의 생지옥 한가운데에서 살아남은 한 정신과 의사의 이야기입니다.

손짓 하나로 결정되는 삶과 죽음

1944년 당시 40세였던 프랭클 박사는 아내와 함께 아우슈비츠 수용소로 이동합니다.

1,500명의 사람들이 기차를 타고 며칠 밤낮을 계속해서 달렸다. 열차 한 칸에 80명이 타고 있었다. (중략) 바로 그때 불안에 떨고 있던 사람들 틈에서 울부짖는 소리가 들려왔다.
"아우슈비츠야. 저기 팻말이 있어."
그 순간 모든 사람들의 심장이 멈췄다.
_30~31쪽 중에서

유럽 전역에서 강제로 구속된 1,500명의 유대인을 싣고 달리는 기차에는 프랭클 박사와 같은 지식인, 부유한 기업인 그리고 명망 높은 정치인도 있었습니다. 그들은 군수공장에 가서 강제 노역하기를 간절히 바랐지만 누군가 열차가 아우슈비츠가 적힌 팻말이 있는 곳으로 간다는 외침으로 인해 그 안의 모든 사람은 공포를 느끼게 됩니다. 그들은 이미 아우슈비츠의 가스실을 알고 있었던 것입니다.

하지만 그 절망의 순간 속에서도 프랭클 박사는 나만은 죽음을 피할 수 있지 않을까 하는 환상에 젖습니다. 마치 사형 선고를 받은 죄수가 처형 직전에 집행을 유예 받을지도 모른다는 망상을 품게 되는 것과 비슷한 증상인데요. 이를 정신의학에서 집행유예 망상delusion of reprieve 이라고 부릅니다. 그렇지만 도착하자마자 그 환상이 와장창 무너집니다.

그들은 군복을 잘 차려입은 장교의 손짓 하나로 오른쪽과 왼쪽으로 줄을 서게 되죠. 그것이 삶과 죽음의 갈림길이 될 거라고는 꿈에도 생각지 못했습니다. 함께 온 사람들의 90%는 대부분 왼쪽에 섰는데요. 그들은 여기서 화장터로 직행합니다. 대부분 병자나 일할 능력이 없는 사람들이었어요.

그날 저녁에야 우리는 손가락의 움직임이 가진 깊은 뜻을 알게 됐다. 그것이 우리가 경험한 최초의 선별, 삶과 죽음을 가르는 첫 번째 판결이었던 것이다. 함께 들어온 사람의 90퍼센트는 죽음을 선고받았다. 판결은 채 몇 시간도 못 돼 집행됐다.

_35쪽 중에서

화장터 문에는 유럽의 여러 언어로 목욕탕이라고 쓰여 있었는데 사람들에게 몸을 씻으라고 하면서 수건과 비누를 나눠준 뒤 옷을 벗게 하고 샤워장 안으로 들여보냈다고 합니다. 샤워장 안으로 들어간 사람들은 어떻게 되었을까요. 샤워장에서 흘러나온 것은 물이 아닌 독가스였습니다. 20~30분이 지나면 모두 질식사하게 되죠. 샤워장 안은 피와 오물로 가득 찬 시체가 즐비했고 시체를 끌어내 화장하거나 땅에 묻었습니다. 많을 때는 하루 약 9천 명의 유대인이 독가스실로 끌려갔다고 합니다. 이 때문에 수용소 굴뚝은 검은 연기가 날마다 피어올랐습니다.

인간지옥 아우슈비츠 강제 수용소

선별에서 살아남은 10%의 사람들은 목숨은 건졌지만 가축처럼 온몸에 털이 깎이고 길이 약 2m, 폭 약 240cm 정도 되는 침상에서 아홉 명이 함께 자는 생활을 했습니다. 수용소 안에서는 단지 수감번호로 불리며 감시자들의 잔인한 폭력과 끔찍한 욕설에 시달리게 됩니다. 그리고 하루 한 번 배급되는 300g이

채 안 되는 빵과 한 국자의 묽은 수프를 어떻게 먹어야 될지 고민하게 되죠. 그동안 그들이 이룬 학문적인 성과, 명성, 재산은 죽음의 수용소에서 아무 소용이 없었고 그저 학대받은 몸뚱이만이 그들의 전부가 되었죠.

3~4년 전쯤에 프랑스 의과대학 연구소에서 유대인 시신에서 떼어낸 신체 조직을 추가로 발견했다는 기사가 실린 적이 있습니다. 제2차 세계대전 당시 독일에서 가스로 처형된 유대인의 시신으로, 각종 인체 실험용으로 쓰인 것으로 조사됐다고 합니다. 나치는 전쟁에 필요한 의학 지식을 얻기 위해 인체 실험을 자행했습니다. 화학전을 위해 독가스 실험을 했는데 살아남은 피해자들은 후유증에 시달렸다고 합니다.

실험 후 독일 의사들은 피험자의 증상과 소견을 기록하고, 사망하면 부검해서 임상 증상과 병리학적 소견을 비교했습니다. 또 치료약 테스트를 위해 사람들의 다리뼈를 부러뜨리고 나서 상처를 포도상구균, 나뭇조각, 유리파편 등으로 감염시키거나 푸른 눈동자를 만든다며 눈에 파란색 물감을 주사하기도 했습니다.

제가 봤던 정말 잔인했던 실험 중 하나는 모성애 실험이라고 알려진 것인데요. 엄마와 아기를 바닥이 가열되는 소위 프라이팬 룸에 가두고 천천히 온도를 올려 엄마들의 반응을 보는 실험입니다. 처음에는 아기를 껴안고 고통을 이겨냈지만 인간이 참을 수 없는 온도에 이르자 아기를 바닥에 깔고 올라갔다고 합니다. 정말 인간으로서 도저히 상상도 하지 못할 끔찍한 실험입니다.

살아남기 위한 다양한 방법들

죽음의 수용소에서는 도덕적이나 윤리적인 문제에 대해 생각하지 않고 생존의 문제에만 집중하게 됩니다. 수용소에 갇힌 사람들이 가장 자주 꾸는 꿈이 무엇이라고 생각하나요? 그것은 바로 빵과 케이크, 담배 그리고 따뜻한 물로 하는 목욕이라 합니다. 이런 단순한 욕구를 충족시키지 못하는 상황이 꿈속에서나마 소원을 이루도록 하는 심리겠죠.

그리고 빅터 프랭클 박사는 가스실로 끌려가지 않기 위해 건강하게 보이려 매일같이 유리조각으로 면도합니다. 그러면서 가혹한 현실에서 빠져나와 내적으로 풍요롭고 자유가 넘치는 세계로 가기 위해 밤마다 예술이나 종교 활동 등의 활발한 정신 활동을 통해 고통을 잊으려 했습니다.

강제 수용소에서 예술이라니, 하는 분들도 계실 겁니다. 빅터 프랭클 박사의 책에 따르면 카바레 같은 것이 만들어질 때가 종종 있었다고 합니다. 잠깐 막사 안을 깨끗이 치우고 무대를 만들죠. 노래를 부르고 시를 낭송하고 촌극을 하는데 그중 수용소 현실을 풍자한 것도 있었습니다. 이 모든 것은 현실을 잊기 위한 노력이었는데요. 인기가 많아 하루 양식을 얻지 못해도 피곤한 몸을 이끌며 방문한 수감자도 있었다고 합니다.

수용소에서는 아주 사소한 것 하나로도 큰 즐거움을 느낄 수 있습니다. 첫 번째는 잠자리에 들기 전 이를 잡을 시간을 주는 것. 생각해보면 좀 끔찍할 수도 있는데요. 이는 몸 또는 머리에 기생하는 좀 지저분한 환경에서 자라는 곤충이라고 보면 됩니다. 지금 우리로선 상상하기 어렵죠. 또 다른 하나는 일을 마치고 난 후 취사실에 들어가 요리사 앞으로 줄을 섰을 때라고 합니다. 누구에게나 공평하게 수프를 나눠주는 요리사가 있었다고 해요. 그를 만나는 것이 즐거웠다고 합니다.

고통을 잊게 하는 사랑의 힘

어떤 사람들은 평화롭던 일상을 떠올리며 과거로 도피하기도 합니다. 프랭클 박사 역시 집에서 자신을 기다리는 아내를 떠올리며 고통을 잊으려 했습니다. 박사는 사랑하는 아내를 떠올리면서 행복을 느끼다가 아내가 살아있는지 죽었는지조차 모른다는 사실을 깨닫지만 곧 이런 생각을 합니다.

사랑은 사랑하는 사람의 육신을 초월해서 더 먼 곳까지 간다는

것이었다. 사랑은 영적인 존재, 내적인 자아 안에서 더욱 깊은
의미를 갖게 된다.
_71쪽 중에서

프랭클 박사는 아내가 세상에 없다고 하더라도 아내의 모습
을 떠올리는 일에 자신을 바치리라 생각하며 다음과 같이 이야
기합니다.

"나를 그대 가슴에 새겨 주오. 사랑은 죽음만큼이나 강한 것이
라오."
_71쪽 중에서

저는 이 구절을 읽은 뒤 마음이 저릿한 큰 감동을 받았는데
요. 사랑하는 사람의 상실은 그 자체로 비통과 슬픔의 근원이
되며 이를 어떻게 받아들여야 될지 당황하게 됩니다. 부모님 그
리고 사랑했던 많은 사람을 어릴 때 떠나보낸 경험이 있는 톨
스토이는 그의 저서 『인생론』에서 죽음에 대한 이야기를 하면
서 "사랑은 결코 소멸하지 않으며 인간의 삶을 성장시키는 원
동력이며 그러한 관계야말로 육체와 시간을 초월하여 우리가
영원히 존재할 수 있다"고 말했습니다.
프랭클 박사는 참혹한 수용소에서 자신의 의지와 상관없이

여러 형태의 운명이 스쳐 지나가는 것을 알게 되었습니다. 병든 사람들이 요양소로 호송되었을 때 의사가 필요했습니다. 그래서 호송자로서 프랭클 박사는 몇 번이나 리스트에 올라가게 됩니다. 수감자들은 병든 사람을 요양소로 호송한다는 것을 믿지 않았어요. 가스실로 가리라 여겼습니다. 그러니 환자를 호송하는 의사도 같이 가스실로 갈지 모른다고 생각이 드는 건 당연했죠.

환자 호송 계획이 세워지던 날, 평소 프랭클 박사에게 호감이 있던 주치의가 다가와서 호송자 리스트에서 빼주겠다고 말했습니다. 그렇지만 박사는 이를 거절하고 친구들, 환자들 곁에 남기로 합니다. 그는 수용소에 남기로 한 친구 오토에게 눈물을 흘리며 자신의 유언을 한마디 한마디 외우게 합니다.

"잘 듣게. 오토, 만약 내가 집에 있는 아내에게 다시 돌아가지 못한다면 그리고 자네가 아내를 다시 만나게 된다면 그녀에게 이렇게 전해 주게. 내가 매일같이 매시간 그녀와 대화를 나누었다는 것을. 잘 기억하게. 두 번째로 내가 어느 누구보다도 그녀를 사랑했다는 것. 세 번째로 내가 그녀와 함께했던 그 짧은 결혼 생활이 이 세상의 모든 것, 심지어는 여기서 겪었던 그 모든 일보다 나에게 소중한 의미를 갖는다는 것을 전해 주게."

_94쪽 중에서

프랭클 박사는 수용소에서의 참담했던 생활에서도 아내와 함께했던 생활이 그의 인생에서 소중한 의미였다는 것을 친구인 오토에게 전하였습니다. 다행히 프랭클 박사는 가스실이 아닌 요양소로 가게 됩니다.

만약 이 세상을 떠날 수밖에 없는 운명에 놓이면 어떤 순간을 기억하고 싶은가요? 그리고 어떤 말을 전하고 싶은가요? 몇 년 전 어머님의 칠순 축하 잔칫날, 제 아내가 현수막을 제작했습니다. 그 앞에서 사진기를 향해서 저희 가족 모두 활짝 웃으면서 포즈를 취하고 함께 웃었던 순간, 그 순간이 지금 현재 제 머릿속에 가장 아름답고 소중한 순간으로 기억됩니다. 인생의 가장 찬란한 순간, 누군가에게 소중한 꽃과 같은 존재였던 여러분의 화양연화는 언제였나요? 없다면 지금부터 가장 아름다운 순간을 만들기 바랍니다.

성탄절에 사망자가 급증한 이유

이 책을 읽은 많은 이가 기억에 남는 구절을 이야기할 때 빠지지 않고 나오는 부분은 바로 미래에 대한 희망이 사라진 수감자에 대한 이야기입니다.

사람은 미래에 대한 기대가 있어야만 세상을 살아갈 수 있다.

프랭클 박사의 한 동료는 3월 30일 전쟁이 끝날 것이라는 꿈을 2월에 꿉니다. 그는 3월 30일이라는 꿈속의 목소리를 확신했습니다. 하지만 약속의 날이 다가왔을 때 그럴 가능성은 거의 없어보였습니다. 그러자 그는 3월 29일 갑자기 아파하다 고열이 났고 3월 30일 의식을 잃고 다음 날 죽음을 맞이하게 되었습니다. 프랭클 박사는 친구의 죽음을 초래한 결정적인 요인은 기대했던 해방의 날이 오지 않는 데 있었다고 말합니다. 실제 불과 한 달 후인 1945년 4월에 극적으로 해방이 됩니다. 그가 한 달만 더 자신의 삶에 희망을 가졌다면 하는 아쉬움이 듭니다.

더 놀라운 것은 프랭클 박사의 동료만 이런 죽음을 맞이한 게 아니었습니다. 1944년 성탄절부터 1945년 새해까지 일주일 동안 수용소 사망률이 급격히 증가했는데요. 이 기간에 사망률이 급증한 것은 가혹해진 노동이나 새로운 전염병 때문이 아니었습니다. 대부분의 수감자들이 항상 가족과 지냈던 성탄절에는 집에 돌아갈 수 있을 것이라고 막연한 희망을 가졌는데요. 그 시간이 다가왔는데도 희망적인 소식이 들리지 않자 용기를 잃었고 그들에게 절망감이 덮친 것이었습니다.

우리는 우리 인생에 대한 기대가 높습니다. 그런데 정말 중요한 것은 우리가 삶에 대해 무엇을 기대하는가가 아니라 삶이 우리에게 무엇을 기대하는가가 중요하다는 사실을 기억할 필요가 있습니다.

우리 앞에 주어진 생에 대해, 선택의 자유를 통해 책임감을 가지고 사는 것이 바로 인생이라고 프랭클 박사는 이야기합니다. 실제 우리 앞에 놓여있는 길은 사람마다 다 다르죠. 따라서 우리의 선택도 상황에 따라 달라지고 그에 따라 다른 길이 나타납니다.

제 인생에서 가장 어려운 선택은 법의학을 전공할 것인지에 대한 것이었습니다. 대부분의 의대 동기들이 가는 환자를 치료하는 임상 의사로서의 길에서 벗어나는 선택에 두려움이 있었죠. 친구들도 다 걱정했습니다. '아니, 그냥 환자를 보는 의사를 하지, 왜 이상한 거 하느냐'라고 걱정해준 친구도 있었어요.

20대에는 저는 사실 돈이나 명예보다는 친구들과 떨어진다는 분리불안이 더 컸습니다. 그렇지만 큰 틀에서 보면 사람을 위한 의사 역할을 하고 있다는 점에서, 시신을 보지만 사람을 보는 건 같으니까 환자를 보는 임상 의사와 같은 의업에 종사하고 있다고 생각합니다. 만약 그때 제가 다른 친구들과 비교해서 제 운명을 정했다면 법의학을 하지 않았을 테고 지금 이런 기회도 갖지 못했겠죠. 결국 어떤 사람도 어떤 운명도 그와 다른 사람, 다른 운명과 비교할 수 없습니다. 시련도 자신만의 일이고요. 따라서 우리는 우리의 짐을 스스로 어떻게 짊어질 것인가에 대해 결정해야 하며 이는 반대로 보면 우리에게 기회이기도 합니다.

이처럼 나치 강제 수용소 수감자 중 본인이 해야 하는 일이 있음을 알고 있는 사람이 더 잘 살아남았다고 합니다. 프랭클박스의 경우를 예로 들면 아우슈비츠에 처음 잡혀갔을 때 집필 중이던 원고를 압수당했습니다. 이 원고를 새로 쓰고 싶다는 강렬한 열망과 수용소의 어두운 막사 안에서 원고를 다시 쓰는 작업은 죽음의 위험을 극복하는 데 도움을 줍니다. 원고를 잃어버린 시련이 그를 계속 살아가게 하는 기회로 만든 것입니다.

시련을 극복하면 기회가 온다?

우리는 피곤한 발걸음으로 몸을 질질 끌다시피 하며 수용소 정문으로 걸어갔다. 조금씩 사방을 둘러보고, 의심에 가득 찬 표정으로 서로를 힐끗힐끗 쳐다보았다. 그런 다음 과감하게 수용소 밖으로 몇 발자국 걸음을 옮겨보았다. 우리에게 고함을 치며 명령하는 사람이 없었다. 주먹질이나 발길질을 피하려고 자맥질하는 오리처럼 몸을 움츠릴 필요도 없었다.

_137쪽 중에서

프랭클 박사는 생사를 넘나드는 시련을 넘어 마침내 자유를 얻었습니다. 생존자들이 미친 듯이 기뻐할 거라 생각했지만 오랜 수용소 생활로 기쁨을 느끼지 못합니다. 기쁨을 느끼는 능력을 상실한 거죠. 이것이 수감자들이 느끼는 세 번째 심리 상태인데요. 갇혀있다가 석방된 죄수에게서 나타나는 이런 현상을 정신의학적인 용어로 이인증(離人症)*이라고 합니다. 모든 것이 꿈처럼 비현실적인 일처럼 보이는 것입니다.

이후에는 비통과 환멸의 감정을 느끼는데요. 쉽게 말하면 힘든 고난을 겪고 돌아왔는데 주변에서는 그냥 '괜찮았어요?' 이 정도의 상투적인 인사치레만 할 뿐 아무도 그 고통을 이해해주지 않는 거죠. 자신이 겪은 시련은 끝이 없고 앞으로도 더 많은 시련을 더 혹독하게 겪어야 한다는 사실을 깨닫게 됩니다.

지금까지 이야기를 들으면 인간은 주변 환경의 영향을 받는 존재라고 생각하실 것 같습니다. 그런 면이 분명히 있다는 것을 부정할 수 없습니다. 그럼에도 누군가는 홀로코스트의 가혹한 시련 속에서도 자기 행동을 선택하여 인간의 존엄성을 유지했음을 프랭클 박사는 목격하였습니다. 실제 인간에게서 모든 것을 빼앗아갈 수 있어도 단 한 가지 마지막 남은 자유, 자신의 태도를 결정하고 자기 자신의 길을 선택할 자유만은 빼앗아갈 수

---

* 스스로가 낯설게 느껴지거나 자기로부터 분리, 소외된 느낌을 경험하는 것으로 자기 자신을 지각하는 데에 이상이 생긴 상태

없죠.

우리는 창조적인 일을 통해 가치를 실현하거나 아름다운 예술이나 자연을 체험함으로써 즐거움을 느끼는 삶만 펼쳐지기를 바랍니다. 그렇지만 삶에 시련은 항상 존재합니다. 사람이 자기 삶에서 피할 수 없는 그 시련을 받아들이는 과정은 역설적으로 그 사람으로 하여금 자신의 삶에 깊은 의미를 부여하는 좋은 기회가 된다고 프랭클 박사는 이야기합니다. 수용소 내에는 인간의 존엄성을 잃고 자기 안위를 위해 남을 해하는 동물과 같은 존재도 있습니다. 어떤 이는 과거의 영광과 화려함 속에 자신을 가두고 앞으로 나아가지 못하는 퇴행적인 사람도 있습니다.

그런가 하면 참혹한 현실 속에서 용감하고 품위 있게 헌신적인 삶을 영유하며 고귀한 인간의 존엄성을 실현함으로써 삶의 의미를 찾는 사람도 있습니다. 프랭클 박사가 리스트에서 자신을 빼주겠다고 하는 관리자의 제안을 거절하고 아픈 환자들과 함께하겠다는 마음도 그와 같은 맥락에서 이해할 수 있지요.

프랭클 박사는 수용소 내에서 좌절한 이들을 위한 심리 치료를 시행하면서 다음과 같은 질문을 하였습니다. '지금까지 시련을 겪어오면서 다른 무엇으로도 대신할 수 없는 것을 잃은 적이 있다면 그것은 무엇인가요?' 많은 수감자들이 사실 대체할 수 없는 것은 없다는 것을 깨닫게 됩니다. 건강, 가족, 행복, 전문적인 능력, 재산, 사회적 지위 등은 살아있다면 살아만 있다면 모두 나중에 취할 수 있는 것이죠.

이 세상에 자신의 존재를 대신할 것이 아무것도 없다는 사실을 깨닫게 되는 순간, 우리는 삶에 대한 책임과 그것을 지속시켜 나아가야 한다는 중요한 사실을 깨닫게 됩니다. "나를 죽이지 못한 것은 나를 더욱 강하게 만들 것입니다." 니체가 말했듯이 우리는 시련을 통해 더욱 강해질 수 있습니다. 빅터 프랭클 박사는 외상 후 스트레스 장애가 발생할 정도로 큰 시련을 겪었습니다만, 그는 산다는 것은 시련을 감내하는 것이고 살아남으려면 그 시련 속에서 의미를 찾아야 한다고 우리에게 제안합니다.

빅터 프랭클 박사의 '로고 테라피'

프랭클 박사는 전쟁이 끝나 수용소에서 나온 이후 경험을 토대로 '로고 테라피'라는 치료법을 주창하였습니다. 로고 테라피는 삶의 의미를 직접 대면하고 정신적 어려움을 극복하게끔 환자의 능력을 향상시키는 것을 목표로 하는 치료법입니다. 프랭클 박사의 말대로 삶의 의미는 세 가지 방식으로 찾을 수 있습니다.

첫째, 무엇인가 창조하고 일을 함으로써 삶의 의미를 찾는 것입니다.

둘째, 어떤 일을 경험하거나 어떤 사람을 만남으로써 우리 삶의 의미를 찾는 것입니다. 저도 사실은 평범한 법의학자인데요. 저는 어떤 일을 경험하거나 도전할 수 있는 기회를 피하지 않았습니다. 책을 써보라는 제안을 받았을 때 책을 써보고요. TV 프로그램에 나와 책을 읽어주면서 시청자와 생각을 나눌 의향이 있냐고 물어봤을 때도 경험해보고 싶다는 마음으로 참여했습니다. 또 많은 사람을 만남으로써 좀 더 풍성한 삶을 살 수 있는 의미를 찾을 수 있다고 본 것이죠.

셋째, 피할 수 없는 시련에 대해 어떤 태도를 취하기로 결정할 때입니다. 제게도 어려운 시절이 있었습니다. 레지던트 2년 차 땐데요. 그때 그만두고 싶다는 생각을 굉장히 많이 했습니다. '갇혀있다' '함정에 빠져 있다' 그런 느낌이 들었습니다. 제일 편한 방법은 도망치는 거였어요. 도망치면 어떨까, 잠깐 생각했었습니다. 그렇지만 그때 어떤 태도를 취하기로 결정했냐면, 한 번만 눈 딱 감고 이겨내기로 마음을 먹었습니다. 잘 선택했죠. 그때 그만뒀더라면 법의학자의 길을 걷지 못했겠죠.

『죽음의 수용소에서』가 남긴 네 가지 깨달음

이 책을 읽으면서 네 가지 깨달음을 얻었습니다. 첫 번째는 인간은 누구나 죽는 존재라는 거죠. 뭐 이렇게 뻔한 걸 말하나 싶겠지만 정말로 우리가 언젠가 죽을 거라는 사실을, 사실은 생각하지 않습니다. 저는 매주 월요일, 금요일 타인의 죽음을 목격하다 보니까 자주 상기하게 되는데요. 다들 익숙하지 않을 거예요. 물론 죽음을 항상 인지하면 무서울 것 같기도 하죠. 그런데 내가 이렇게 지구 위에서 살아 숨 쉬고 있는 시간이 한정돼 있음을 수용하는 순간 우리는 깨닫게 됩니다. 지나간 일을 후회하는 데 시간을 허비할 수 없고, 남은 시간을 어떻게 꾸려갈지에 대한 생각을 할 수밖에 없다는 사실을요.

많은 사람이 돈, 권력, 명예를 좇으면서 영원히 죽지 않을 것처럼 삽니다. 그렇지만 사실 자신이 하고 싶은 것을 하고 사랑하는 사람들과 함께 지내기에도 너무 짧은 시간이에요. 프랭클 박사는 이렇게 이야기합니다.

인생을 두 번째로 살고 있는 것처럼 살아라. 그리고 지금 당신이 막 하려고 하는 행동이 첫 번째 인생에서 이미 그릇되게 했던 바로 그 행동이라고 생각하라.
_164쪽 중에서

누군가를 미워하거나 자기 자신을 미워하고 분노와 슬픔의 시간을 보내고 있다면 한 번만 다시 생각해보세요. 우리에게 남은 시간은 그리 많지 않습니다. 제가 장담합니다.

혹시 버킷 리스트가 있나요? '죽다'라는 의미의 'kick the bucket(양동이를 차다)'에서 왔는데요. 죽기 전에 꼭 한 번쯤은 해보고 싶은 것을 정리한 목록을 의미하죠. 저는 어렸을 때부터 버뮤다 삼각지대를 여행하고 싶다는 버킷 리스트가 있었습니다. 어렸을 때 아버님이 사준 어린이 잡지에 많은 사람이 여기서 실종됐다는 이야기를 읽고는 언젠가 이곳을 꼭 탐험해보고 싶다는 욕망을 품게 된 거죠. 그외 파도타기, 즉 서핑을 꼭 해보고 싶어요. 또 조지 윈스턴의 캐논 변주곡을 한 번은 꼭 끝까지 멋지게 쳐보고 싶어요.

한 가지 더, 더킷 리스트 duck it list도 만들어보기 바랍니다. 인생에서 정말 하고 싶지 않은 일을 적어보는 거예요. 싫어하는 사람, 예를 들어 좋아하지 않는 상사와 단둘이 식사하지 않기 같은 거죠. 자신이 무엇을 좋아하는지 또 무엇을 싫어하는지 아는 것은 길지 않은 인생을 더욱더 풍요롭게 하리라 생각합니다.

이 책을 통해 얻은 두 번째 깨달음은, 과거는 이미 지나갔다는 것입니다. 프랭클 박사가 더 위대한 이유는 참혹했던 수용소 이후의 삶에서 비롯된 것이 아닐까 생각합니다. 프랭클 박사는 수용소에서 여동생을 제외한 온 가족을 잃었고 사랑했던 아내와도 다시는 만날 수 없었습니다. 그럼에도 불구하고 수용소에서의 경험을 승화하여 다른 사람을 돕기 위해서 굉장히 많은 연구와 열정적인 활동을 벌였습니다.

우리가 더 이상 과거에 얽매이지 않고 지금 현재에 충실하고 미래를 향해 나아갈 수 있는 마음을 갖는 것이 얼마나 중요한지 깨달을 수 있습니다. 저도 늘 이 문구를 받아들이고 삽니다. '내가 과거에 어떤 영광이 있든 얼마나 부끄럽고 후회스러운 일이 있든 이미 과거는 지나갔고 지금 내가 무엇을 할 것인가가 중요하다'고요. 제가 통제할 수 있는 건 바로 현재이고 과거는 노력한다고 하더라도 바뀌지 않기 때문에 화난 얼굴로 뒤돌아보지 않으려고 노력합니다. 오히려 제 마지막이 다가올 때 내가 했던 사랑뿐만 아니라 자유를 가지고 용감하게 견뎌냈던 시련까지도 자랑스러울 수 있으려고 노력합니다. 남의 과거가 부럽지 않도록 말이죠.

세 번째로는 인간은 원래 기본적으로 외로운 존재라는 겁니다. 그래서 우리는 끊임없이 삶의 의미를 추구하는 것이죠. 어떤 사람에게는 돈, 명예, 권력이 삶의 의미가 됩니다.

우리는 기본적으로 외로운 존재임은 분명하나 우리가 이 외로운 세상에서 옆에 내 손을 잡아준 사람, 나의 곁에 있어준 사람과의 끊임없는 교감과 사랑이 외로운 존재를 극복할 수 있는 인생의 의미를 줄 수 있다고 확신합니다. 김수환 추기경께서 마지막 유언으로 남기신 말씀을 다시 전하고 싶습니다. "서로 사랑하십시오."

　마지막으로 인생에 주어진 의미는 없다고 말씀드리고 싶습니다. 지금까지 지켜본 분들은 아시겠지만 삶의 의미는 누군가 주지 않습니다. 애초에 정해진 인생의 의미라는 건 없다고 봅니다. 외로운 존재로 태어나서 이 짧은 인생을 살아가는데 장구한 우주의 역사에서 주어진 의미란 없다고 생각합니다. 결국 이 책을 읽으며 우리의 삶에 큰 의미가 주어졌다기보다는 내가 만들어가는 것이 아닌가 하는 생각을 하게 되었습니다.

　내 인생의 의미가 어딘가 깊숙이 숨겨져 있는 것이 아니라 그림을 그리고 싶은 사람은 그림을 그리고, 글을 쓰고 싶은 사람은 글을 쓰고, 음악을 만들고 싶은 사람은 작곡을 하며 나만의 작품을 만들어가는 것과 같다는 생각이 듭니다. 한두 번 잘못 그리거나 쓴다고 해도 다시 고쳐 쓸 수 있습니다. 그렇게 남과 비교하지 않고 나만의 작품을 평생 완성해가는 것이죠. 우리가 작품을 만들 때 남의 것과 똑같이 그리면 모사품밖에 되지 않죠. 나만의 작품을 만들면 그 자체가 독창성이 있고 의미 있는 것이죠. 프랭클 박사는 이렇게 말했습니다.

　타고난 자질과 환경이라는 제한된 조건 안에서 인간이 어떤 사람이 될 것인가 하는 것은 전적으로 그의 판단에 달려 있다.

_195쪽 중에서

님과 비교할 필요 없습니다. 서로 다른 환경에서 다른 종이와 다른 도구를 사용하는 다른 사람이니까요. 완성하지 못해도 좋다고 생각합니다. 어차피 인생은 미완성이니까요.

이 책의 제목은 "죽음의 소용소에서"입니다. 그렇지만 사실 원제는 "Man's Search for Meaning", 의미를 찾기 위한 인간의 탐색이죠. 수용소라는 끔찍한 일상에서조차 의미를 찾고자 한 인간의 노력에 관한 책이라고 생각해주시면 좋겠습니다.

우리의 삶은 기쁘고 즐거운 일이 있을 때도 있지만 시련이 닥칠 때도 분명히 있습니다. 시련에서 우리는 충격을 받기도 하고 무감각해지기도 합니다. 때로는 좌절로 인해 미래에 대한 기대를 잃어버리기도 합니다. 하지만 프랭클 박사의 수용소에서의 자전적인 이야기는 시련을 인내하는 것도 삶이며 그 시련 속에서 의미를 찾는 것이 우리의 삶을 지속시킬 수 있는 힘을 준다는 것을 일깨워줍니다.

이 세상에 자신의 존재를 대신할 수 있는 것이 아무것도 없다는 사실을 일단 깨닫게 되면, 생존에 대한 책임과 그것을 계속 지켜야 한다는 책임이 아주 중요한 의미로 부각된다.

_128쪽 중에서

오늘 삶이 왠지 힘들고 울적하다고 느낄 때, '나만 힘든가' 싶어서 외로울 때, 누군가에게 힘듦을 토로하고 싶을 때, 이 책을 통해 프랭클 박사의 담담한 위로를 받고 삶의 의미를 다시금 찾기를 추천합니다.

오늘의 독썰가
인지과학자 김상균 교수

#'메타버스' 관련 국내 최고 전문가
#경희대 경영대학원 교수
#인지과학, 교육공학, 로보틱스와 산업공학
#게이미피케이션 교수법 강연
#저서 『메타버스』『메타버스II』『기억 거래소』『브
 레인 투어』등

오늘 함께할 책
『레디 플레이어 원』, 어니스트 클라인, 에이콘

#100주 이상 뉴욕타임스 베스트셀러
#아마존 선정 '일생에 읽어야 할 책'
#손에 땀을 쥐게 하는 두뇌게임
#책을 펼치는 순간 상상은 현실이 된다
#최초의 가상현실 블록버스터
#스티븐 스필버그 영화 원작

어니스트 클라인의 SF 어드벤처 소설. 위기에 처한 세상, 막대한 상금이 걸린 퀘스트
에서 승리할 자는 누구인가? 암울한 미래 2045년, 오아시스라는 가상현실 세계에서
살아가는 가난한 10대 소년이 억만장자인 오아시스의 개발자가 유산으로 남긴 상금
을 차지하기 위해 가상세계와 현실세계를 오가며 손에 땀을 쥐는 두뇌게임을 펼친다.
게임의 퍼즐을 풀기 위한 열쇠는 1980년대를 배경으로 한 대중문화에서 찾아야 한다.
이 책은 1980년대 대중문화에 대한 향수와 미래에 대한 오타쿠적 상상력이 조합된
새로운 장르의 사이버스페이스 오디세이자, 당신이 사랑한 게임, 영화, 음악, 애니
메이션, 소설, 그 모든 것을 담은 SF 어드벤처 소설이다.

> ### 가상과 현실을 넘나드는 짜릿한 세계의 이야기
> # 김상균 교수×『레디 플레이어 원』

'이것은 소설인가, 예언서인가' 저에게 이 책은 소설이 아니라 마치 예언서 같았습니다. 이 책을 읽으면서 뭔가 투자할 때 참고해도 되겠다는 생각도 해봤습니다. 우리에게 앞으로 다가올 미래, 어쩌면 이미 우리가 살고 있는 현실처럼 느껴졌던 책이 바로 『레디 플레이어 원』입니다. 이 책은 2015년에 출간되었습니다. 그런데 최근 들어 역주행을 하고 있습니다. 도대체 왜 이 소설이 역주행을 할까요? 예전에 쓰인 책인데 현재를, 그리고 더 먼 미래를 보여주고 있기 때문입니다.

최근 인터넷 트렌드 분석을 보면 이 단어의 사용 빈도가 1년 사이 굉장히 급증했습니다. 바로 '메타버스'metaverse 입니다. 메타버스는 무언가를 초월한다는 의미의 메타meta 와 세상을 의미

하는 유니버스universe가 합쳐진 단어입니다. 즉 현실을 초월한 가상의 세상이 메타버스입니다. 메타버스는 닐 스티븐의 소설 『스노 크래시』(1992)에서 최초로 쓰인 단어입니다. 메타버스라는 말이 어떤 협회나 학자가 정의한 단어가 아닌 겁니다. 『스노 크래시』에는 『레디 플레이어 원』과 같이 가상의 세계가 등장하는데 『스노 크래시』에 등장하는 가상세계가 바로 '메타버스'이고, 『레디 플레이어 원』에서는 '오아시스'라고 하는 가상세계가 등장합니다. 소설에서 등장했던 말이기 때문에 이 개념을 잘 이해하기 위해서는 『스노 크래시』 또는 『레디 플레이어 원』을 읽지 않을 수가 없습니다.

디지털 테라포밍이란?

저자 어니스트 클라인의 데뷔작인 『레디 플레이어 원』은 2045년을 배경으로 하고 있습니다. 등장인물 중 한 명인 제임스 할리데이의 사망 소식과 함께 이야기가 시작됩니다. 제임스 할리데이는 소설에 등장하는 가상현실 오아시스를 창시한 사람으로서 오아시스에서는 광적인 오타쿠를 뜻하는 아노락Anorak*이라는 이름의 아바타로 활동하고 있습니다. 제임스 할

---

* 별난 일에 열심인 사람

리데이가 죽은 뒤 그의 유언이 담긴 영상이 공개됩니다.

이스터에그easter egg[**]를 만들어 제가 만든 게임 중 가장 성공한
게임에 숨겨 놓았답니다. 바로 오아시스에 말이죠. 제 이스터에
그를 제일 먼저 찾는 분께 전 재산을 몽땅 드리겠습니다.

_15쪽 중에서

『레디 플레이어 원』은 주인공 웨이드 와츠가 오아시스에서
파르지발이라는 이름으로 제임스 할리데이가 숨겨둔 세 개의
이스터 에그를 찾는 모험담입니다. 소설을 보다 보면 와츠의 관
점으로 이야기하는 부분이 있고 파르지발의 관점으로 이야기
하는 부분이 있습니다. 그럼 이 소설의 주인공은 웨이드 와츠일
까요, 아니면 파르지발일까요? 아마 현실의 나를 좀 더 중요하
게 보는지 아니면 메타버스 속 아바타에 좀 더 무게를 두는지
에 따라서 주인공을 보는 관점이 달라지는 것 같습니다.

주인공뿐만 아니라 등장인물들은 거대 기업들이 도시를 장
악한 상황에서 트레일러촌 형태의 빈민 지역에서 살아갑니다.
실제로 살고 있는 암울한 현실을 잊기 위해서 오아시스라고 하
는 가상현실 게임 공간에 매우 집착하면서 살아가게 됩니다. 인

[**] 게임 개발자가 자신이 개발한 게임에 재미로 숨겨놓은 메시지나 기능

간의 손이 닿지 않았던 공간, 원래는 존재하지 않았던 공간인데 인간이 살아갈 수 있는 환경이 만들어진 것입니다. 인간이 살 수 없는 외계 행성을 개척해서 거주가 가능하게 만드는 작업을 '테라포밍'terraforming 이라고 칭하는데 소설에 등장하는 가상세계는 어쩌면 디지털 테라포밍 같기도 합니다.

디지털 테라포밍이 과연 무엇을 바꿀까요? 일하고 배우고 살아가는 모든 삶의 방식을 바꿀 것 같습니다. 정말 그렇게 될 지에 대해서는 전 세계 시가총액 TOP 10 중 일곱 개 기업을 살펴보면 예측할 수 있습니다. TOP 10 중 일곱 개의 기업 시가총액을 합치면 약 1경 원이 되는데 이 기업들 모두 메타버스에 사활을 걸고 있습니다. 이제 메타버스는 전 세계 경제의 중심이 되어가고 있습니다. 이게 바로 메타버스를 『레디 플레이어 원』에 나오는 2045년 아주 먼 미래의 이야기로 여기서는 안 될 이유입니다.

더하기의 세계, 메타버스

그러면 이 소설에 등장하는 2045년 지구인들은 현실 공간도 굉장히 넓고 할 일도 많고 복잡한데 왜 가상현실에 그렇게 집착할까요? 저는 인간이 지닌 세 가지 욕망 때문이라고 생각하고 있습니다.

첫 번째 욕망은 자극입니다. 인간은 늘 새로운 걸 원하죠. 더 큰 자극을 받고 싶어합니다. 두 번째 욕망은 지배입니다. 누군가를 이기고 싶고 더 많은 걸 이루고 싶은 마음, 그 지배의 욕망이 인간 속에 담겨있습니다. 마지막 세 번째는 어떻게 보면 앞에서 언급한 자극이나 지배와는 조금 상충되는 개념인 균형입니다. 이 세 가지 욕망 자극, 지배, 균형 모두가 현실에서 달성하기 힘들고 어려운 상황에서 소설 속 주민들은 오아시스를 통해서 자기의 욕망을 분출하고 있는 겁니다. 즉 새로운 돌파구가 되는 겁니다.

사실 우리도 마찬가지입니다. 많은 사람들이 메타버스가 왜 2020년에 갑자기 떴는지 물어보는데 코로나19가 터진 상황에서 우리가 지니고 있는 자극, 지배, 균형 이 세 가지 욕망이 모두 억압받고 충족되지 못했습니다. 그래서 메타버스에서 이 욕망을 분출하고 있는 것이죠. 소설의 두 구절을 보면 아마 공감이 될 겁니다.

인간의 삶은 온통 짜증으로 가득 차 있다. 비디오게임은 삶을 견딜 만하게 해주는 유일한 낙이다. 현실을 미치도록 좋아하진 않지만, 제대로 된 음식으로 배를 채울 것은 현실뿐이다.

_21쪽, 243쪽 중에서

그럼 현실과 메타버스는 과연 무엇이 다를까요? 여러 가지 다른 점이 있는데 저는 이걸 더하기와 빼기의 차이로 설명을 해볼까 합니다.

현실에서 우리가 대부분 마주하는 상황은 빼기의 상황입니다. 예를 들어 여러분이 시험을 봤다고 가정하겠습니다. 20개의 시험 문제 중 3개를 틀렸습니다. 점수가 몇 점일까요? 85점이라고 바로 나오죠? 100점 만점인데 하나당 5점이니까 15점을 뺀 겁니다. 다른 예로 운전하다가 신호를 위반했습니다. 그러면 집으로 벌금 고지서가 날아오죠. 돈을 뺏기는 거죠. 우리는 시험 문제의 정답을 맞힌 개수에 집착하는 게 아니라 틀린 문제 개수에 집착하고, 운전을 잘하는 사람은 가만히 두고 못하는 사람한테 빼기를 하고 있는 겁니다.

반면 대부분의 메타버스는 더하기 구조로 작동됩니다. 약간 게임과 비슷한 면이 있습니다. 무언가 잘하면 아이템을 주고 반짝반짝하면서 칭찬이 나오고 포인트를 쌓고 또 누적이 되면 레벨업이 되기도 하는 등 보상을 손에 쥐어주는 것입니다. 인간이 가상세계 게임을 좋아하는 이유가 가장 극명하게 드러나는 부분입니다. 인간은 무언가 주는 걸 좋아하지 무언가 줘놓고 통제하거나 뺏어가는 걸 굉장히 싫어하잖아요.

내 배우자가 게임에 빠진 이유

제가 학부모 강의를 마치고 나면 어머니들이 뒤로 쫓아와서 이런 거 많이 물어보세요. "교수님, 사실은 아이보다 배우자가 문제예요. 남편이 퇴근만 하면 방구석에 들어가서 혼자 게임만 하는데 도대체 왜 하는지 모르겠어요. 집에 왔으면 애하고 놀아 주기도 하고 대화하고 하면 좋은데…."

그러면 저는 배우자분이 지금 동굴에 들어가 있는 거라고 답해 드립니다. 왜 동굴에 들어가냐 하면 달성되지 못한 세 가지 갈증 때문에 그렇습니다. 바로 탐험, 성취, 소통입니다. 탐험을 한다는 이야기는 새로운 걸 만나고 새로운 일을 찾아볼 수 있어야 되는데 늘 조직에서 주어지는 일을 주로 하다 보니까 탐험을 못한다고 하는 불만이 쌓이는 겁니다.

또 일할 때 피드백이 부정적으로 오거나 안 오는 경우가 많은데, 이럴 때 정말 열심히 뛰고 있는데 '잘하고 있다' '성취하고 있다' 하는 피드백이 부족한 겁니다. 마지막으로 소통을 살펴보면 직장에서 하루 종일 많은 사람을 만나지만 사실은 꼭 만나야 되는, 어쩔 수 없이 만나야 하는 사람하고만 접촉을 하면서 내가 진정으로 원하는 소통을 잘 못하고 있는 겁니다. 탐험, 성취, 소통 세 가지 모두 다 부족하다 보니까 집에 와서 동굴을 찾게 됩니다.

배달 앱은 절대 망하지 않는다

주인공 웨이드는 MZ세대의 결정적인 특징을 보입니다.

나는 모든 아이들에게 무료로 개방된 오아시스 대화형 교육 프로그램과 함께 성장했다. (중략) 걷기, 말하기, 더하기, 빼기, 읽기, 쓰기, 친구와 나누기를 모두 대화형 게임을 통해 배웠다.
_26~27쪽 중에서

사실 이 구절 자체가 현재 우리가 쓰고 있는 용어 중에 '디지털 네이티브'의 정의라고 볼 수 있습니다. 디지털 환경에서 모든 것 즉, 사람과 소통하고 세상과 소통하는 법을 배운 사람들을 우리는 디지털 네이티브라고 부를 수 있습니다. 제가 대학생들을 주로 만나는 직업이다 보니까 학생들과 음식을 배달해서 먹을 때가 있는데 학생들이 간혹 "교수님, 지금 앱에 음식점이 준비 중으로 나오는데 30분 후에 시키죠"라고 말하는 경우가 있습니다. 그럼 저는 전화로 한번 시켜보라고 하면 학생들이 전화를 하지 않으려고 합니다. 이런 현상을 보면 배달앱은 망할 수 없는 것이 앞으로 사람들은 점점 더 전화 주문을 하지 않으

---

* 디지털 환경에서 성장하여 PC, 휴대폰 등의 기기를 자유자재로 활용하는 세대

려고 할 것이기 때문이죠.

실제로 2019년 취업 포털의 조사에 따르면 성인 중에서도 절반 정도가 음성 통화할 때 두려움을 느낀다고 합니다. 그러니까 이게 '젊은 친구들이나 그렇겠지'라고 생각하면 안 되겠습니다. 콜 포비아를 겪고 있다는 그룹을 보면 직장인이나 대학생 사이의 비율에 큰 차이가 없습니다.

실제로 제가 많은 기업 담당자들을 만나고 있는데 최근에 만난 분은 30대 중반이 넘었는데도 팀장님이나 이사님 뵈러 갈 때 무슨 말을 할지 스크립터를 쓰더라고요. 그리고 가지치기를 해서 경로를 미리 짭니다. 대화가 어떻게 흘러가면 어떻게 대답을 할지에 대해서. 그러다가 경로에서 벗어나는 대화가 진행되면 땀을 뻘뻘 흘리는 거죠. 앞으로 이 현상이 더 심해질 것 같습니다. 왜냐하면 콜 포비아를 겪는 그 세대가 점점 윗세대로 올라오고 있기 때문입니다. 또한 콜 포비아를 느끼는 세대에 맞춰 모든 소통의 구조가 짜이고 있습니다. 요즘에 저도 그렇지만 길에 서서 택시를 안 잡잖아요. 왜냐하면 택시 타서 목적지가 어디라고 이야기하고 길 모른다고 하면 좌회전 우회전 이야기하기가 왠지 좀 불편하고 조심스럽고 미안해지는 등 마음이 복잡해집니다.

이런 현상을 긍정적으로 보면 감정적으로 상처받는 사람들이 적어지고 메시지를 전달하는 소통의 효율성이 높아지는 것은 맞습니다. 그런데 인간이 지니고 있는 감정을 대화에서 빼다 보니까 뭔가 대화에 감정이 없는, 굉장히 메마른 대화를 하는 것 같은 느낌도 듭니다. 이런 현상, 디지털 네이티브 콜 포비아가 어디서 시작되었을까요? 바로 우리가 디지털 네이티브 콜 포비아를 만들고 있습니다.

식당에서 부모들이 식사 중에 아이가 칭얼거리거나 귀찮게 하면 휴대폰을 주잖아요. 유튜브나 만화 보라고 말이죠. 여기서부터 모든 게 시작됩니다. 아이들은 블랙 미러를 손으로 만지작거리면서 그 안에서 세상을 보고 사람을 만납니다. 이렇게 자란 젊은 세대가 스마트폰을 손에 쥐고서 모든 것을 배운 디지털 네이티브가 된 겁니다.

메타버스 속 '나'를 대표하는 아바타

디지털 네이티브 세대의 또 다른 대표적인 특징이 아바타 문화입니다.

> 내가 가상세계에서 홀딱 반한 여자가 구레나룻을 기르고 남성형 탈모가 진행된 척이라는 이름의 아저씨일 수도 있다는 사실을 받아들일 수 없기 때문이었다.
> _55쪽 중에서

소설 속 오아시스에 등장하는 인기 아바타가 있습니다. 바로 '아르테미스'라고 하는 여자 캐릭터인데, 사람들은 이 캐릭터의 주인이 실제로는 남자가 아닌지 의심합니다. 주인공도 마찬가지예요. 자신이 좋아하는 아르테미스가 현실에서는 완전 다르게 생긴 사람일 수도 있다고 의심하고 있습니다. 오아시스에서 아바타 설정을 어떻게 하는지 설명하는 구조를 보면 좀 더 이해가 될 것 같습니다.

오아시스에서는 살찐 사람은 마른 사람으로, 못생긴 사람은 잘 생긴 사람으로, 숫기가 없는 사람은 활발한 사람으로 얼마든지 변신할 수 있었다.

_86쪽 중에서

2019년에 발표된 아바타와 관련된 논문이 있습니다. 실험을 해보면 대부분의 사람들이 아바타를 만들 때 자신의 약점을 실제 보완하는 형태로 만듭니다. 이런 실험 결과를 말씀드리면 이런 오해를 하는 경우도 있어요. '가상세계에서 아바타를 보면 그 사람이 현실에서 누구인지 모를 것 같다. 왜냐하면 자기 약점을 다 뜯어고쳤으니까' 그런데 막상 안 바꾸는 부분들도 꽤 있습니다.

일단 특별한 경우가 아닌 이상 성별이나 인종은 잘 안 바꿈니다. 특히 인종을 잘 안 바꿔요. 성별은 바꾸는 경우가 가끔 있습니다. 주로 남자들이 득실득실한 게임에 들어오는 여성들은 괜히 이상한 눈초리를 안 받으려고 남자로 아바타를 설정하기도 합니다. 일반적인 플랫폼에서는 성별, 인종 둘 다 잘 안 바꿉니다. 그리고 얼굴을 다 바꾸는 경우도 드뭅니다. 보통 일부분만 바꿉니다.

그러다 보니까 메타버스에서 사용하는 아바타를 놓고 상대의 성격을 맞혀보게 해도 어느 정도는 실제 성격을 맞혀냅니다. 아바타만 놓고서 Big-5 테스트라고 하는 실험을 해보면 실제 거기에 나오는 5가지 성격 중에 하나 정도 빼고 나머지 4개는 거의 다 사람들이 비슷하게 맞히고 있습니다.

우리가 쓰는 아바타는 사실 나를 숨기거나 거짓말하기 위한 수단이 아닙니다. 억압돼 있는 나, 개인적인 자아, 그 자아를 끄집어내기 위한 촉매제가 바로 아바타입니다. 개인적인 자아를 끄집어내면 좋은 점이 인간이 갖고 있는 창의성이 올라갑니다. 또 하나는 좀 더 편하게 말을 하면서 소통에 대한 수준도 높일 수가 있습니다. 2018년 해외 논문에 따르면 비대면 환경에서 아바타 없이 메시지만 주고받는 소통보다는 아바타를 써서 하는 소통이 사회적 실재감을 압도적으로 높여준다는 발표가 있었습니다. 여기서 실재감은 뭔가 실제로 존재하거나 함께 무언가를 경험하고 있다는 느낌을 말합니다.

메타버스로 인간의 편견을 극복할 수 있다?

소설 『레디 플레이어 원』의 오아시스는 아바타 문화를 잘 나타낼 뿐만 아니라 또 다른 시사점도 보여주고 있습니다.

에이치는 오아시스 계정을 처음 만들 때 어머니의 충고에 따라 백인 남자 아바타를 선택했다. (중략) 그녀가 온라인 학교에 다니게 되자 어머니는 입학 서류에 딸의 인종과 성별을 속여서 기록했다. (중략) 실물을 본떠서 만든 남자 아바타 얼굴을 사진처럼 정밀하게 렌더링해서 제출했다.
_460쪽 중에서

소설에서 웨이드의 친구인 에이치는 흑인 여성이라는 설정인데 백인 남성 아바타로 오아시스에서 등장합니다. 인종과 성별을 속인 아바타로 오아시스 학교에 입학하기도 하고요. 굉장히 독특한 상황이죠. 왜 그렇게까지 아이에게 다른 자아를 부여했을까 좀 안타깝기도 했지만, 한편으로는 메타버스에서 아바타를 역으로 잘 활용하면 인간이 갖고 있는 편견을 많이 줄일수도 있겠다는 생각이 들었습니다. 오히려 이런 아바타 문화로 인종 차별도 해결할 수 있지 않을까 하는 생각도 해봤습니다.

메타버스에 이미 탑승한 기업들

소설 후반부로 가면 오아시스의 창시자 제임스 할리데이가 남긴 이스터 에그를 차지하려고 주인공 웨이드와 치열하게 싸우는 대기업 I.O.I가 나옵니다. 수많은 직원을 고용해서, 그 직원들에게 1인용 VR 슈트를 입혀 오아시스에서 여러 가지 채굴 활동을 시키고 또 이스터 에그를 찾도록 시킵니다.

직원들이 현실 공간이 아닌 메타버스에 접속해서 일을 하고 있는 상황입니다. 즉 그들은 I.O.I의 작업장으로 출근하지만 실제 본인 눈앞에 펼쳐진 업무 공간은 오아시스라는 메타버스 안입니다. 그런데 이렇게 메타버스에서 비즈니스를 하고 있는 국내 기업이 많이 나타나고 있습니다.

현대자동차는 가상세계에서 해외 지사 직원들과 신차 품평회를 하기도 했고요. 직방은 오프라인 사무실을 닫고 메타폴리스라고 하는 메타버스 플랫폼에서 회사를 운영하고 있습니다. 해외에서도 이런 기업들이 굉장히 많이 나타나고 있는데요. 대표적으로 명품 브랜드 구찌가 메타버스에 큰 관심을 보이고 있습니다.

구찌라고 하면 전통적 브랜드 이미지로 느껴지지만 웬만한 IT 기업 못지않게 다양한 시도를 하고 있습니다. 구찌는 메타버스 플랫폼에서 이탈리아 피렌체의 구찌 가든을 재현해냈습니다. 입장과 동시에 접속자의 아바타들은 곳곳을 이동하면서 아이템을 얻듯이 전시된 물품을 입어보고 구입할 수도 있습니다. 그렇다면 명품 브랜드가 왜 메타버스 상에서 이런 것을 구현했을까요? 앞으로 4~5년 뒤면 MZ세대가 주 소비층이 될 것이라고 내다보고 미리 그들에게 이러한 경험을 전해주고 싶었다는 겁니다. MZ세대는 더 이상 대형 백화점에 잘 가지 않습니다. 그리고 비싼 패션잡지도 잘 안 봅니다. 그럼 어떻게 해야 될까요? MZ세대가 주로 머무는 메타버스 속으로 들어가야죠.

광고의 시대는 가고 탐험의 시대가 온다

대다수 오아시스 유저는 아바타 레벨이나 게임 측면에 전혀 관심이 없었다. 그들은 그저 문화생활을 즐기거나 사업을 하거나 쇼핑을 하거나 친구와 놀기 위해 오아시스를 이용했다.

_76쪽 중에서

저는 이런 생각을 하고 있습니다. 메타버스에서 발생하고 있는 다양한 상호작용, 경험을 보다 보면 이제 어떤 제품이나 서비스를 판매하는 기업이 단순히 15초짜리 광고를 만들어서 TV에 틀어주던 시대는 끝났다는 겁니다. 중요한 건 경험이죠. 이용자 스스로 기업의 제품을 탐험할 수 있는 기회를 줘야 되는 겁니다. 또 그런 것들을 아주 편하게 만들 수 있는 공간이 바로 메타버스, 디지털 지구입니다.

아마존은 2021년 영국 런던에 헤어숍을 열었습니다. 빅테크 기업인 아마존이 왜 헤어숍을 열었을까요? 바로 이 헤어숍을 통해 메타버스와 현실 세계를 연결하려고 한 겁니다. 헤어숍에 앉아서 증강현실 기술로 머리를 미리 바꿔봅니다. 다양한 헤어 제품을 미리 탐험해볼 수 있죠. 염색도 해볼 수 있고요. 그러면 거기서 고객이 얼마나 만족하는지를 실시간으로 데이터를 확인할 수 있는 겁니다. 그리고 이 데이터를 아마존닷컴의 물건 배열에 활용합니다. 즉 고객의 마음을 메타버스를 통해서 깊게 들여다보면서 현실과 디지털 세계를 붙여놓고 있습니다.

좀 더 쉬운 예를 들어볼까 합니다. 여러분 혹시 블랙핑크가 사는 집에 가보고 싶지 않으십니까? 저는 가끔 놀러갑니다. 여러분도 갈 수 있습니다. 어떻게 갈 수 있냐 하면 바로 메타버스 안에 블랙핑크 하우스가 있기 때문입니다. 블랙핑크는 이 공간에서 팬 사인회도 개최했습니다. 얼마나 많은 사람이 모였냐 하면 5천만 명 가까이 메타버스 속 블랙핑크 하우스에 모여서 팬 사인회를 즐겼습니다.

『레디 플레이어 원』에도 비슷한 모습이 등장합니다. 오아시스 속 아이들이 다른 행성에 있는 록 콘서트장으로 놀러 가는 부분이 나오거든요.

> 우주선이 없는 아이들은 친구 것을 얻어 타거나 가까운 순간이
> 동 터미널로 우르르 몰려가서 다른 행성에 있는 (중략) 록 콘서
> 트장으로 향했다.
> _73쪽 중에서

2020년에 BTS가 신곡 〈다이너마이트〉를 발표하면서 뮤직비디오를 처음 공개한 곳은 유튜브도 방송도 아닌 바로 '포트나이트'라고 하는 메타버스였습니다. 메타버스 안에 꾸며진 콘서트장에서 다른 아바타들과 함께 뮤직비디오를 보면서 여러 사람이 동시에 한곳에 모여 BTS의 뮤직비디오를 보는 것과 같은 공동의 경험을 느끼게 되는 겁니다.

현실이 사라지고 있다?

지금까지 논의한 이야기를 보면 도대체 우리가 '현실을 위한 메타버스'를 사는 건지 또는 '메타버스를 위한 현실'을 사는 건지 약간 헷갈리는 부분도 있습니다. 심지어 주인공 웨이드는 이런 상황까지 만들어내고 있습니다.

자발적으로 이머전 장치에 오아시스 피트니스 락아웃 소프트웨어를 활성화시켰다. (중략) 하루 운동 요구량을 다 채우지 못하면 시스템이 막혀 오아시스에 로그인할 수 없었다. (중략) 내 식단도 점검했다.

_284~285쪽 중에서

주인공 웨이드는 현실에서 굉장히 뚱뚱한 캐릭터로 묘사됩니다. 그러다보니 건강관리가 잘 안 되어 건강을 망칠까 봐 운동으로 칼로리 소비를 못하면 오아시스에 로그인하지 못하게 스스로 락아웃 소프트웨어를 설치합니다. 또 음식까지도 체크합니다. 좋게 보면 내가 오아시스에 들어가기 위해서 음식도 좋은 거 먹고 운동을 열심히 하는 거잖아요. 그런데 이런 웨이드의 삶이 현실 위주인 건지 메타버스 위주인 건지 철학적으로 혼란을 겪습니다. 소설에서는 먹는 것과 자는 것은 메타버스에서 안 된다고 가정하고 있습니다. 그런데 어쩌면 이게 가능할지도 모른다는 생각이 듭니다.

저는 VR 장치를 통해 가상현실 채팅 서비스에 접속해서 친구들과 송년회를 한 적이 있습니다. VR 장치를 머리에 뒤집어 쓰고 가상공간에 준비된 치킨과 피자를 보면서 각자 집에서 맥주를 마시는 겁니다. 친구들과 그렇게 모여서 맥주를 마셨더니 뭔가 진짜 같이 있는 것 같은 느낌도 꽤 났습니다. 그러면 이쯤에서 이런 것까지 한번 꿈꿔볼 수 있을 것 같습니다. 만약에 실제로 수면, 식욕, 배설까지 현실에서 충분히 만족될 수 있는 VR 기기가 나온다고 하면 VR을 안 벗고 살아도 될까? 그렇다면 조만간 우리가 오아시스 같은 메타버스에서 살지 않겠냐는 질문을 최근 몇 달간 정말 많이 받았습니다.

> 햅틱 데이터글러브를 착용했다. 특수 촉각 반응 패드가 양쪽 손바닥에 부착되어 있어 실제 존재하지 않는 사물과 표면을 만지는 듯한 착각을 불러일으키는 햅틱 장갑이었다. (중략) 울트라 초박형 스피커들로 구성되어 완벽한 360도 입체 서라운드 음향 재생이 가능했다. 게다가 미올누르 서브우퍼 스피커의 성능은 어금니까지 진동이 전달될 정도로 강력했다. (중략) 향기 스탠드는 2천여 종류의 서로 다른 향을 발생시키는 기능이 있었다.
> _278~279쪽 중에서

이게 지금 실제 가능합니다. 우리가 생각했던 것보다 기술이 눈앞에 굉장히 가까이 다가와 있습니다. 『레디 플레이어 원』은 2045년도가 배경인 작품이지만 실제로는 그 시점이 훨씬 더 빨리 다가오고 있는 겁니다. 실제 햅틱스라고 하는 글러브가 있는데요. 소설 속 글러브보다 아직까지는 약간 거추장스러운 모양새입니다. 하지만 가상공간에 설계되어 있는 가상의 비행기,

자동차 이런 것들을 글러브를 끼고서 조작성을 테스트해볼 수 있습니다. 영화 〈마이너리티 리포트〉(2002)를 보면 가상키보드가 나오죠. 아무것도 없는데 허공에 타이핑 치는 것도 실제 구현이 됩니다.

최근 국내의 한 건설업체 관련자를 만났는데 "앞으로 VR 장치뿐만 아니라 다양한 부가적인 장비를 많이 쓰게 되면 집의 공간 구조도 바꿔야 되지 않을까"라는 말을 하더라고요. 실제로 소설 『레디 플레이어 원』에서 주인공 웨이드의 원룸 대부분을 차지하는 것도 오아시스의 이머전 장치입니다. 또한 오아시스를 편하게 즐기려고 현실의 집 현관문을 바꾸거나 곳곳을 고치는 장면이 나옵니다. 앞으로는 우리도 거실에 50인치 TV를 놓고서 가족끼리 모여서 뭔가 보는 것이 아니라, 각자 VR 장치를 3~4대씩 갖추고 부가 장비들을 어디에 설치할 건지 고민하게 되지 않을까 싶습니다. 그에 맞게 집의 구조도 바뀌지 않을까요.

인간의 감정을 읽어내는 모자

싱가포르와 홍콩 연구팀이 발표한 논문을 보면, 모자처럼 생긴 기계 장치를 뒤집어쓰고 뇌의 신호, 그중에서도 인간의 감정을 읽어내는 연구가 있습니다. 병원에서 MRI를 찍을 때처럼 커다란 장비에 누워서 찍는 게 아니라 가벼운 모자 같은 것만 쓰고 있으면 감정을 읽어내는 장치들입니다.

2019년 발표된 논문에서 연구팀은 피험자들에게 장치를 씌워서 하루 동안의 감정을 읽어냈습니다. 그런데 결과만 놓고 봤을 때 피험자가 직접 판단했던 감정과 기계로 읽어낸 감정이 80% 가까이 일치했습니다. 한 단계 더 나가보면 인터렉티브 드라마˚가 지금은 몇 개의 분기점에서 끝나지만 이런 방식이 아니라 인간의 감정을 읽는 드라마 디바이스가 내 감정을 읽어내고 자동으로 편집한 결말을 보여줄 수도 있는 겁니다. 좋게 보면 모든 콘텐츠의 개인화가 아주 고도화될 수 있습니다. 하지만 한편으로 감정은 인간이 지니고 있는 가장 은밀한 정보잖아요. 그런데 기계가 인간의 감정을 읽고 기록하고 분석하다 보니까 프라이버시와 관련된 위험성에 대해 고민하지 않을 수는 없을 것 같습니다.

메타버스는 낙원이 아니다?

『레디 플레이어 원』에서 나온 장비들이 실현되고 있는 지금, 대중이 인문학적이고 철학적인 고민 없이 새로운 기계가 나오

˚ 시청자, 플레이어의 선택에 따라 스토리와 결말이 달라지는 드라마 장르

니까 마치 신기한 장난감을 처음 보는 것처럼 그것만 사서 사용하려는 모습을 보면 좀 걱정되는 부분이 분명히 있습니다.

메타버스 세상에서 아바타에 너무 몰입하다 보면 아바타가 본캐고 본인이 부캐로 살아가게 되는 역전 현상이 일어납니다. 정신의학적으로 보면 이인증depersonalization처럼 자아를 망각하는 현상도 나타나지 않을까 우려됩니다.

또한 메타버스 안에서 새로운 성범죄, 디지털 사기, 보이스 피싱 같은 범죄들이 생겨나고 있습니다. 신종 범죄의 터전이 될 수도 있는 것이죠. 그리고 정부에서 가장 우려하고 있는 건 세금 포탈 문제입니다. 메타버스가 불법으로 증여를 하거나 뇌물을 줄 수 있는 공간이 될 수 있기 때문입니다.

저는 메타버스를 연구하는 사람으로서 메타버스가 현실을 확장하기 위한 공간이 되어야 한다고 생각합니다. 현실에서 뭔가 부족한 걸 감추기 위한 도피의 공간이 되어서는 안 된다고 생각합니다.

내가 오아시스를 창조한 이유는 현실에서는 그 어디에도 마음 둘 곳이 없었기 때문이었다. (중략) 끝이 가까웠음을 알았을 때 비로소 깨달았단다. 현실은 두렵고 고통스러울 수도 있지만 진정한 행복을 찾을 수 있는 유일한 곳이기도 하다는 사실을 말이지.

_527쪽 중에서

이 구절은 저자가 독자에게 전하고 싶었던 의도가 아주 잘 드러난 부분입니다. 우리가 진정한 행복을 찾을 수 있는 것은 현실뿐이고 이는 현실이야말로 우리가 살고 있는 실재이기 때문이라는 뜻입니다.

오늘의 독썰가
물리학자 김상욱 교수

#경희대학교 물리학과 교수
#카이스트박사, 독일 막스플랑크연구소 연구원,
 도쿄대학교·인스부르크대학교 방문교수 역임
#양자과학, 정보물리 연구 등 70여 편의 SCI 논문
#〈알쓸신잡3〉〈금금밤 - 신기한 과학나라〉〈알
 쓸범잡1, 2〉〈다음이 온다〉 등
#아시아태평양이론물리센터(APCTP) 과학문화
 위원장 역임
#저서 『김상욱의 양자 공부』『떨림과 울림』『김상
 욱의 과학 공부』『뉴턴의 아틀리에』(공저) 등

오늘 함께할 책
『수학자의 아침』, 김소연, 문학과지성사

#현대문학상 수상
#감정의 재벌이 표현한 슬픔
#a.k.a 문장 맛집
#북스타그램 단골
#문학책에서 왜 수학이 나와?
#같은 아침 다른 느낌

1993년 등단한 후 지금까지, 세 권의 시집을 통해 서늘한 중에 애틋함을 읽어내고 적
막의 가운데에서 빛을 밝히며 시적 미학을 탐구해온 시인 김소연의 네 번째 시집이
다. 시인은 묻는다. "깊은 밤이란 말은 있는데 왜 깊은 아침이란 말은 없는 걸까". 그
래서 오늘 아침에는 조금 "낯선 사람이 되는 시간"을 가져보기로 한다.

제가 소개해드릴 책은 읽으면 읽을수록 점점 더 밑줄 치는 부분이 많아지는 그런 책입니다. 어떤 책일까요? 많은 분이 물리학자니까 과학책일 거라 생각하겠지만, 제가 도전정신 충만하게 선택한 장르는 '시'입니다.

사실 시(詩)라는 것은 문장을 압축하여 작가의 생각을 드러내는 장르죠. 너무나 많이 압축해서 대부분의 시집은 얇습니다. 하지만 엄청나게 많은 내용이 담겨있죠. 그런 의미에서 제가 연구하고 있는 물리가 일종의 시라고 생각해요. 아마 고등학교 때 배웠던 뉴턴의 운동 법칙 F(힘)=m(질량)×a(가속도)를 기억할 겁니다. 저는 이 F=ma를 우주의 시라고 이야기해요. 왜냐하면 우주에서 움직이는 모든 물체는 반드시 이 F=ma를 따라서 움직여야 하기 때문입니다. 이를 시에 빗대어 생각해보면 우주의 모든 운동을 이 한 줄의 수식으로 압축해놓은 것이라고 할 수 있죠. 물리학자란 이런 우주의 시에 반해서 매혹된 상태에 빠진 사람이라고 볼 수 있습니다.

사실 많은 시집이 있지만 김소연 시인의 시집을 고른 이유는 김소연 시인의 표현력이 정말 미쳤다고 할 수밖에 없을 정도로 대단하기 때문이에요. 제가 소개할 『수학자의 아침』에는 모두 49편의 시가 있습니다. 이 시를 지금부터 차근차근 한번 살펴보도록 하죠.

김소연 시인의 美친 표현력

이 시집을 읽다 보면 도저히 어울리지 않는 두 단어가 나란히 있는 것을 자주 보게 될 겁니다. 어떤 의미에서는 이렇게 시를 이루고 있는 단어 자체의 의미에 너무 집착하다 보면 본래 시인이 하고자 하는 말을 놓칠 수도 있다고 생각해요.

신형철 문학평론가는 이런 말을 한 적이 있습니다.

"말들로부터 진실을 지켜야 한다. 진실은 그것이 참으로 진실일 때 말로 표현되지 않는다. 나는 언어를 의심한다. 고로 시인이다."

인간의 말은 진실을 표현하기에 충분한 도구가 아닙니다. 그래서 시에서는 그 문장에 있는 단어들을 통해서 어떤 뜻을 전달한다기보다는 언어의 유희랄까, 서로 어울리지 않는 단어의 만남을 통해서 우리에게 다른 진실을 일깨우려고 하는지도 모릅니다.

제가 김소연 시인의 '미친 표현력'이라고 이야기했는데요. 김소연 시인은 시집 말고도 산문집도 여러 편 냈습니다. 그중 가장 유명한 산문집이 『마음사전』(마음산책, 2008)인데요. 여기에는 말 그대로 인간의 마음을 표현하는 많은 단어와 그 단어에 대한 김소연 시인의 아주 독창적인 해석과 설명이 있습니다. 제가 몇 가지를 소개해드리려고 해요.

> 설렘 - 뼈와 뼈 사이에 내리는 첫눈.
> 야속함 - 뼈와 뼈 사이에 내린 첫눈이 녹아내리는 것을 지켜보
> 는 일.
> 흥 - 뼈와 뼈 사이에 들리는 음악.
> _김소연, 『마음사전』 308~311쪽 중에서

사실 '설렘'을 설명하는 마지막 단어 '첫눈'만 보면 설렙니다. 하지만 이 단어 앞에 '뼈와 뼈 사이'라는 수식어를 넣음으로써 이 표현이 소름 끼치게 다가옵니다. 이제 모든 단어를 '뼈와 뼈 사이'로 시작하여 설명하는데 딱히 이상하지 않습니다. 이렇게

뼈와 뼈 사이에서 얼마나 많은 일이 일어날 수 있는지 새삼 깨 닫게 됩니다. 이런 것이 바로 시인 김소연의 미친 표현력이죠.

왜 생각을 '깊다'고 할까?

강가에 앉아 깊은 생각에 잠겼다
생각이 깊어 빠져 죽기에 충분했다
_「장난감의 세계」중에서

강가에 앉아서 생각을 깊이 했더니 생각이 너무 깊어서 빠져 죽었다는 건데요. 글쎄요, 깊다는 말이 생각에 사용되기도 하고 물이 깊다는 곳에 사용되기도 합니다. 오로지 깊다는 단어를 매 개로 생각을 죽음으로 끌고 가는 그런 문장입니다. 그런데 여기 서 저는 정말 기발하다는 생각이 들면서 동시에 '깊다'는 단어 를 한번 생각해보는 기회가 됐어요.

우리는 왜 곰곰이 생각하는 것을 깊이로 표현할까요? 사실 깊게 생각한다는 것은 우리만 그런 것이 아니고 영어에서도 'deep thinking'이라고 표현합니다. 그런데 생각의 깊이와 물 의 깊이는 과연 서로 비교할 수 있을까요? 깊다는 것을 깊이(!) 생각해보지 않으면 이 둘은 크게 다를 바 없다고도 할 수 있어 요. 그러니까 '강가에 앉아 깊은 생각'을 하는 것은 '빠져 죽을

일'을 하는 것일 수도 있는 거죠. 궤변 같죠. 이런 게 사실은 시의 언어라고 생각합니다.

한편으로는 도대체 생각을 얼마나 깊게 했으면 빠져 죽기에 충분했을까 싶은데요. 물리학자 가운데 '빠져 죽기에 충분할 정도로 생각을 한 사람이 누굴까'라고 제게 물어본다면 저는 바로 물리학의 슈퍼스타 아이작 뉴턴이 떠오릅니다. 뉴턴은 '사과는 떨어지는데 달은 왜 떨어지지 않을까'라는 아주 오래된 질문을 고민하게 됩니다. 이 답을 위해서 많은 이들이 뚫어지게 달과 사과를 쳐다봤을 거예요. 뉴턴은 이렇게 답하죠. "달은 떨어지고 있다. 다만 땅에 닿지 않을 뿐이다." 어떻게 물체가 떨어지는데 땅에 닿지 않을 수 있을까 생각한다면, 공을 하나 집어든 다음에 던지는 상상을 해보세요. 물론 던진 공은 날아가다가 땅에 떨어집니다. 하지만 공을 세게 던질수록 공은 점점 멀리 갈 거예요. 아주 세게 던지면 태평양을 지난 공이 미국을 지나서 지구를 한 바퀴 돌아서 여러분의 뒤통수를 때릴지도 모릅니다. 이때 여러분이 머리를 숙여 공을 피하면 공은 처음 던진 것처럼 계속 날아가게 됩니다. 그렇게 공은 지구를 다시 한 바퀴 돌아오겠죠. 공은 분명 떨어지고 있지만 땅에 닿지 않을 수 있는 겁니다. 이런 답을 얻으려면 정말 두 눈을 감고 빠져 죽을 만큼 깊이 생각해야 합니다. 그래서 저는 이 문장을 보면서 '그래, 물리학자는 생각이 깊어 빠져 죽는 사람이야'라고 공감한 적이 있어요.

사실 이 문장만 보면 참 신기하기도 하고 멋있기도 하고 좀 생뚱맞기도 합니다. 하지만 시 전체를 읽어보면 누군가 스스로 자신의 목숨을 끊은 이야기로 보이기도 합니다. 어쩌면 이 시는 병상이 슬픈 시일지도 몰라요.

하루를 줍는 방법이 있다?

십 년 전 하루를 주워 호주머니에 넣는다
_「망원동」 중에서

하루를 어떻게 주울 수 있을까요? 하루는 시간이니까 호주머니에 넣으려면 우선 공간이 되어야 하죠. 그래서 이 문장을 물리학적 관점으로 억지로 이해해보자면 시간을 공간으로 바꾼건가 생각하게 되죠. 시간과 공간은 완전히 다른 건데, 시간이 공간이 된다니 말이 되나요? 사실 20세기의 물리학은 시간과 공간이 서로 분리될 수 없는 존재라는 것을 알아내면서 시작됩니다. 아인슈타인의 상대성 이론이죠.

상대성 이론의 핵심은 움직이는 사람의 시간은 느려지고 길이는 줄어든다는 거예요. 이처럼 상대성 이론에서는 더 이상 시간과 공간이 절대적 물리량도 아니고, 서로 분리되지도 않기 때문에 우리는 시공간(時空間)이라는 하나의 단어로 시간과 공간을 표현합니다. 시간이 없는 공간을 상상할 수 있을까요? 아니면 공간이 없는 시간을 상상할 수 있을까요?

실제 시간이 무엇인지는 물리학자 사이에서도 여전히 답을 할 수 없는 어려운 질문 중 하나입니다. 어떤 의미에서 시간은 단지 사건들에 순서를 주는 것에 불과합니다. 사건은 반드시 공간 속에서 일어납니다. 공간 없는 사건이 가능할까요? 결국 하루를 준다는 것은 시간을 주웠다는 뜻이라기보다 하루라는 시간에 해당하는 사건을 준 것이고, 사건은 공간 속에서 일어나는 사건으로 표현 가능하겠죠. 그렇다면 사건이라는 공간을 호주머니라는 공간에 넣을 수도 있지 않을까요? 물리학자가 본 시적 문장의 해석인데 글쎄요, 시인이 이 의견에 동의할지는 모르겠어요.

같은 시 다른 해석

앉을래?
의자가 의자에게 말했다
서성일래,
의자가 대답한다
_「포개어진 의자」 중에서

의자가 다른 의자한테 '앉을래' 하고 물어봤더니 그 의자가 '서성일래'라고 대답하는 이런 이상한 상황이 생기는 이유는 사람이 의자에 앉으면 앉은 거지만 의자가 의자에 앉으면 포개어진 것이기 때문이죠. 사람이 서있으면 서있는 거지만, 의자가 서있으면 서성이는 거죠. 왜냐하면 의자의 용도 자체가 앉는 것이기 때문에 그렇습니다. 어떻게 보면 이건 물리학자에게 아주 자연스러운 관점인데요. 세상 모든 운동, 세상 모든 물리적 상황은 서로 상대적이기 때문입니다. 누가 그 상황을 보냐에 따라서 다 달라진다는 뜻이죠.

손으로 가만히 들고 있는 물체는 정말 정지한 것일까요? 손에 들고 있는 물체는 정지한 상태가 아닐 수 있습니다. 왜냐하면 지구가 돌기 때문입니다. 지구 밖에 있는 사람이 이 물체를 본다면 지구의 자전 속도로 움직이고 있을 겁니다. 뿐만 아니라 지구는 태양 주위를 공전하고 있죠. 그러니까 지구 밖에서 이 물체를 보면 지구는 자전하면서 동시에 공전 속도로 돌고 있을 겁니다. 지구의 공전 속도는 총알보다 빨라요. 그러니까 우리는 이미 어마어마한 속도로 움직이고 있다는 뜻이죠. 즉 운동에 대한 모든 진술은 다 상대적입니다. 시인이 말하고 싶었던 것은 그런 것이 아닐까요?

의자가 되면 의자에 앉을 수 없게 된다

사람이 되면 사람을 사랑할 수 없게 된다

_「포개어진 의자」 중에서

과학자가 보기에는 논리적 비약입니다. 의자가 되면 의자에 앉을 수 없죠. 의자에 앉은 의자는 앉은 것이 아니라 포개어진 것이니까요. 의자는 의자가 하는 일을 할 수 없습니다. 마찬가지로 사람이 되면 '사람이 하는 일을 할 수 없다'가 논리적 귀결입니다. 그런데 시인은 '사랑을 할 수 없게 된다'라고 했어요. 이렇게 함으로써 사랑하는 일이야말로 사람이 하는 일이라는 것, 즉 사람은 사랑을 하는, 또한 사랑을 받는 존재라는 말을 하고 있는 것 아닐까요? 인간의 사랑을 이렇게 표현한다는 것이 저는 너무나도 멋지다고 생각해요.

단 하나의 문장이 세상을 바꾼다

이 시집에는 아주 신박한 표현이 많은데 소개해 드릴게요.

미역이 제 몸을 부풀려 국물을 만드는 기적을
간장 냄새와 참기름 냄새가 돕고 있다

_「생일」 중에서

어떻게 하면 이런 문장을 만들 수 있을까요? 미역국 끓이는 것을 미역이 몸을 불려서 국물을 만드는 기적이라니. 더구나 간장과 참기름이 돕고 있다고요. 이런 구절을 보니 저도 뭔가 시적인 표현이 막 떠오르더라고요. '시인이 단어를 부풀려 문장을 만드는 기적을 키보드와 마우스가 돕고 있다' 정말 이 시집에는 이렇게 신박한 표현이 많이 나옵니다. 한번 찾아보는 것도 굉장히 재미있을 거예요.

사실 이 시집에는 멋진 문장이 많이 나오지만 개인적으로는 이 문장이 가장 좋았어요.

하나의 문장으로도 세계는 금이 간다
_「열대어는 차갑다」 중에서

진짜 이 세상은 의외로 단 하나의 문장으로 금이 가기도 합니다. 예를 들어볼까요. "임금님은 벌거벗었어요!" 이 하나의 문장이 동화의 세상을 완전히 무너뜨립니다. 우리가 알고 있듯이 로마의 장군 카이사르도 단 하나의 문장으로 역사를 바꿔버립니다. "주사위는 던져졌다."

처음에 이야기했던 F=ma라는 단 하나의 문장도 우리에게 세상이 수학적으로 완전히 결정된 기계와 같은 세계라는 것을 이야기해주죠. 이후에 수많은 학문이 자기 분야에도 F=ma와 비슷한 수학을 도입하기 시작해요. 그래서 우리 모두 알고 있듯이 F=ma가 나타난 이후 서양 사회는 그 이전과 완전히 다른 길을 걸어가게 됩니다.

단 하나의 문장으로 세상에 금이 가는 것, 사실 이것이야말로 김소연 시인이 원하는 것일지도 모르죠. 역사를 보면 수많은 세상이 하나의 문장으로 무너져 왔습니다. 왜냐하면 유발 하라리가 『사피엔스』(김영사, 2015)에서 이야기한 것처럼 인간은 상상을 믿을 수 있는 동물이기 때문이죠. 만 원짜리 지폐가 바나나 수십 개와 교환될 수 있다는 그런 상상을 믿는 것부터 시작해서 국가라는 실체가 확실하지 않은 어떤 것이 실제로 존재한다고 믿는 상상에 이르기까지 상상의 영역은 넓습니다. 사실 인간 문명 거의 대부분이 상상의 산물이라고 봐도 무방하죠. 상상은 수많은 개념으로 이루어져 있으며 이 개념들은 서로가 서로를 지탱해줍니다. 이 가운데 하나가 흔들리면 전체가 무너질 수도 있습니다. "모든 인간이 평등하다"는 하나의 문장이 시민혁명을 일으키고 전근대적 신분제 사회를 끝장냈잖아요.

수학은 차갑다?

사실 "수학자의 아침"이라는 제목도 그렇지만 김소연 시인은 수학과 과학에 관심이 많아요. 다른 시들을 봐도 수학과 과학에 대한 내용을 종종 비유로 사용합니다. 그런데 저는 여기서 하나 지적하고 싶은 게 있는데요. 수학과 과학은 언제나 한 묶음으로 같이 다니는 경향이 있지만, 과학은 수학이 아니고 수학도 과학이 아닙니다. 왜냐하면 수학이 기술하는 것은 실재라고 말하기 힘들고 실제 세상에 그대로 대응되는 것도 아니거든요.

예를 들어 1+1=2라는 수학적 표현은 그냥 기호를 늘어놓은 겁니다. 1, +, 2와 같은 기호들의 정의라고 할 수도 있죠. 이 문장은 선하거나 정의롭거나 하지 않아요. 여기에는 인간의 의미나 가치가 들어있지 않죠. 하지만 수학과 비교하면 과학은 인간적인 요소가 많이 들어있습니다.

예를 들어서 1m라는 길이를 생각해볼까요? 1m는 존재할까요? 1m는 수학적으로 존재합니다. 1은 수학에서 가장 중요한 숫자 중에 하나죠. 하지만 과학적으로 1m는 존재하지 않습니다. 1.000000…m와 같이 썼을 때, 0이 무한히 이어져야 완벽한 1이거든요. 하지만 우리는 여기서 0을 무한히 쓸 수 없습니다. 실제 0이 몇 개까지 갈 수 있는지는 우리가 사용하는 측정 장치의 정밀도에 의존하는 것이지 완벽한 의미의, 철학적 의미의 1m는 구현할 수도 측정할 수도 없기 때문이죠.

언제나 수학은 자연을 근사하여 표현할 뿐입니다. 그래서 사실 수학은 굉장히 차가워요. 수학이야말로 그 안에 인간이 갖고 있는 따뜻함이 하나도 들어있지 않기 때문이죠. 과학에도 인간이 없다고요? 하하. 맞습니다. 하지만 수학에 비하면 과학은 양반이에요.

수학의 차가움을 더 자세히 이야기하기 위해 우선 생명에 대해 이야기해보죠. 인간은 생물입니다. 생명을 가진 물체죠. 생명은 수학적으로 표현될 수 없습니다. 생명이 무엇인지에 대해서 아직 모든 과학자가 합의하는 답은 없지만 많은 사람이 동의하는 것은 이런 겁니다. 생명은 스스로 자신을 유지하려고 합니다. 어려운 말로 '항상성 유지'라고 부르죠. 그리고 복제하려고 합니다. 왜냐하면 항상성을 영원히 유지하면 좋겠지만 결국 시간이 지남에 따라 어딘가 망가지게 되거든요. 그러다 망가짐이 누적되어 결국 죽게 됩니다. 망가지는 것을 고치는 데에도 한계가 있죠. 고치지 않고 죽음을 피하는 방법은 자신과 같은 것을 하나 더 만드는 겁니다. 우리 같은 다세포 생물은 번식을 통해서 복제합니다. 하지만 모든 복제는 완벽하지 않아요. 즉 복제를 하다 보면 언제나 실수하게 되죠. 대개 심각한 실수가 아니어서 생존 자체에 지장은 없죠. 아무튼 원본과 복제본은 똑같지 않습니다. 이처럼 조금씩 생겨난 오류들, 이것이 쌓여서 진화를 일으킬 수 있는 단서를 주게 됩니다.

사실 진화가 없다면 또 문제가 생겨요. 우리가 항상성을 유지하려면 주변의 환경에 잘 적응해야 하지만 환경은 계속 변해가거든요. 변화하는 환경에 적절히 대응하기 위해서는 변화해야 합니다. 이런 의미에서 생명은 언제나 변화, 진화와 맞닿아 있는 거죠.

수학자의 아침을 여는 법

이미 이야기했듯이 수학은 변화의 여지가 없습니다. 1+1=2 가 진화해서 1+1=3이 되지 않아요. 그래서 수학은 생명이라기 보다 죽음이죠. 사실 이 시집에서도 죽음으로서의 수학에 대한 이야기가 여러 번 나옵니다.

나 잠깐만 죽을게
삼각형처럼

(중략)

나 잠깐만 죽을게
단정한 성분처럼
_「수학자의 아침」 중에서

『수학자의 아침』이라는 시집에 나오는 「수학자의 아침」이라 는 시예요. 죽음과 수학이 바로 맞닿아있다는 걸 볼 수 있어요.

완벽한 삼각형은 거기에 생명이 없는 겁니다.

> 잠깐만 죽을게,
> 어디서도 목격한 적 없는 온전한 원주율을 생각하며
> _「수학자의 아침」 중에서

'온전한 원주율'이야말로 완벽한 수학이죠. 하지만 이 문장에 나오듯이 '어디서도 목격한 적이 없는' 것이 원주율입니다. 원주율은 3.141592… 쭉 이어지는 숫자인데요. 영원히 끝나지 않고 규칙성도 없습니다. 누구도 이 원주율을 끝까지 쓸 수 없어요. 이 숫자를 끝까지 쓸 수 있는 것은 오로지 수학 그 자신밖에 없습니다. 수학에는 완벽한 원주율이 있지만 우리가 사는 세상에서는 근사적인 원주율이 있을 뿐이죠. 그래서 온전한 원주율은 역시 죽음과 맞닿아있는 겁니다. 사실 이처럼 수학은 처음 만들어질 때부터 이 세상에 존재하지 않는, 본 적 없는 완벽한 존재였어요.

> 수학자는 눈을 감는다
> 보이지 않는 사람의 숨을 세기로 한다
> 들이쉬고 내쉬는 간격의 이항대립 구조를 세기로 한다

(중략)

사람의 숨결이

수학자의 속눈썹에 닿는다

언젠가 반드시 곡선으로 휘어질 길이를 상상한다

_「수학자의 아침」 중에서

　바로 죽음과 같은 완벽한 수학자에게 필요한 것은 사람의 숨결이 아닐까요. 그래서 이 시는 "언젠가 반드시 곡선으로 휘어질 직선의 길이를 상상한다"라는 문장으로 끝나게 됩니다. 즉 직선은 차갑지만 사람의 숨결이 닿아서 수학이 약간 인간다워진다면 그건 곡선이 아닐까, 이런 생각을 해보는 것 같아요.

　사실 직선은 차갑고 곡선이 따뜻하다는 것은 이미 널리 알려진 겁니다. 저희가 추상화를 구분할 때 차가운 추상과 뜨거운 추상이라는 표현을 쓰는데요. 차가운 추상은 가로세로 수직으로 교차하는 직선으로 구성돼 있는 몬드리안의 그림을 이야기하는 것이고 뜨거운 추상은 휘갈긴 것 같은 수많은 곡선으로 구성된 칸딘스키의 추상을 일컫습니다. 몬드리안의 직선을 보면 차갑다는 느낌이 들고, 칸딘스키의 곡선을 보면 따뜻하다는 느낌이 들죠. 둘 다 추상화이기 때문에 의미를 알 수 없기는 마찬가지지만 이런 표현 방식의 차이가 다른 느낌을 준다는 건

몬드리안과 칸딘스키의 추상

홍미로워요.

결국 시인은 수학자에게 숨을 불어넣어서 눈뜨게 만들어야
한다고 이야기하고 있어요. 즉 수학적 이성이 우리에게 필요하
지만, 즉 세상에 금을 가게 하기 위해서 필요하지만, 거기에는
따뜻한 숨결 또한 필요하다는 것인데요. 사실 수학에서 가장 중
요한 것은 숫자입니다. 요즘 모든 것이 숫자로 표현됩니다. 여
러분이 얼마나 행복한지는 여러분이 받는 연봉으로 표현될 수
있을지도 몰라요. 우리나라 사람들이 얼마나 행복한지는 행복
지수, 1인당 GDP, 지니계수와 같은 숫자로 표현되고, 어떤 대
학에서 공부할 능력이 있는지, 판사나 검사가 되어 정의롭게 법
을 다룰 수 있는지 모두 시험성적이라는 숫자로 표현되니까요.

이런 숫자가 실재를 반영한 정보를 일부 갖고 있겠지만, 사실 정말 중요한 것은 담겨있지 않을지도 모르죠. 수학으로 기술되는 세상은 차갑습니다. 이런 세상은 죽음의 세상이에요. 그래서 수학자에게 인간의 숨결이 있는 아침을 주어야 하는 거죠.

'컵'의 반대말 아시는 분?

이 시집에는 양자역학과 관련된 부분이 몇 곳 있어서 그 이야기를 좀 해보고 싶어요. 「반대말」이라는 시가 있는데요. 이런 구절이 나옵니다.

> 컵에게는 반대말이 없다 설거지를 하고서
> 잠시 덮어놓을 뿐
> _ 「반대말」 중에서

사실 컵에 반대말이 없다는 것은 생뚱맞은 얘기잖아요. 당연히 컵에는 반대말이 없죠. 이 시는 이것 말고도 반대말이 없는 여러 단어를 주욱 늘어놓습니다. '모자의 반대말은 무엇일까' '시인의 반대말은 무엇일까' '우편함의 반대말은 무엇일까' 처음에는 어리둥절하지만 왜 시인이 이런 얘기를 하는지는 곧 알게 됩니다.

나를 어른이라고 부를 때
나를 여자라고 부를 때
반대말이 시소처럼 한쪽에서 솟구치려는 걸
지긋이 눌러주어야만 한다.
_「반대말」중에서

반대말이 언제나 있어야 할까요? 반대말은 왜 필요할까요?
우리 사회에서 누군가 나를 여자라고 부른다면 종종 그 반대말
때문에 여자라고 부른 겁니다. 나를 여자로 규정하기 위해서가
아니라 남자의 반대말이라고 규정하기 위해서 나를 부른 거죠.
"어디 여자가…" 이렇게 시작하는 말은 내가 반대말이었다면
듣지 않아도 되었던 거죠. 여자로 살아가다 보면 이처럼 반대말
이 시소처럼 솟구쳐 오르는 상황들이 있다는 겁니다. 그것이 우
리 사회의 수많은 슬픔을 만들어내는 거죠.
　여기서는 '어른'과 '여자' 두 가지 예를 들었죠. 지금 우리 사
회의 두 가지 중요한 이슈입니다. 즉 나이 혹은 세대 간의 갈등
과 양성평등 문제 같은 것들이죠. 어떻게 보면 관습 때문에 생
기는 문제라고 볼 수도 있습니다. 김소연 시인의 산문집 『마음
사전』에 보면 '관습'을 이렇게 정의하고 있습니다. "개인을 고려
하지 않기로 한 약속들." 관습을 따른다는 것이 좋을 수도 있지
만 특수한 상황 즉 개인을 무시하겠다는 뜻이기도 합니다.

우편함이 반대말을 떨어뜨린다

나는 컵을 떨어뜨린다

완성의 반대말이 깨어진다

_『반대말』 중에서

   시인은 원래 컵이 되려고 했었죠. 반대말이 없는 컵이 되고
자 했습니다. 우리는 그 자신으로 살아가길 원합니다. 하지만
종종 무언가의 반대말이 되어야 한다는 말을 듣게 돼요. 바로
우리가 그 자신이 아니라 무언가의 반대말로 살아야 되기 때문
에 이 사회에 슬픔이 생기는지도 모른다는 겁니다.

   사실 반대말이라는 개념도 되게 이상한 거예요. 반대말이 자
명할 때가 있지만 물리학에서조차 반대말이 분명하지 않은 순
간이 많습니다. 야구공의 반대말이 뭘까요? 아마 물리학자한테
야구공의 반대말이 뭐냐고 물어보면 잠깐 멈칫하다가 소리라
고 답을 할지도 몰라요. 왜 야구공의 반대말이 소리냐고요? 양
자역학에서는 입자와 파동이라는 두 개의 상이한 개념이 비교
됩니다. 입자의 가장 대표적인 예가 야구공이고, 파동의 가장
대표적인 예가 소리거든요. 이 두 특성은 하나의 대상에서 공존
할 수가 없어요. 야구공이면서 소리일 수는 없으니까요. 하지만
물리학자는 이것이 가능할 수도 있다고 말합니다.

   왜 그러냐고요? 양자역학 때문입니다. 하지만 여기서 양자역

학을 설명할 생각은 없습니다. 양자역학을 이해한 사람은 아무도 없기 때문에 어차피 설명해도 소용없습니다. 하지만 제가 하려는 이야기는 반대말이라는 개념이 언제나 자명하지도 않을 뿐더러 심지어 양자역학에서는 반대 개념으로 알았던 것조차도 대립하지 않고 공존할 수 있다는 것이죠.

답을 찾는 과정, 메타포의 질문

이 시집의 시 가운데 또 하나 재미있는 것이 있어서 소개해 드리려고 하는데요. 제목부터 아주 물리적이에요. 「메타포의 질량」이라는 시입니다. 메타포metaphor*라는 것은 '은유'입니다. 은유는 개념이라 질량 따위가 있을 리 없죠.

이 시가 저한테 흥미로웠던 이유는 거의 두 쪽 가까이 단어가 꼬리를 물며 끝없이 이어지기 때문이에요. 시인은 무슨 말을 하고 싶은 걸까요? "맨 처음에 우리는 귀였을 거예요"라고 시작해요. 그러고서는 귀가 귓불이 되고 귓불이 그릇이 되고 이렇게 계속 다른 것이 되어갑니다. 중간에 "우리는 비로소 물줄기가 되었죠. 우리는 비로소 물끄러미가 되었죠"라고 비약합니다. 어떻게 물줄기가 물끄러미가 됩니까. 이 둘 사이에는 어떤 논리적

---

* 행동, 개념, 물체 등이 지닌 특성을 그것과는 다르거나 상관없는 말로 대체하여, 간접적이며 암시적으로 나타내는 일

관계도 없지만 물줄기, 물끄러미 모두 '물'로 시작된다는 공통점이 있기는 하죠.

이런 식으로 시인은 어떤 경우는 논리로, 어떤 경우는 언어의 유희를 통해 변화를 이어가요. 거의 말장난이죠. 이 시는 결국 "언젠가 기도인가요?"라는 질문으로 끝나요. 이렇게 쉬지 않고 (이 시는 단 하나의 문단으로 되어있습니다) 이어진 시가 질문과 함께 끝나면 우리는 다시 처음 문장을 보게 됩니다. 왜냐하면 이 마지막 질문을 누군가 들어야 할 텐데 듣기 위해서는 귀가 필요하잖아요. 아마도 뭔가 끝없이 이어지는 메타포로 이루어진 이 시는 끊임없는 질문을 이야기하는 것 같아요. 질문을 던지고 우리가 적절한 답을 찾았을 때 그 답으로 제시된 하나의 문장이 세상에 금을 가게 할지도 모르죠.

물리학자가 쓴 시였다면 아마 계속해서 인과적으로, 논리적으로 이어지는 방식이 되었을 거예요. 예를 들어볼까요? 시가 귀로 시작했으니까 꼬리에 꼬리를 무는 방식으로 듣기까지의 과정을 설명해보죠. 우선 제가 말을 하면, 목이 진동을 하고, 목이 진동을 하면 주변에 공기가 진동을 하고, 공기의 진동이 귀까지 와서 고막을 진동시키고요, 고막이 진동하면 고막에 붙어있는 이소골이 진동을 하고, 이소골이 진동을 하면 이소골에 연결된 달팽이관에 진동이 전달되고요, 그러면 달팽이관 안에 있는 림프액이 진동을 합니다. 림프액이 진동을 하면 유모세포가 진동을 하고 유모세포가 진동을 하면 이 진동을 전기신호로 바꿔서 신경세포를 타고서 뇌로 보내게 되죠. 그러면 뇌에서는 달팽이관 내에서 유모세포들의 진동 패턴을 보고 이런 소리가 들어왔구나 하고 알게 돼요.

제가 이걸 이렇게 주욱 얘기할 수 있는 이유는 이 이야기가 인과적으로 연결되기 때문입니다. 하지만 시에서 메타포의 연결은 인과나 연역을 통하지 않아요. 즉 세상에 금을 가게 할 답을 얻을 때엔 그것이 꼭 연역적·논리적 결과일 필요는 없다는 겁니다. 꼭 수학일 필요가 없다는 말이기도 하죠. 논리와 연역은 수학의 핵심이니까요. 수학자의 아침을 바라고 있지만 그것이 완벽한 수학이어서는 안 된다는 이야기이기도 해요.

김소연 시인은 이 시에서 많은 과학적인 비유와 과학적인 상황을 이야기합니다. 김소연 시인이 한 매체에서 이런 글을 쓴 적이 있어요. "나는 과학을 좋아하지만 사실을 알려주는 냉철함 때문이 아니라 우선 가설을 세울 줄 아는 모험심 때문에 좋아한다." 김소연 시인이 과학을 좋아하는 이유가 과학의 냉철함 때문이 아니라는 거예요. 과학은 냉철하게 연역적·수학적으로 답을 구하긴 합니다. 하지만 과학연구를 시작하려면 냉철함 이전에 모험에 가까운 가설이 필요하죠. 그 가설은 때로 너무 말이 안 돼서 사람들이 싫어할 때도 있죠. '태양이 아니라 지구가 도는 게 아닐까' 이런 가설을 세울 줄 아는 모험심이 과학자에게 필요한 겁니다.

과학과 예술이 서로 비슷한 점이 있다고 하죠. 과학도 상상력 가득한 가설을 세워야 하기 때문일 거예요. 그리고 예술이야말로 상상력의 끝판왕이죠. 과학과 예술은 상상력이라는 공통점이 있어요. 하지만 저는 이 둘이 같지 않다고 생각해요. 과학은 답을 얻기 위해서 상상력을 발휘합니다. 답은 분명히 존재하죠. 적어도 과학자는 그렇게 믿습니다. 상상력이 답을 얻는 데 도움이 안 되면 가차 없이 버립니다. 하지만 예술에서 답은 별로 중요하지 않아 보여요. 답이 있는지도 확실치 않죠. 예술에서 정말 중요한 것은 질문 그 자체일 때가 많습니다. 상상력을 발휘하여 질문을 던지는 것만으로 충분할 때가 많다는 뜻이에요. 과학은 그렇지 않죠. 상상은 사실 모험이에요. 하지만 과학의 모험은 가능성을 정확히 계산을 해가면서 하는 모험입니다. 예술이 답을 구하지 않아도 되는 것과는 크게 다르죠.

'슬픔'은 감정이 아니다?

이 시집의 표지 안쪽에는 저자 소개와 함께 "이 시집은 슬픔으로 가득하다"는 문장이 나옵니다. 사실 슬픔은 굉장히 독특한 감정입니다. 은희경 작가는 『비밀의 거짓말』(문학동네, 2005)이라는 책에서 모든 감정의 끝에는 슬픔이 있고 기쁨, 증오, 분노,

사랑이 그 극단에 이르러 인간이 결국 슬퍼진다고 이야기합니다. 즉 모든 감정의 끝에 가서야 슬픔에 도달한다는 뜻이에요. 슬픔에 대해서 김소연 시인이 『마음사전』에서 무엇이라고 했는지 살펴봐야겠네요.

사랑하는 사람을 떠나보내야 하는, 격리의 정황 앞에서 우리는 슬픔을 경험한다. (중략) 이별 앞에서도 슬프지 않다면, 그 정황에 대해서조차 격리되어 있다는 뜻이다. 그러므로 아직 슬프지 않다. 그래서 슬픔은 무방비 상태에서는 느낄 수 없다. 주위를 둘러보았을 때에 슬픔은 깨달음처럼 찾아온다.

_김소연, 『마음사전』 78~79쪽 중에서

정말 저는 이 문장을 보고 전율을 느꼈어요. 사실 슬픔은 즉각적으로 느끼는 감정이 아닙니다. 슬픔은 최종적으로 모든 감정이 다 빠져나간 후 주위를 둘러보고 이성적으로 판단하고 감정을 종합적으로 평가했을 때 나온 최종적인 깨달음의 산물이라는 겁니다. 이처럼 슬픔이 깨달음이라면 사실 슬픔은 감정이 아니라는 뜻이에요. 이것은 이성의 영역에 속한다는 뜻입니다. 즉 슬픔은 예술의 영역이 아니라는 뜻이에요. 결국 슬픔은 수학이라는 얘기입니다. 그래서 이성적으로 맞아야 되는 아침이 슬플 수 있는 이유는 바로 시인이 오랜 시간 그 수많은 감정을 응축하여 기다려서 얻어낸 최후의 산물이었기 때문이죠. 슬픔은 이성이 개입한 깨달음의 결과지만 그것이 지나치게 이성적인 차가운 수학이어서만은 안 된다는 이야기를 하고 있는 것 같습니다.

이제 이 시집에서 마지막으로 소개되는 시 「현관문」을 볼까요? 제목이 좀 쌩뚱맞죠? '열어둔다'라는 문장으로 시작해서 '열어둔다'는 문장으로 끝나는 시죠. 열어둔다는 것은 여러 가지로 해석할 수가 있을 텐데요. 앞에서 이야기했듯이 수학은 참인 진술로만 구성된 닫힌 체계입니다. 1+1=2죠. 다른 가능성은 없어요. 수학은 닫혀있어야 해요. 참인 것은 참인 것이고 거짓인 것은 거짓인 거예요. 참일 수도 거짓일 수도 있는 열린 체계가 아니라는 거죠.

김소연 시인은 자신의 감정을 담고 응축하여 슬픔으로 승화해냈어요. 그 과정은 수학자의 과정입니다. 그리하여 어두운 밤을 지나 아침을 맞이해야 하는데요. 그가 기다리고 있는 수학은 사실 열려있어야만 되는 수학이기 때문에 시집의 마지막 시를 열려있는 「현관문」으로 끝낸 게 아닐까 싶어요. 왜냐하면 시인이 기다리는 아침은 사람의 숨결이 닿은 휘어진 곡선의 수학이니까요.

저는 이 책을 읽으면서 때로는 전율을 느꼈고 때로는 즐거웠어요. 저와 다른 인생의 경험을 갖고 계신 분들은 어떤 관점으로 이 시집을 볼 수 있을까 궁금하네요. 제가 보지 못한 또 다른 새로운 의미를 찾을 거라고 생각합니다.

중간중간 나오는 좋은 문장 몇 개를 건져서 다른 데서 써먹는 것도 굉장히 즐거운 일이죠. 정말 어떤 때는 멋진 문장 하나를 보는 것만으로도 하루 종일 기분 좋으니까요. 그래서 시를 읽는 시간이 제게 굉장히 충만한 경험이었다고 생각합니다. 여러분도 김소연 시인의 『수학자의 아침』만이 아니라 어떤 시집이든 한 권 골라 읽는 시간을 가져보길 추천합니다.

#과학책방 '갈다' 대표
#네덜란드 칼테인연구소 연구원, 한국천문연구
  원 연구원, 연세대학교 천문대 책임 연구원 역임
#세계 천문의 해 한국조직위원회 문화분과위원장
#SETI KOREA 대표
#METI International 자문위원
#저서 『이명현의 과학 책방』『이명현의 별 헤는
  밤』『빅히스토리 1: 세상은 어떻게 시작되었을
  까?』『지구인의 우주공부』『과학은 논쟁이다』
  『궁극의 질문들』 등

오늘 함께할 책
『쓰고 달콤한 직업』, 천운영, 마음산책

#돈키호테
#세상을 '요리'하다!
#부캐탐구생활
#추억의 절반은 음식이다
#음식에 진심인 편

스페인에서 요리를 배운 천운영 작가가 서울 연남동에 스페인 가정식 식당 '돈키호테
의 식탁'을 차리고 운영했던 이야기와 직접 요리를 하며 만난 사람들과 나눈 대화를
담았다. 식당 운영뿐 아니라 어린 시절 맛에 얽힌 추억, 음식과 사람과의 관계, 나아
가 소설을 전혀 쓰지 못했던 날들에 대한 안타까움까지, 제목처럼 이 책은 '쓰고 달콤
한' 삶의 궤적들로 촘촘하다.

이명현 박사×『쓰고 달콤한 직업』

오늘 이야기할 책『쓰고 달콤한 직업』의 작가는 저에게는 마치 돈키호테 같은 존재입니다. 이 책은 세르반테스의 『돈키호테』에 감명받은 소설가가 돈키호테가 먹었음직한 음식에 푹 빠져서 스페인으로 직접 날아갔고요, 스페인 식당까지 운영을 하면서 겪었던 여러 일들을 담은 에세이집입니다.

부제를 좀 눈여겨보면 좋을 것 같습니다. 부제목이 "소설가의 모험, 돈키호테의 식탁"인데 정말 멋있지 않습니까. 이 책을 읽으면서 공감을 많이 했어요. 또 작가 천운영이라는 사람 자체에 대한 호기심도 생겨서 이 책을 고르게 되었습니다.

발로 뛰는 작가 천운영

에세이라는 장르가 직업으로서의 장치를 걷어내고, 있는 그대로의 모습을 드러내는 거잖아요. 책을 읽는 동안 독자와 저자가 1대1로 온전히 만날 수 있습니다. 그렇기에 어쩌면 독서를 통해서, 작가의 일생을 독자인 우리가 맞이할 수 있을지도 모르겠다는 생각이 들었습니다. 이는 제가 생각하는 에세이의 미덕이기도 하죠.

천운영 작가를 한마디로 표현하라 하면, 저는 발로 뛰어서 글을 쓰는 작가라고 말하고 싶습니다. 그의 작품을 읽어본 이는 알겠지만 사실적 묘사가 뛰어납니다. 타투를 하는 장면이 굉장히 사실적으로 묘사되고요. 또 정육점에서 이루어지는 이야기에서도 그렇습니다. 글을 쓸 때 그 현장으로 들어갑니다. 마장동에 있는 정육점에 가서 실제로 그걸 다 자기 손으로 잘라본 경험을 녹여냈기 때문에 그의 소설에는 한 문장 한 문장이 정말 피가 뚝뚝 떨어지는 것처럼 실감납니다.

엄마가 정육점 단골이 되는 비법은 의외로 간단했다. 우선 고기를 통째로 받아 분해까지 하는 정육점을 찾아냈다. 한동안 거의 매일 가서 고기를 산다. 국거리로는 업진양지와 차돌양지를 섞어서, 불고기로 떡심 박힌 등심을, 찌개용으로는 껍질 있는 아롱

사태를, 다양하게 특별하게 고른다. 여기서 중요한 팁 한 가지. 절대 젠체하거나 아는 체하면 안 된다. 언제나 겸손하게 주인에게 조언을 구하기. 그러다 보면 어느새 주인이 먼저 엄마를 찾기 시작한다. 이게 진짜 맛있는 부원데 사람들은 그걸 몰라. 이 맛 아는 사람이 임자지. 정육점 주인에게 엄마는 장사하기 좋은 상대가 아니라, 훌륭한 고객이면서 단골 친구, 자신의 전문 영역을 알아봐주는 든든한 동료였다.

_27~28쪽 중에서

어머니가 세상을 살아가고 세상을 맞닥뜨리는 방식, 그런 것들이 저자에게 굉장히 긍정적인 영향을 미쳤던 것 같아요. 그게 몸에 내재화된 작가는 마치 탐사 기자처럼 글의 소재를 뽑아냅니다. 자기가 직접 몸으로 경험한 것을 소화해서 다시 내뱉어주기 때문에 우리는 잘 숙성된 글을 보게 됩니다.

그런데 지금 이런 일들은 과학자가 하는 일 아닐까 하는 생각이 듭니다. 소설가와 과학자는 공통점이 굉장히 많은데요. 소설가도 세상을 탐구하고 탐험하고요, 과학자도 세상을 탐구하고 탐험합니다. 굳이 차이를 찾자면 과학자는 자연에 좀 더 관심이 있고, 소설가는 인간에 관심이 있죠. 하지만 소설가든 과학자든 어떤 사건에 대해서 당연하게 받아들이지 않고 끊임없이 의심하면서 왜 그럴까 질문을 던집니다.

400년 전 돈키호테가 먹은 음식을 찾아서

천운영 작가는 스페인의 말라가Malaga에 가서 『돈키호테』
(1605)를 읽고, 돈키호테가 먹었던 음식을 접하면서 새로운 모
험을 시작합니다. 천 작가가 써놓은 글을 보니까, 돈키호테가
먹었음직한, 그 당시에 유행했을 법한 음식 리스트를 쭉 뽑는
데 1년이 걸렸답니다. 어떤 맛있는 음식을 먹었는데 그냥 된장
찌개라고 말하기만은 뭐한 것 있잖아요. 그런 것 하나하나 찾아
동네 할머니들에게 부탁해서 음식을 직접 만들어서 같이 먹어
보고 메뉴 확인하는 등의 과정을 거쳤습니다. 그래서 어쩌면 스
페인 사람보다 훨씬 더 17세기 스페인 음식에 대해 잘 정리하
지 않았나 싶습니다.

하몽 좋아하시나요? 우리나라에도 와인 바가 많아지면서 하
몽이 안주로 나오기 시작했어요. 처음 맛본 분은 얇게 썰어 나
온 하몽이 입에서 사르르 녹는 기분을 느껴보셨을 텐데요.

하몽 자르는 법도 배웠다. 하몽 기술자는 하몽에 칼을 꽂아 넣기
전에 그 흑돼지가 살았던 평야와 도토리나무를 먼저 보여주었
고 하몽이 완성되기까지의 과정을 꽤 긴 시간을 들여 설명했다.
(중략) 발목에 단도를 찔러 넣었을 때의 전율이 기억난다. 바람
소리가 나는 것 같았다. 쉬익, 이어서 가죽 안에 갇혀있던 기름

이 쏟아져 나왔다. 껍질을 드러내고 누르스름한 지방층을 벗겨내자 분홍빛 지방이 나타났다. (중략) 하몽은 부위에 따라 자르는 방식에 따라 다양한 맛이 난다.

_55쪽 중에서

하몽 하나 잘라주는데 그게 뭐라고 하몽 이전 돼지가 뛰놀던 들판, 먹던 도토리, 그가 만났던 바람을 상상하면서 잘라냅니다. 저는 이게 세상을 대하는 태도라고 생각했습니다. 우리가 하몽을 음식으로만 생각하는 것이 아니라 이 돼지 역시 우리와 같은 자연 생태계에서 살고 있다는 거죠. 우리를 기쁘게 해주고 우리에게 먹히는 존재지만, 그들이 어떤 과정을 거쳐서 우리에게 왔는지 등 서사 구조를 만들고요. 그럼으로써 세상을 대하는 태도, 내가 힘이 더 세니까 잡아먹는 것이 아니라 존중하는 태도가 드러납니다. 이런 부분들이 무척 아름답게 다가왔습니다.

소설가의 겁 없는 식당 도전기

2년에 걸쳐서 스페인 요리를 전수받고 귀국한 천운영 작가는 '돈키호테의 식탁'이라는 이름의 식당을 오픈합니다.

식당을 하겠다고 나섰을 때 정말 다양한 반응이 있었다. 미쳤구

나 미쳤어. 그래 소설 써서는 돈이 안 되지, (중략) 와 드디어 우
리에게도 아지트가 생기는 거야? 식당 말고 와인 바는 어때?, 네
가 직접 요리를 한다고? 그냥 카페가 아니고? (중략) 용감했던
것이 아니라 겁대가리가 없었다는 걸 아는 데까지는 그리 오래
걸리지 않았다. 몰라서 용감할 수 있었던 것이다. 아무것도 몰라
겁대가리를 상실했던 것이다.

_33~35쪽 중에서

천운영 작가는 스스로 겁대가리가 없다고 썼지만 2년 동안
스페인 현지에 가서 돈키호테를 연구했고 돈키호테의 음식을
연구했잖아요. 그러고 나서 오픈했습니다. 그것도 유명한 셰프
에게 사사한 후 시작했거든요. 그러니까 겁대가리가 없지만 사
실은 굉장히 신중하게, 천운영 작가가 소설 쓸 때 현장으로 가
서 치밀하게 취재한 뒤 글을 쓰듯이 진행했다고 생각해요. 그러
니까 겁대가리가 없지만 치밀하게 준비된 겁대가리가 없는 것
이다, 이렇게 생각합니다.

가게를 오픈한다는 것은 굉장히 외로운 작업이에요. 처음부
터 모든 것, 인테리어부터 메뉴를 구성하고 가격을 정하고 손님
을 접대하는 등 모든 방법을 주변에서 조언해주지만, 그 결정
은 오로지 식당 주인의 몫인 거죠. 저도 그랬습니다. 책방을 운
영하는데 책방에서 하는 모든 결정이 온전히 제 몫이에요. 되게

고독한 작업이더라고요. 이 부분을 읽으면서 감정이입이 굉장히 많이 되었습니다.

천운영 작가는 진짜 돈키호테처럼 스페인에 가서 음식을 배워오는 등 돌진하고 좌절하고 희망을 갖고 설렌 이런 모든 경험을 담아서, 당신들도 나처럼 용기를 가지고 당신이 하고 싶은 것을 해봤으면 좋겠어, 하는 바람을 투영한 것이 아닌가 하는 생각도 해봅니다.

우주를 향한 지구인의 모험

그런 의미에서 이 책을 보면서 '모험'이라는 단어가 떠올랐어요. 과학자들의 모험. 1969년 7월 20일, 아폴로 11호가 달에 착륙했습니다. 아폴로 11호는 세 사람의 우주 비행사를 태우고 갔습니다. 한 대는 착륙선이고 한 대는 궤도선입니다. 같이 가다가 분리되어 한 대는 달 궤도를 빙빙빙 돌고 한 대는 달에 착륙합니다. 달에서 이런저런 활동을 하고 돌아와 도킹해서 다시 지구로 집으로 날아오게 됩니다.

아폴로 11호를 타고 간 사람 중에서 인류 역사상 처음으로 달에 발자국을 찍어 흔적을 남긴 사람, 닐 암스트롱은 다들 아실 거예요. 그런데 두 번째로 발자국을 찍은 사람이 누군지 아시나요? 바로 달 착륙선 조종사인 버즈 올드린입니다. 이 버즈 올드린은 굉장히 유명한 사람이에요. 애니메이션 영화 〈토이 스토리〉(1995)에 '버즈'라는 이름의 우주 비행사 캐릭터가 있는데, 그 버즈입니다. 미국 사람들이 너무나 좋아해서 〈토이 스토리〉의 캐릭터로 만든 거죠. 그리고 마이클 콜린스라는 사람이 궤도선 선장이었어요. 궤도선에 탄 그는 끝끝내 달에 발을 내딛지 못하고 돌아왔어요. 굉장히 아쉬웠겠죠. 그런데 사실은 이 궤도선에 타는 선장이 세 사람 중 우주 비행사 성적이 제일 좋아요. 인간성, 리더십 이런 게 제일 뛰어난 사람이어야 합니다. 왜냐하면 지상에 있는 관제탑과 교신을 해야 하고 달에 내린 사람과도 교신을 해야 하고 이 모든 걸 통제할 수 있어야 하니까 경험이 많아야겠죠. 무엇보다도 자신을 포함한 모두를 살려서 집으로 돌아와야 합니다. 아폴로 17호가 1972년 12월 달에 착륙합니다. 13호의 실패를 빼면 그때까지 여섯 번 성공을 했거든요. 열여덟 명의 우주 비행사가 달에 갔는데 그중 열두 명만 달에 발을 딛고 돌아왔죠.

왜 달 이야기를 꺼냈냐 하면, 아폴로 17호 이후 지금까지 달에 간 사람이 아무도 없어요. 1972년 이후 과학이 굉장히 발달했는데 왜 안 갔을까요? 그 당시는 냉전시대라서 미국과 소련의 경쟁이 심했던 때입니다. 그런데 미국이 먼저 달 착륙에 성공을 하니까 양 진영에서 흥미가 떨어진 거죠. 경쟁에서 한쪽이 이겨버렸으니까요.

그런데 1990년대 중국, 일본, 인도가 달 탐사에 뛰어들었습니다. 무인 탐사이긴 한데요. 우주 산업에 뛰어든 의도가 굉장히 다릅니다. 중국의 '우주 굴기'라는 말 들어보셨죠. 중국이 자국의 우주 기술력을 지칭할 때 쓰는 말이에요. 중국은 모든 것이 자국 중심이니 우주에도 제일 먼저 나가고 싶어하고 외계 생명체를 찾는 것도 제일 먼저 해야 되고 세계에서 제일 큰 걸 만들어야 하고 세계에서 제일 큰 전파 망원경도 만들고 이렇습니다.

일본은 자국이 갖고 있는 과학적인 면모도 있지만 아무래도 우리가 의구심을 품고 있는 것 중 하나가 군사적인 것이죠. 굉장히 평화로운 방법으로 과학 연구를 하지만 사실 언제든지 무기로 돌변할 수 있거든요. 일본은 그런 강국에 대한 꿈이 있죠.

그럼 인도는 왜 그럴까. 어떻게 보면 전적으로 경제적인 요소 때문에 그렇습니다. 2013년에 메이븐이라고 하는 미국의 화성탐사선이 발사되었고, 비슷한 시기에 '망갈리안'이라는 인도의 화성탐사선이 발사되었습니다. 두 대가 거의 비슷하게 화성 궤도를 돌고 있는데 인도에서 만든 탐사선이 성능은 조금 떨어지지만 가격이 거의 10분의 1이에요. 그래서 인도는 굉장히 값싸게 우주탐사하는 것을 통해서 (우리나라를 포함한) 비슷한 국력을 가지고 있는 나라에 경제적인 수출을 하고자 하는 목적이 있습니다.

우주산업 전국 시대

그래서 다시금 우주여행, 우주탐사에 불이 지펴졌습니다. 이유가 너넣는 이런 것들이 지금 벌어지고 있다는 것이 굉장히 의미 있다고 생각해서 굉장히 고무되어 있습니다. 이 우주탐사가 각기 다 동상이몽이긴 한데 아직까지 민간인의 우주여행은 SF소설 속에서나 나올 법한 일입니다.

그런데 2021년 7월 11일 버진 갤럭틱의 우주선이 리처드 브랜슨 회장을 포함해서 승객 6명을 태우고 85km 상공에 도달했습니다. 민간의 상업적인 우주여행 시대가 드디어 시작되었습니다. 이어서 2021년 7월 20일, 아마존을 만든 최고 부자 베이조스 회장이 만든 '블루 오리진'이라는 회사에서 민간인의 우주여행을 시도했습니다. 총 4명의 민간인이 탑승했는데, 베이조스 회장과 그 동생, 우주 비행사 훈련 경험이 있는 82세의 여성 우주 비행사, 300억 원이 넘는 금액에 탑승권을 낙찰받은 네덜란드 사업가의 18세 아들 데이먼이 그 주인공입니다. 지구 표면에서 107km로 올라갔다 내려왔습니다. 왜 100km일까요? 가만히 생각해보면 '우주에 갔다 왔다' '우주인이다' 이런 이야기를 할 때 기준이 있을 거 아니에요. 어디까지 가야 우주인일까. 그래서 합의를 했습니다. 100km 상공을 '카르만 라인'

이라고 하는데 그곳에 갔다 오면 우주인으로 쳐주자 이렇게 합의한 거죠. 미국에서는 50마일 즉 80km 위로 갔다 오면 우주인으로 받아들입니다. 전 세계 인구 79억 명 중 우주에 갔다 온 사람은 600여 명밖에 없습니다. 민간의 우주여행이 활발해지면 그야말로 우주여행의 시대가 열릴 것입니다.

제가 블루 오리진 얘기하면서 베이조스 회장 얘기를 먼저 했는데요. 아마 여러분에게는 일론 머스크가 더 익숙할 겁니다. 일론 머스크는 '스페이스X'라고 하는 회사를 갖고 있습니다. 민간 우주산업의 선두주자죠. 스페이스X의 우주선은 4명의 승객을 태우고 2021년 9월 15일 상공 575km까지 올라가 3일간 하루에 지구를 15바퀴 도는 우주여행에 성공했습니다. 본격적인 저궤도 민간 우주여행의 시대가 열렸다고 볼 수 있습니다. 베이조스 회장을 비롯해서 일론 머스크라든가 버진 갤럭틱의 리차드 브랜슨 회장 같은 민간의 우주선을 만드는 회사에서 일반인을 데리고 화성으로 가는 유인 탐사선 이야기를 굉장히 많이 하고 있어요.

화성은 지구와 가까운 행성 중 하나입니다. 태양에 가까운 쪽으로 금성이 있고 먼 쪽으로 화성이 있는데 사실 금성이 지구와 좀 더 비슷해요. 크기도 비슷하고요. 그런데 금성은 표면이 무려 450도입니다. 뭐든 다 녹아버릴 테니 사람이 가서 살

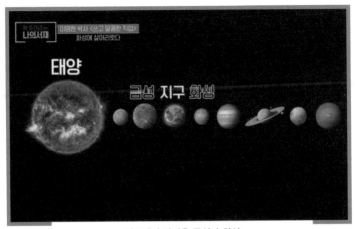

지구에서 가까운 금성과 화성

기 힘들겠죠. 지구의 반 정도 크기인 화성은 조금 춥긴 하지만 자전축이 지구랑 비슷해서 계절이 있고, 그래서 어느 지역은 영하 70도까지 내려가지만 영상 10도, 15도까지 올라가는 지역도 있습니다. 대기도 있고 물이 흘렀던 흔적도 있고요. 땅속에는 물이 좀 있다거나 생명체의 흔적이 되는 메탄가스가 나오는 것 같기도 합니다. 진눈깨비가 내리고 남극과 북극, 빙하도 있습니다. 이런 연유로 달 다음 화성으로 유인 탐사선을 보낼 계획을 세우게 된 겁니다. 그런데 문제가 하나 있습니다. 달까지는 일주일 만에 갔다 올 수 있어요. 그렇지만 화성까지는 화성과 지구가 제일 가까워졌을 때에라도 왕복 500일이 넘습니다. 거의 2년에 가까운 시간이 필요한 거죠. 그 세월 동안 살아서 갔다 살아서 돌아오기가 정말 힘들잖아요. 생명 유지 장치가 완벽해야 가능한 것이죠. 그래서 미국에서 이 계획을 계속 미루고 있습니다.

하지만 민간에서는 굉장히 다른 생각을 하고 있어요. 과학자는 화성에 가서 무슨 생명체가 있는지 등 연구를 하려 할 텐데 민간에서는 화성에 가서 어떤 기지를 지어서 정착하고 정착촌을 만드는 꿈을 가지고 있습니다. 일론 머스크 같은 사람은 말하자면 재벌이잖아요. 그런데 고전적인 개념의 재벌과는 다른 재벌입니다. 이들은 화성에 가서 자기만의 어떤 왕국을 건설해서 살겠다 이런 얘기를 하면서 구체화하고 있습니다. 그래서 가까운 우주로의 우주여행이 시작되고 있지만 2030년대가 되면 민간인이 화성에 가는 것에도 꽤 근접해 있다는 말씀을 드릴 수 있겠습니다.

외계인의 전파 신호를 포착하다

제가 천문학자라고 소개하면 제일 많이 받는 질문이 "외계인이 있나요"인데, 이 질문에 대해서 저는 이렇게 답하고 있습니다. "있을 거예요"라고요. 그런데 말을 좀 돌려서 이렇게 얘기를 하겠습니다.

미국에서는 무려 국회에서 외계인 청문회라는 걸 열었습니다. 미국에 세티SETI 과학자*들이 있는데요. 외계인을 과학적으로 연구하는 사람들을 세티 과학자라고 부릅니다. 외계인 청문회는 뭐냐면 국회의원이 세티 과학자들을 불러서 언제 외계인의 신호 또는 외계인을 발견할 수 있냐 이런 걸 물어보는 거예요. 이 질문에 대해 전파천문학을 연구하는 세티 과학자 세스 쇼스탁Seth Shostak 은 "2040년에 우리는 외계인이 보냈을지도 모르는 인공적인 전파 신호를 포착할 것이다"라고 말합니다. 물론이 2040이라는 숫자는 굉장히 임의적인 숫자입니다. 임의적인 숫자이지만 이 정도로 외계의 지적 생명체를 찾는 작업이 진척을 이루고 있다는 뜻이고요.

외계의 지적 생명체를 어떤 방법으로 찾고 있을까요? 텔레비전, 라디오, 핸드폰 이런 기기들이 사실은 다 전파 신호를 이용한 것입니다. 지구 같은 행성은 스스로 빛을 내는 천체가 아니에요. 그래서 지구는 태양 빛을 반사해서 눈에 보이는 빛도 반사합니다. 그다음 태양에서 전파도 나오거든요. 그 전파도 반사를 합니다. 이런 것을 자연적인 전파 신호라고 부르는데 예를 들어서 텔레비전이나 라디오가 없었던 한 200년 전쯤 외계인 천문학자들이 지구를 관측했다면 지구는 순수하게 태양의 전파 신호를 반사하는, 자연 전파 신호만 나오는 행성으로 보고

---

* Search for Extra-Terrestrial Intelligence, 외계 지적 생명체를 탐색하는 과학자들

'아, 저기에는 생명체가 사는지 안 사는지 판단하기가 힘들어' 특히 '지적인 생명체가 있는지는 판단하지 못하겠다' 이랬을 텐데 지금 외계인 천문학자들이 지구를 관측한다면 텔레비전, 라디오, 핸드폰 같은 인공적인 전파 신호를 보고 지구에 생명체가 살고 있다고 판단할 수 있겠죠.

마찬가지로 우리도 지구 같은 행성들을 관측합니다. 세티 과학자들이 뭘 찾으려고 하는 거냐 하면 외계인이 만들어냈을지 모르는 인공적인 전파 신호를 포착하려는 겁니다. 이 쇼스탁 박사가 얘기했던 게 외계인이 만들어냈을지도 모르는 이런 인공적인 전파 신호를 우리가 전파망원경으로 관측하게 되면 2040년쯤이면 하나 정도 발견할 확률이 대단히 높다, 이걸 말을 한 거예요. 세티 과학자 내부에서는 대체로 그때쯤으로 생각하고 있고요.

사실은 인공적인 전파 신호라고 추측되는 후보 신호는 몇 천 개가 있습니다. 그런데 다 아는 것처럼 '어떤 것이 포착되었다'라고 하려면 확신을 가져야 하는데, 이 확신을 갖기 위해서는 반복 관측을 통해서 신뢰도를 높여야 됩니다. 그 작업을 지금 하고 있어요. 그래서 그게 대략적으로 2040년 정도가 되면 굉장히 신뢰도 높게 전파 신호를 하나 이상 포착할 것이다, 이게 외계인을 찾는 세티 과학자들의 바람이자 기대치라고 할 수 있습니다.

사실 과학자들은 어떤 연구를 할 때 수많은 실패를 합니다. 그렇지만 과학자의 실패는 잘 정리된 실패입니다. 실패를 바탕으로 무엇이 부족했는지 파악하고 그것으로부터 다시 새롭게 시작하기 위한 실패입니다. 제가 세티 얘기를 했지만 1959년에 코코니와 모리슨이 쓴 「외계 지적 생명체를 찾는 방법론」이라는 세티 과학에 효시가 된 논문이 있는데요. 그 논문의 마지막 구절이 천운영 작가가 쓴 구절과 비슷합니다. 세티 과학이라는 게 외계인을 찾자는 건데 그 외계인을 찾는 것이 사실 없는 대상을 찾는 거잖아요. 그러니까 이게 우리가 세티 과학을 한다고 해서 외계인을 언제 찾을지에 대한 확률을 얘기하기가 거의 불가능한데 우리가 찾는 시도를 하지 않으면 찾을 확률은 0이다, 우리가 시도를 해야 이 확률이 생긴다, 그러니까 시도를 하자, 이렇게 끝맺고 있습니다.

우주에도 나이가 있다?

"현재 우주의 나이가 얼마예요?"라고 물어보면 꽤 자신 있게 "현재 우주의 나이는 138억 년입니다." 이렇게 말씀을 드릴 수 있어요. 그러면 어떻게 숫자를 정확하게 얘기할 수 있을까 반문하시잖아요. 그게 현대 천문학이 알아낸 그 우주의 나이가 그 정도라는 건데 138억 년이라고 하는 숫자 자체가 중요한 게 아니고 우주에 나이가 있다는 게 중요합니다. 우주가 태어난 시간이 있다는 얘기니까요. 우주가 태어나서 지금까지 흘러온 시간이 138억 년이다, 이런 말이지요.

또 알고 있는 게 있어요. 지금 살고 있는 이 우주가 점점 팽창하고 있다는 거죠. 시간이 지날수록 우주가 점점 커진다는 뜻이죠. 이 순간에도 커지고 있습니다. 이를 빅뱅 우주라고 부릅니다. 지금 우주는 엄청나게 커요. 그런데 예를 들어서 우주가 128억 년 살 때, 즉 10억 년 전에는 지금보다 우주 크기가 작습니다. 그런 식으로 최초의 우주로 거슬러 올라가면 우주는 점점 작아져서 정말 작은 점이 됩니다.

상상을 해볼게요. 이 우주 속에는 여러분과 저, 또 우리 태양계 은하라고 하는 굉장히 많은 물질이 있잖아요. 그런데 우주는 과거로 가면 갈수록 작아지기 때문에 이 모든 재료들이 옛날에는 작은 공간에 모여있었다는 거예요. 우주는 처음 태어났을 때 굉장히 작은 점으로 태어났고 그 속에는 지금 이 온 우주에 있는 물질들이 전부 다 에너지 상태로 녹아있기 때문에 굉장히 뜨겁고 밀도가 높은 상태였다는 거죠. 그다음부터 우주가 태어나자마자 시간이 흐르면서 점점 커지는 겁니다. 우주가 커지면서 우주 속에는 물질들이 생기기 시작합니다.

그런데 가만히 생각해보면 지금 이 모든 것이 한 점으로 모여있었다고 했잖아요. 그 말은 모든 물질들의 근원이 다 똑같다는 거예요. 이것이 점점 커가면서 우리가 알고 있는 물질의 재료가 되는 양성자, 전자 이런 것들이 생겨나기 시작합니다. 여기서 중요한 것은 이때 생겼던 양성자, 전자 같은 것들은 처음 생긴 이후 한 번도 자연 상태에서 없어진 적이 없다는 겁니다. 그 말은 뭐냐면 물이 H_2O라고 할 때 여기서 H가 수소인데 이 수소의 원자핵을 차지하고 있는 양성자는 138억 년 전에 우주 공간 속에서 생겨난 그 양성자가 계속 재활용되면서 쓰였다는 거예요. 이걸 조금 과장해서 말하면 아인슈타인이나 세종대왕이 호흡했을 때 튀어나왔던 양성자 알갱이가 마구마구 떠돌다가 다시 현재 우리의 입과 들어간다, 이렇게 순환이 된다는 거거든요.

이 우주가 138억 년 동안 팽창해왔다는 이야기는 따지고 보면 우주가 처음 시작됐을 때 만들어졌던 원소들이 계속 순환을 하면서 이게 물질이 되었다가 사람이 되었다가 이렇게 순환하는 것들로 이루어져 있다는 거예요. 그리고 여러분의 몸을 이루는 탄소, 산소 같은 것들은 별이 진화해서 만들어낸 것들이 없어지지 않고 떠돌다가 이렇게 지구에 와서 지금을 만들었다는 것이거든요.

그래서 천문학자들은 우주와 인간이 다 연결되어 있다는 의미에서 '스타더스트'Stardust 라는 말을 씁니다. '우리는 별로부터 온 먼지다' '모든 것이 연결되어 있다' 여러분이나 저는 지금 이런 인식을 갖고 살아가는 존재지만, 138억 년 우주의 역사를 머금고 있는 굉장히 고귀한 별 먼지로 함께 살아가고 있다는 면에서 기적 같은 이야기이자 정말 흥분되는 일이죠.

나는 덤(?)으로 산다

천운영이라고 하는 사람에 대한 이야기를 했고요. 그 사람이 떠났던 음식과 식당이라는 모험에 대해 얘기했습니다. 그런데 이 책 마지막 부분에 이 천운영 작가가 식당 '돈키호테의 식탁'을 찾았던 손님과 인터뷰한 내용이 있는데요. 그 인터뷰에 여러 사람이 나옵니다. 영화감독도 있고, 이이언이라는 뮤지션도 나오고, 건축가 승효상 선생님도 나오고, 배우 문소리 씨도 나옵니다. 여러 사람의 인터뷰가 실려있지만 저는 디자이너 노라노와의 인터뷰가 제일 인상 깊었는데요.

나는 87세에 죽을 줄 알았거든. 사주를 봤는데, 그게 죽을 해라는 거야. 그래서 내가 그때까지만 계획했어. 85세에 다 그만두려고 정리를 했잖아. 그런데 지금 91세야. 앞으로도 더 살 거 같아. 100살까지는 끄떡없어. 하늘이 준 보너스지. (중략) 늙어서 할 일이 없으면 어떻게 해. 그게 바로 죽은 거지. (중략) 그러니까 오래 살 플랜을 세워놔야 해요. 일할 계획. 그거 굉장히 중요해요. 그려려면 체력과 능력의 한계를 넘지 말아야 해요. 10퍼센트를 남겨두세요. 뛰지 말고 걸으세요.

_266~267쪽 중에서

저는 이 구절이 굉장히 멋지다고 생각해요. 두 가지 면입니다. 하나는 덤으로 살아간다. 굉장히 멋진 태도죠. 그럼으로써 이 사람은 포용할 수 있고 세상을 관조할 수 있고 다른 사람에게 너그러워질 수 있고요. 또 하나는 뛰지 말고 걷자는 거잖아요. 걸어야 하는 이유는 뛰면 너무 빠른 속도로 지나가서 옆이 안 보이기 때문입니다. 저는 이런 말을 자주 하는데요. 횡단보도를 건널 때 하나, 둘, 셋, 넷 속으로 세고 건너보세요. 그러면 앞서 나간 사람의 뒷모습, 정말 멋진 장면을 보면서 터벅터벅 걸어갈 수 있고요. 보이지 않던 것도 천천히 걸으면 보이죠. 꽃이 보이고, 땅바닥에 있는 개미들이 보입니다. 그렇습니다, 그래서 저는 이 구절이 굉장히 좋습니다. 자주 상기하는 구절이에요. 아마 천운영 작가도 이 구절을 이야기하면서 우리가 잘 늙어간다는 것, 나이 먹어가면서 세상을 살아간다는 것에 대한 이야기를 강조한 것 같아요.

이 인터뷰가 외계 지적 생명체를 찾는 작업과 마찬가지라고 생각합니다. 외계 지적 생명체를 찾는다고 하면 굉장히 별난 걸 찾는다고 생각하는데 사실은 외계 지적 생명체라는 것이 우주 어디엔가 있을 우리 인간 같은 지적 생명체를 찾는 거잖아요. 인간은 지구라는 환경 조건에서 이렇게 진화하고 적응했어요. 다른 환경 조건이라면 어떠한 모습으로 어떻게 진화해서 살아가고 있을까, 이게 우리가 궁금한 것이고요. 같은 물질로 이루어져 있는 같은 별면지로서 사실 외계인은 우리의 사촌인 거죠. 우주적인 사촌 또는 우리의 거울일 수 있는 거잖아요. 그래서 외계인을 찾는다고 하는 것은 결국 아주 궁극적인 타자로서의 우리 자신을 찾아보는 거울 같은 존재라고 생각하거든요. 세티 과학자는 먼 곳에서 찾는 거고요. 천운영 작가는 이런 인터뷰를 통해서 가까이 있는 궁극적인 타자, 가까이 있는 외계인을 찾는 작업이다, 저는 그렇게 생각합니다. 그래서 이게 모험이라는 카테고리에서 볼 때 아주 적절하게 책에 수록돼 있다고 말씀을 드리고 싶습니다.

이 책에서 천운영 작가는 식당을 운영하는 또 다른 평행 우주의 세계에 대해 이야기합니다. 결국 책 속에 나타나는 천운영은 소설가라는 걸 부인할 수 없는 구절이 많이 나옵니다.

소설가를 뺀 업주의 삶. 주방에 숨어서 두어 번 울었다. 일이 정말 힘들어서, 소설이 너무나 쓰고 싶어져서. 하지만 내가 선택한 삶인데 누굴 탓하랴. 다시 기운을 차렸다.
_99쪽 중에서

글을 쓰는 일에 대해 생각했다. 글이 주는 힘에 대해서도 내 어

깨를 두드려준 누군가의 편지를 생각했다. 내가 계속 소설을 써

야 하는 이유를 일깨워준 사람들.

_74쪽 중에서

돈키호테의 죽음을 기억하시나요?

천운영은 식당을 준비하는 2년 동안, 또 식당을 운영하는 2

년 동안, 식당을 끝낸 후 2년 동안 즉, 한 5~6년의 세월 동안

소설을 세상에 내놓지 못했다고 했습니다. 소설은 남는 시간에

쓰는 것이 아니라는 것을 깨달았고, 그래서 너무나 속상했고 너

무나 힘들었고 글을 쓰고 싶어서 미치는 그런 경험을 했죠. 그

자신은 소설을 쓰고 있지 않았지만 저는 이 기간이야말로 천운

영이 소설을 쓰기 위해서 이 세상을 머금는 기간이었다고 생각

합니다.

『쓰고 달콤한 직업』에는 이런 에세이를 쓰면서도 항상 소설

에 대한 그리움, 세상에 대한 그리움이 나와있습니다. 어떻게

생각하면 소설을 떠나 있었기 때문에 더 깊은 소설을 이미 쓰

고 있었던 것이 아닌가, 문학이라고 하는 것이 그에게 짐이었다

면 이제는 그 자신도 소설을 즐길 수 있는 사람으로 거듭나는

것이 아닌가, 싶습니다. 천운영에게 주어졌던 식당을 준비하고

운영하는 기간, 또 스페인에서의 기간, 또는 새롭게 글을 쓰기 시작한 이 기간이 어떻게 생각하면 안식년이었구나. 자기 자신을 재충전하는 기간이 굉장히 중요하다고 저는 생각합니다.

> 결국 시작을 못 하는 것의 두려움이 아니라 끝을 보지 못하는 것에 대한 두려움이 아닐까. 어쨌거나 시작은 해볼 일이고 끝은 반드시 맺어야 한다. 이 시작의 끝은 무엇일까. (중략) 이제는 돈키호테의 모험이 아니라 돈키호테의 죽음을 생각할 때. 끝의 시작을 시작할 때.
>
> _170~171쪽 중에서

『돈키호테』라는 소설을 한번 생각해보세요. 돈키호테가 막 기사도에 대한 책을 읽고 나서 세상을 향해서 모험을 떠난다는 이야기는 잘 알겠지만 돈키호테가 어떻게 죽어갔는지 기억하나요? 우리는 어떤 일을 시작할 때 그 일에 대해서 걱정도 응원도 하지만 그 일이 어떻게 매듭을 지어졌는가에 대해서 자주 잊어버립니다.

어떻게 보면 어떤 일을 시작하는 것 못지않게 그 일을 잘 매듭 지어주는 것이 굉장히 중요하죠. 잘 매듭을 지어야 잘 시작할 수 있고요. 그래야 그것이 다음으로 넘어가는 토대가 됩니다. 이 책을 보면 어리바리 느닷없이 시작했던 돈키호테 식당을 끝낸 다음에 긴 뒤풀이를 하는 장면이 나옵니다. 이 책이 우리에게 주는 좋은 교훈 중 하나가 끝을 맺는 것에 대해서 어느 시점에서 끝을 맺고 그것에 대해서 담담하게 서술해주는 면면입니다.

우리는 어차피 유한한 세상을 살아가지 않습니까? 책을 읽는 것도 유한한 시간 동안 해야 하고요. 우리의 목숨도 유한하고 사람의 관계도 항상 헤어짐이라는 것이 전제되지 않습니까? 모든 것이 유한합니다. 그렇다면 그것을 아쉬워하기보다는 그것에 대해서 조금 더 정리를 하고 그것에서 의미를 찾고 그것을 내 것으로 만듦으로써 그리움이 생기고 그 그리움을 바탕으로 사람을 또 만나는 이러한 순환이 굉장히 중요하다고 생각합니다.

천운영 작가는 돈키호테의 말을 빌려 이야기합니다.

모험에 도전하는 일에 있어서는 모자란 것보다 지나친 것이 낫다고.
_천운영, 『돈키호테의 식탁』 102쪽 중에서

모험에 도전한다는 건 굉장히 큰 용기가 필요한 일이잖아요. 그러니까 무모한 것이 비겁한 것보다 낫다는 거예요. 그리고 더 중요한 것은 이러한 모험을 하거나 무모한 짓을 했을 때 수

습하는 거, 자기 것을 만드는 거, 어쨌든 결과를 내어서 정리해
보는 거, 이게 또 얼마나 중요한지, 이 책에서 확인해봅니다. 이
책을 통해서 독자 여러분 모두 돈키호테처럼 여러분만의 모험
을 시작해보면 어떨까 합니다.

오늘의 독썰가
기계공학자 최재붕 교수

#문명은 인는 공하가
#국내 최고의 4차 산업혁명 권위자
#캐나다 워털루대학교 기계공학 석박사
#기업, 정부기관, 교육기관 2,200회 이상 강의
#혁명적 변화와 실상, 새로운 시대에 당면한 혁신 방안
#〈차이나는 클라스〉〈세바시〉 등 출연
#저서 『포노 사피엔스』 『차이나는 클라스 과학·문화·미래 편』(공저) 등

오늘 함께할 책
『팬덤 경제학』, 데이비드 미어먼 스콧·레이코 스콧, 미래의창

#덕질 장려 도서
#덕후라고 놀리지 말아요
#흔들리지 않는 충성심
#주식왕 찐천재가 되려면
#최애는 바뀌는 게 아니라 쌓입니다

선도적인 비즈니스 성장 전략가 데이비드 미어먼 스콧과 팬덤 전문가 레이코 스콧은 젊은 기업가, 노련한 사업주, 스타트업 창업자, 그리고 크고 작은 기업의 사람들을 인터뷰하여 고객을 팬으로 만드는 9단계 전략을 알려준다. 무엇이 팬덤을 구축하게 하는지를 알면 고객의 열정을 구매력으로 전환하기 위한 로드맵을 그릴 수 있다.

최재붕 교수×『팬덤 경제학』

저는 이 책을 요즘 어른이 읽어야 하는 필독서라고 생각합니다. 무언가를 좋아한다는 것만으로도 돈이 된다고 알려주는 이 책은 바로 『팬덤 경제학』Fanocracy 입니다. 『팬덤 경제학』은 기업 관계자들의 인터뷰를 통해 우리가 팬덤이 되어야 한다고 주장하는 책입니다. '팬덤' '덕질'에 대해서 '이거 젊은 친구들이 아이돌 좋아하는 거 아니에요?'라고 하는 이들이 있는데, 전 국민 트로트 열풍을 누가 일으켰는지 한번 생각해보세요. 5060 팬들이었어요. 80대 할머니들도 팬클럽 활동을 할 정도로 대박을 터뜨렸죠. 역주행했던 걸그룹 브레이브 걸스의 삼촌 팬들도 마찬가지고요.

세대만 초월하나요? 국경도 초월합니다. 영국의 한 잡지사가

각 나라의 문화적 매력 지수를 분석해서 국가별 순위를 매기는
데요. K-콘텐츠가 세계 2위입니다. 자본이 지배하던 시장이 소
비자인 팬덤으로 이동했다는 걸 보여주는 데이터입니다. 저는
이걸 팬덤로드가 열렸다고 얘기합니다. 전 세계 무역이 일어났
던 실크로드가 이제 K-팬덤로드로 새롭게 열린 거예요.

최근 금융권에서 발표한 보고서의 팬덤 경제의 총 시장 규모
를 약 7조 9천 억으로 추정하고 있습니다. 도대체 팬덤이 뭐기
에 이렇게 강력한 힘이 있을까요? 또 왜 중요해졌을까요? 여러
분을 팬덤의 세계관으로 초대합니다.

우리는 왜 팬덤을 알아야 할까?

저자 데이비드 미어먼 스콧과 레이코 스콧은 부녀 관계입니
다. 아버지는 베이비붐 세대와 X세대에 걸쳐 있는 저명한 마케
팅 전문가고, 딸은 밀레니얼 세대로 팬덤 전문가라고 합니다.
요즘 부모 자녀 세대인 이들이 말하는 팬덤은 도대체 뭘까요?

팬덤은 어디에나 있다. (중략) 여러 세대에 걸쳐, 흥미나 목적, 구
매력 등에 따라서, 그리고 사람들을 모여들게 하는 주제에 따라
서 다양하게 존재한다.

_35쪽 중에서

팬덤은 팬fan과 영지, 나라를 뜻하는 덤dom의 합성어로 특정한 인물이나 분야를 열성적으로 좋아하는 사람들 또는 그런 문화 현상을 말합니다. 책에서는 세대만 다뤘는데 사실 시대에 걸쳐서도 나타납니다. 팬덤이라는 말은 놀랍게도 조선 시대에도 있었습니다. 팬덤은 우리 말로 '벽(癖)'이라고 하는데요. '도벽'이라고 할 때 그 벽이에요. 조선 시대 때 팬덤은 병적으로 한 방향에 치우친 괴상한 취미였다고 합니다. 부정적인 느낌이 강하죠. 책에도 팬덤 하면 아이돌에 미쳐 사는 10대 청소년이나 스포츠를 광적으로 좋아하는 사람들이라고 생각하는 경우가 많다고 합니다. 그래서 이 책의 다음 문장이 중요해요.

팬과 팬덤 문화를 이해해야 하는 또 다른 중요한 이유는 같은 관심사를 가진 사람들에게 자신을 노출시키는 것은 인간의 삶을 더 행복하게 만들기 때문이다. 팬덤은 다른 사람들과 좋아하는 것을 함께 즐길 수 있도록 해주고 진정한 자아를 찾아 성공적인 삶을 살 수 있는 환경을 만들어준다.

_22쪽 중에서

이 구절에서 중요한 단어는 '같은 관심사' '함께' '행복'입니다. 함께 즐길 때 행복해지고, 함께 좋아할 때 기분이 좋아집니다. 인간의 본성이죠. 이런 인간을 '호모 루덴스'homo ludens 라고도 부르는데요. '루덴스'는 '유희'라는 뜻입니다. 우리는 근본적으로 유희를 좋아하는 인간입니다.

이런 심리를 이용해서 만들어진 게 로마의 콜로세움이에요. 콜로세움은 당시 초대형 호수 부지에 건설된 국가적 프로젝트였습니다. 로마 귀족은 돈과 시간적 여유가 굉장히 많았어요. 그럼 무엇이 필요할까요? 재밋거리, 놀거리, 유희가 필요했죠. 이 귀족들이 같은 관심사로 모여서 놀 수 있게 장소를 제공해준 겁니다. 지금으로 치면 초대형 테마파크인 셈이죠. 그 거대한 광장에 모여서 함께 나눌 주제를 만들고 그것을 다 같이 즐깁니다. 이렇게 되면 전 도시에 어마어마한 팬덤이 만들어져요. 어쩌면 로마가 장기 집권할 수 있었던 이유 중 하나가 바로 팬덤인지도 모릅니다.

로마의 콜로세움과 SNS의 공통점

로마의 콜로세움이 더 광범위하고 더 강력해져서 이 시대에 나타났습니다. 바로 디지털 문명이죠. 대표적으로 SNS가 전 세계가 공유하는 거대한 광장입니다. SNS는 팬덤에게 축복이에요. 2021년에 폭발적인 인기를 얻은 드라마 〈오징어 게임〉이 대표적인 사례예요. 한국 드라마 최초, 넷플릭스가 서비스되는 83개국 전체에서 1위를 휩쓸었습니다.

과거 우리나라 어린이의 놀이를 소재로 하는 이 드라마가 세계적으로 유행할 수 있었던 이유는 〈오징어 게임〉이 SNS를 타고 급속도로 퍼졌기 때문입니다. 넷플릭스는 광고도 안 하는데 '이 드라마 완전 꿀잼'이라는 댓글이 달립니다. 그리고 유튜브에 〈오징어 게임〉 속 놀이를 따라하는 영상이 올라오고, 인스타그램에 관련 글이 계속 올라오면서 '좋아요' 개수가 늘어나고 엄청나게 빠르게 번지면서 전 세계로 퍼져나가는 거죠. 그러면 〈오징어 게임〉을 안 본 사람은 궁금해서 미칠 지경에 이릅니다. '야, 456번 그게 뭐야?' '깐부 그건 또 뭔데?' 이러면서 결국 드라마 정주행에 빨려 들어가죠. 그리고 〈오징어 게임〉의 장면에 무엇가를 덧씌워서 새로운 걸 만들고 자기들끼리 퍼뜨리면서 즐거움을 재창조합니다. 바로 이게 팬덤입니다.

팬덤은 SNS를 포함한 디지털 플랫폼을 기반으로 그 힘을 더욱 강력히 키우면서 엄청난 문화 현상으로 자리 잡게 된 거죠. 그러면 도대체 이 힘은 어디서 나올까요?

> 소비자로서의 우리는 매일 어떤 제품을 사용할 것인지, 어떤 서비스를 구매할 것인지, 어떤 창의적 콘텐츠를 경험할 것인지를 결정해야 한다. (중략) 음식, 고용한 사람, 관심 갖고 있는 예술, 영화, 연극 및 도서 등 수백 가지를 선택한다.
>
> _239쪽 중에서

팬덤 경제에서 우리에게 권력이 왜 생기는지 보여주는 구절입니다. 우리는 검색 인류예요. 뭐 하려고 하면 일단 휴대폰을 들고 검색을 합니다. 그런데 문제는 정보가 TMI, 밥 먹기 위해서 맛집 하나만 보려고 해도 좍 나옵니다. 엄청 많죠. 매일매일 뉴스를 보고 음악을 듣고 방송을 보는 모든 과정에 자기 선택이 필수적으로 개입됩니다. 옛날에는 TV에서 광고를 하면 '그래, 저건 믿을 수 있어' 이런 식으로 매체에 의해서 생각을 지배당하는 경우가 많았습니다. 그런데 이제는 소비자가 선택하기 전에 스스로 주도권을 갖고 소통합니다. '이거 내가 먹어봤더니 ~하더라' '내가 이걸 써봤더니 ~하더라' 이런 경험을 공유하는 거죠. 이런 문화에 익숙해지면 일방적인 대중매체가 전하는 정보보다 직접 경험해본 개인의 리뷰를 더욱 신뢰하게 됩니다. 이건 당연한 현상이죠. 자본에 의한 광고 효과보다 실제로 경험한 소비자의 리뷰에 대한 신뢰가 더 큰 광고 효과를 갖습니다. 저자는 이 중대한 변화를 기업들이 간과하고 있다고 말합니다.

대부분의 회사는 '10% 할인', '무료 배송', '더 빠르고, 더 좋고, 더 새롭고, 더 저렴하다'는 식의 제품 광고와 소셜 미디어 광고를 만들어내느라 바쁘다. (중략) 제품과 서비스에만 집중한 나머지 인간과 그들의 삶을 간과하게 된 것이다.

_44쪽 중에서

무엇이든 구독하세요! 잘 믿고 잘 사는 법

요즘 사람들은 뭘 사는 게 즐거워야 삽니다. 소비도 유희와 함께 즐기는 것이죠. 저자는 팬티 구독 서비스를 예로 들어 설명합니다. 이 서비스를 이용하면 제품의 종류, 사이즈, 디자인, 스타일을 선택할 수 있다고 합니다. 마우스 몇 번 클릭하면 매달 같은 날 새로운 속옷이 배송되는 거예요. 그럼 가장 핫한 아이템이 뭘까요? 바로 커플 속옷입니다. 남녀가 같은 프린트가 있는 그들만의 커플 속옷을 사고 그 속옷을 입은 모습을 사진 찍어서 올려요. 이 구독 서비스의 팬덤이 이 사진 때문에 더 퍼집니다. SNS에서 보니까 '이건 괜찮겠는데' 하는 공감대가 커진 것이죠.

이렇게 팬덤이 정착하면서 '나 매달 그런 걸 쓸 거야'라고 하는 경제를 구독 경제라고 하는데요. 책에서는 속옷을 예로 들었지만 실제로 치약이나 칫솔, 면도기 등 구독 가능한 서비스는 많습니다. 사람도 구독하잖아요. 그래서 최근에는 SNS를 통한 라이브 방송이 대세예요. 사람을 구독한다는 것은 '난 저 사람이 소개하는 건 무조건 살 거야' 이런 마음이라는 뜻이죠. 그걸 주도하는 게 바로 라이브 방송에 기반한 새로운 소셜 커머스입니다. 이게 엄청난 인기를 끌고 있습니다. 사실 이 방식은 이미 중국에서 오래전부터 새로운 유통 형태로 빠르게 성장하고 있던 왕훙 마켓을 벤치마킹한 건데요. '왕훙'은 '왕루어훙런(網絡紅人)'의 줄임말입니다. 쉽게 말해서 왕훙은 중국의 인플루언서, SNS 스타예요. 요리, 여행, 쇼핑, 패션, 게임 등 다양한 분야의 실시간 라이브 방송에서 제품을 직접 체험하는 걸 보고 물건을 산다는 거예요. 인플루언서 마케팅은 전형적인 팬덤 경제를 보여주는 판매 방식입니다.

한국판 왕훙도 있습니다. 구독자 170만 명이 넘는 먹방 유튜버 '입짧은햇님'이 90분 동안 라이브 방송에서 순대볶음, 가래떡, 김부각을 먹었더니 2만 명이 넘게 동시 접속하고 해당 상품이 6만 개가 넘게 팔려 매출이 약 3억이 나왔다고 합니다. TV 홈쇼핑 얘기가 아니라 개인이 팬덤을 창조한 결과물입니다. 한 조사에 따르면 우리나라 10대에서 30대까지 소비자가 뭘 살 때 1인 유튜버에 대한 신뢰도가 무려 73%입니다. 광고는 신뢰하지 않지만 저 친구는 믿을 만하다 신뢰하기 시작하면 그들이 소비한 상품을 믿고 구매하는 게 소비의 표준화된 방식으로 발전하고 있습니다. 팬덤 기반의 소비가 크게 늘고 있다는 거죠.

팬덤을 알면 나도 투자왕 찐천재?

팬덤의 열기가 강력할수록 마케팅이 잘되고 기업의 성공 확률은 높아집니다. 그럼 소비자는 이 팬덤 경제를 어떻게 활용할까요? 바로 투자입니다. 어느 기업에 팬덤이 있는지 알면 성공적인 투자가 가능합니다. 팬덤으로 성공한 기업의 사례를 하나 들어보겠습니다.

중고 거래 애플리케이션 '당근마켓'의 개발자는 앱을 이용하는 사람들에게 새로운 경험을 제공하고 싶었다고 합니다. 복잡하게 우체국이나 택배회사에 가서 박스에 포장한 물건을 보내는 것이 아니라 쇼핑백에 넣은 물건을 가지고 출퇴근길 직거래할 수 있는 그런 경험을 말입니다. 이게 요즘 뜨는 탈중앙화 현상입니다. 권력이 중앙에서 개인으로 분산되는 것이죠.

플랫폼이 수수료를 남기는 것이 아니라 이용자들끼리 알아서 거래하고 수익을 창출하게 했더니, 이용자들이 먼저 제공자와 이용자 모두의 이익이 극대화되는 것을 알아차리고 '이 서비스 괜찮네' 하는 생각이 퍼지기 시작합니다. 여기에 공돈이 생긴다는 2차 경험도 생겨납니다. 내가 안 쓰던 물건을 팔아 현금을 주머니에 넣고 돌아오는 순간, 눈에서 레이저가 발사되기 시작합니다. 집에 있는 모든 물건에 가격표가 붙고 내다 팔 물건으로 보이기 시작하는 거죠.

이에 다양한 후기가 올라옵니다. '아들이 안 입던 카디건을 싸구려인 줄 알고 팔았더니 100만 원 넘는 명품이었다' '남편이 안 쓰는 오래된 명품 시계를 800만 원에 샀대서 몰래 팔았더니 알고 보니 3천만 원짜리였다' 등 이용자들은 이런 후기를 보면서 반응하고 재미있어 합니다. 이런 재미가 팬덤을 더욱 강력하게 만들어주죠. 이러한 후기를 올리는 사람들의 심리는 뭘까요?

사람들은 자신의 경험을 공유하고 싶어 하고, 이는 유대감을 형성하게 한다. 그리고 그 유대감은 인간관계를 맺도록 도와준다. 그래서 사람들은 자신의 열정을 공유하기 위해 좋아하는 밴드나 연극, 오페라, 게임 등을 다른 사람들에게 소개하고 싶어 한다.

_70쪽 중에서

당근마켓도 커뮤니티에서 경험을 공유하고 유대감을 형성한 겁니다. 그 유대감 덕분에 월 천만 명이 넘는 사람들이 접속하는 국민 앱이 된 것이죠. 그 결과 2020년 거래액이 약 1조, 중고 거래 천만 시대를 만들어낸 겁니다.

망해가던 회사가 매출 100배 키운 비결

기업들은 거래 촉진과 비용 절감을 주요 업무로 알고 있지만, 이는 잘못된 생각이다. 사실 그들이 해야 할 일은 팬덤을 만드는 것이다.

_61쪽 중에서

저자는 기업이 팬덤을 만드는 과정에서 고객에 대한 진정한 관심이 기본이라고 강조합니다. 이 원리로 팬덤을 만들고 그 팬덤이 망할 뻔한 막걸리 회사를 살려낸 사례가 있습니다. 이 막걸리 회사는 2010년에 직원이 3명, 연 매출이 2억이었어요. 어느 날 회사 대표가 이제 문 닫을 때가 된 것 같다고 했더니 그 대표 아들이 나섭니다. "아버지, 막걸리 하면 나이 든 분들만 즐기는 술로 알려져 있는데 저는 젊은 사람들도 충분히 좋아할 수 있다고 생각해요. 한번 도전해보고 안 되면 그때 문 닫죠." 이렇게 합의합니다.

이제 젊은 사람들에게 막걸리 팔아야 하는데 딱 떠오르는 게 뭘까요? 바로 SNS 마케팅이죠. 그런데 맛없는 막걸리로 SNS 마케팅을 강화하면 진짜 빨리 망합니다. 악플 폭탄 맞고 폭삭 망하는 거죠. 이 기업은 백 년 동안 한 번도 막걸리의 맛을 바꿔본 적이 없었습니다. 하지만 알코올 도수 6도에 시큼털털하고 달지 않은 맛을 유지했던 철칙을 깨고 맛을 바꾼 계기는 바로 고객을 기반으로 한 데이터였습니다.

사장은 다양한 맛과 알코올 도수의 막걸리를 만들어놓고 어느 게 제일 맛있는지 블라인드 테스트를 합니다. 그랬더니 타깃으로 삼은 2030세대가 5도의 달달한 맛을 선호하는 것을 파악하게 됩니다. 그래서 100년의 전통을 깨고 알코올 도수 5도의 달달한 맛의 막걸리를 출시합니다.

그러면 여기서 끝이냐? 아닙니다. SNS 마케팅에 팬덤이 생기려면 정말 디테일에 강해야 해요. 제품 디자인이나 포장이 눈길을 끌어서 찾아봤는데 인스타그램에서 마케팅을 하고 있으면 나도 쓱 찍어서 올려도 되겠구나 하고 생각하게 되죠. 이렇게 고객을 중심으로 마케팅을 전환하니까 2억이었던 연 매출이 10년 만에 200억 원을 돌파합니다. 이게 바로 팬테크예요. 고객의 심장을 울려서 디지털 SNS를 통해 번지게 하라. 좋은 경험은 고객을 붙잡아두는 힘을 갖고, 압도적인 경험은 고객을 열정적인 마케터로 만드는 마법의 힘을 갖게 된다는 것이죠. 돈도 안 주는데 기업을 홍보해주는 마케터가 수만 명이 생기는 거예요. 이 막걸리 회사가 맛으로 승부를 본 것처럼 소비자가 냉정하게 평가하는 팬덤 경제에 성공하려면 무엇보다 고객의 심장, 그 경험을 정말 특별하게 만드는 실력이 매우 중요합니다.

우리가 리얼리티 드라마를 좋아하는 이유

걸그룹 블랙핑크의 리사가 〈LALISA〉라는 솔로곡을 발표하고 뮤직비디오를 찍었는데 이틀 만에 뮤직비디오 최단 시간 1억 뷰를 기록했습니다. 이렇게 거대한 팬덤을 만든 것은 리사의 휴먼스토리 덕이 큽니다. 태국은 부를 독점하고 있는 상류층 '하이쏘'와 서민층 '로쏘'로 나뉜 계층 사회예요. 점차 바뀌고 있지만 아직 계층이 분명한 사회입니다. 보이그룹 2PM의 닉쿤을 포함해서 대부분의 유명인은 하이쏘 출신이라고 해요. 그런데 블랙핑크의 리사는 로쏘 출신이에요. 평민 출신 소녀가 세계적인 스타가 될 수 있다고 증명한 것, 그뿐 아니라 자신이 태어나고 자란 지역의 기부 캠페인에 참여해서 어렵게 꿈을 키우며 자라고 있는 청소년을 돕고 있다는 스토리가 드러나면서 리사의 팬덤은 폭발적으로 증가합니다.

팬덤은 스토리가 좋으면 더 강력해져요. 가슴을 울리기 때문이죠. 과거에 자본과 권력, 언론 이런 것들이 지배하던 시대가 점점 약해지고 실력으로 승부하는, 스포츠와 비슷한 새로운 경쟁 체제가 자리를 잡고 있습니다. 콘텐츠의 조회수는 소비자의 자발적 선택에 의해서만 증가합니다. 돈으로 살 수 없어요. 조회수는 조작할 수 없고 거짓말을 하지 않습니다. 억대 조회수 영상의 주인공이 되는 건 콘텐츠의 매력이 강력해야만 가능하죠. 다른 사례로 지금 디지털 대륙 넷플릭스에서 성공한 드라마 〈D.P.〉가 있습니다. 저자는 우리가 좋아하는 영화나 드라마의 성공 요인을 이렇게 설명합니다.

소셜 미디어, 영화, 스크린, 혹은 먼 무대에서 일어난 일이라도 거울신경세포를 통해 자신의 경험인 것처럼 반응한다. 거울신경세포는 (중략) 다른 사람이 나와 같은 행동을 하는 것을 지켜

볼 때 활성화된다. 거울신경세포는 기업이 팬을 만드는 데에도
도움이 된다.

_93~97쪽 중에서

거울신경세포가 뭘까요? 쉽게 설명하면 드라마 속의 배우가
군대 다녀온 나와 비슷한 행동을 합니다. 그러면 화면 속 행동
을 관찰하는 것만으로도 거울신경세포가 활성화됩니다. 이게
팬덤을 만드는 데 도움이 된다는 거예요. '현실 고증이 잘 된 드
라마' '디테일의 끝판왕' 이러면서 인기를 끄는 거죠. 그런데 이
대박 드라마 〈D.P.〉도 아마 웹툰 원작이 아니었다면 세상의 빛
을 보기까지 몇 년 더 걸렸을지, 아니면 사라졌을지 모를 일입
니다.

우리나라 웹툰 플랫폼이 세계 1등이 될 수 있었던 배경부터
살펴봐야 하는데요. 유명 작가인지 아닌지에 상관없이 조회수
가 가장 많은 작품이 1등이라는 새로운 룰을 제시한 겁니다. 1
등을 독자에게 정하라고 했어요. 그랬더니 우리나라에서 재능
있는 사람들이 전부 나와서 웹툰을 그리기 시작하고 '야, 이거
되게 재미있다'면서 번집니다. 이것은 또 K-팬덤로드를 따라
세계적으로 인기를 얻습니다. 아시아 45억 인구 중에 MZ세대
가 모두 다 웹툰을 보기 시작하고 스스로 마케터가 되어 퍼트
리면서 어마어마한 팬덤을 형성하게 된 거죠.

이것이 K-문화다

<베이비 샤크>는 전 세계 유튜브 조회수 1위로 94억 뷰가 넘습니다. 세계 인구가 80억이 안 되는데 94억 뷰면 엄청난 숫자죠. 그럼 이 <베이비 샤크>의 경쟁 회사가 누구냐? 아이들이 좋아하고 동물 캐릭터가 나오는 뮤직비디오 하면 딱 떠오르는 회사가 하나 있죠. 바로 디즈니입니다. 디즈니라는 엄청난 회사가 당황하지 않았을까요? 유튜브 조회수뿐만 아니라 아마존에서 가장 많이 팔린 완구도 디즈니가 아닌 베이비 샤크였습니다. 미국의 미키마우스, 일본의 키티 같은 해외 캐릭터를 부러워했던 우리가 미국 본토에서 가장 강력한 캐릭터 브랜드로 자리매김한 것은 정말 놀라운 일이죠.

이뿐만 아니라 K-푸드의 열풍도 대단합니다. 김, 김치 등 여러 가지가 있는데 2021년 해외 유튜버 사이에서는 직접 설탕을 녹여서 달고나 만드는 영상이 유행입니다. 왜 그럴까요? <오징어 게임>을 보고 배우들이 했던 달고나 뽑기가 어떤 건지 경험해보고 싶었던 겁니다. 또 전 세계인에게 좀비의 종주국이 어딘지 아시나요? 바로 대한민국입니다. 드라마 <킹덤>이 조선 시대를 배경으로 좀비의 새로운 세계관을 만들었죠. <킹덤>은 엄청난 인기를 끌었는데요. 그중 외국인이 주목했던 것이 바로 '갓'입니다. 한동안 아마존에서 어마어마하게 많은 양의 갓이

팔렸다고 합니다. 이게 바로 K-팬덤입니다.

전 세계인이 우리나라에 호의적인 생각이 없었다면 이렇게 K-팬덤에 빠지지 않을 겁니다. 그런데 이미 다양한 콘텐츠나 K-팝, 웹툰 등을 통해서 '아이 러브 코리아'라는 생각이 자리 잡았고 이런 면에서 '한국 거는 뭐든지 좋아' 이렇게 바뀌었다는 거죠. 저는 이것이 앞으로 대한민국을 이끌어줄 강력한 힘이 될 거라고 생각합니다.

실제로 우리나라 콘텐츠를 통해 제품의 시장성을 예측한다는 내용이 책에도 나옵니다.

제니는 (중략) 대형 출판사에서 편집자로 일한다. (중략) 그녀는 늘 그 책의 시장성을 예측해 본다. "K-드라마를 보기 시작한 이후로 내 직업과 연관 지어 생각해 보고 있어. K-드라마는 미국에 있는 사람들에게 인기가 너무 많아."
_319~320쪽 중에서

대형 출판사 편집자 제니가 어떤 책이 잘 팔릴지 고민하면서 미국인들이 좋아하는 K-드라마를 참고한다는 구절입니다. 저도 비슷한 경험을 했어요. 우연한 기회로 3년 정도 S사 미래 제품 디자인 프로젝트에 참여한 적이 있는데요. 미래에 어떤 제품이 나오면 좋을지 시나리오를 만드는 겁니다. 이게 재미있는 게 디자이너, 심리학자, 진화론자 등 여러 분야의 사람들을 찾아다니면서 '인간이 정말 좋아할 게 뭘까'를 찾아내는 거예요. 그리고 그걸 시나리오로 풀어서 정리하는 거죠. 제가 그 결과물을 가지고 이런 시나리오를 만들게 되었습니다.

힘든 하루 일과를 마치고 귀가할 때 스마트폰 AI 집사가 내가 집에 들어온 것을 알고 말을 걸어주면 어떨까요? 당시 드라마 〈태양의 후예〉가 큰 인기였습니다. 송중기 씨 목소리로 "오늘 많이 힘드셨지 말입니다"라고 말을 걸어주는 거예요. 20대 또는 30~40대 여성이라면 얼마나 큰 감동이 밀려올까요?

이렇게 기술 중심의 스마트홈 서비스 제공이 아니라 소비자에게 어떤 감동을 줄 수 있을까 하는 것이 시나리오 기반의 디자인입니다. 이 작업에는 디테일이 포함돼야 합니다. 다양한 시선으로 접근해야 하죠. 정말 좋아하는 것을 끊임없이 고민하고 그것을 집착적으로 풀어낼 때 팬덤을 만들 수 있다는 뜻입니다.

그리고 잘 만든 제품은 어떻게 팔지도 고민해야 합니다. 팬덤 경제학의 관점에서는 이 고민을 해결해주는 게 결국 강력한 팬덤이라는 겁니다.

팬덤을 부르는 '느낌적인 느낌'

어떤 밴드의 음악을 듣고, 어떤 옷을 입으며, 소셜 네트워크에서

어떤 유명 인사를 팔로우하는지가 대부분의 젊은이가 자신이

누구인지를 보여주는 방식이다.

_166쪽 중에서

저자에 의하면 젊은 친구들이 어떤 음악을 듣고, 어떤 옷을
입고, 누구를 팔로우하는지가 그들의 정체성이라고 합니다. 과
거에는 이런 유행을 결정짓는 요소가 광고에 의한 이미지 메이
킹으로 이루어졌다면 지금은 인스타그램이나 유튜브 같은 소
셜 네트워크를 통해 고객에 의해 형성된 이미지로 브랜드가 결
정된다는 겁니다.

　이런 현상을 잘 보여주는 사례로 애플사의 무선이어폰 '에
어팟'을 들 수 있습니다. 처음 에어팟이 나왔을 때 사람들은 '아
니, 저 콩나물처럼 생긴 이어폰이 30만 원이나 한다고?' '저게
팔릴까?' 하고 의구심을 가졌지만, 시중에 유통되자 사람들이
줄을 서서 사기 시작했습니다. 30만 원대 무선이어폰이 이렇게
잘 팔리는 이유는 무엇일까요? 바로 이 이어폰을 귀에 꽂는 순
간 자신을 바라보는 다른 사람들이 '아, 저 사람은 애플 제품을
애호하는 사람이네'라고 생각할 거라고 느끼면서 왠지 격이 올
라가는 듯한 느낌적인 느낌을 제공한다는 겁니다. 저자의 표현
을 빌리면 이제 그것은 더 이상 단순한 상품이 아니에요. 내가
어떤 위치의 사람들과 함께 어울리고, 내가 어떤 클래스의 세계

를 즐기고 있는지를 나타내는 상징이라는 거죠. 이것이 바로 팬덤의 힘입니다.

애플사의 충성 고객은 약 7억 명이 넘습니다. 최근 브랜드 충성도 조사를 했더니 사용자 중 90% 이상이 계속 애플사 물건을 사겠다고 답변을 했다고 합니다. 엄청난 팬덤이죠. 2021년 이 기업은 '인종 간 평등과 정의 프로젝트'를 시작하겠다고 발표합니다. 1억 달러를 투자해서 디트로이트에 유색 인종을 위한 IT 스쿨을 짓고 교육을 하겠다는 것입니다. 얼핏 보면 기업이 왜 상품 개발이나 광고에 투자하지 않고 이런 정책을 펼치는지 의문이 들겠지만, 잘 생각해보면 이 기업은 이러한 정책을 펼침으로써 고객에게 '우리 회사는 인류의 보편적 가치와 행복을 존중해' '우리 회사 상품을 구입하기 위해 쓰는 돈은 결국 휴머니티를 위해 쓰는 거야' '그러니 계속 우리 회사의 팬덤이 되어도 좋아'라고 말하고 있는 것입니다.

그렇다면 팬덤은 마냥 좋은 것일까요? 과연 아무거나 좋아해도 될까요? 나폴레옹은 엄청난 팬덤을 가진 독재자였습니다. 당시 프랑스는 시민혁명이 일어나면서 왕정이 끝나고 시민 민주주의를 실현해가는 시기였습니다. 그런데 나폴레옹이 등장하고 전 유럽을 휩쓸면서 프랑스를 거대한 제국으로 만들고자 전쟁 영웅 나폴레옹을 황제로 추대하자고 할 정도로 엄청난 팬덤이 생겨난 거죠.

이런 정치적인 팬덤은 프랑스의 시민혁명 때처럼 먹고살기 힘들 때 잘 생겨납니다. 독일의 히틀러도 마찬가지입니다. 1차 세계대전이 끝나고 대공황 시기에 등장한 히틀러는 뛰어난 연설로 대중의 지지를 이끌어냈고 결과적으로 나치스라는 무시무시한 팬덤을 낳았습니다. 오늘날의 정치권도 피해갈 수 없죠. '대공황은 히틀러를 낳았고, 금융위기 10년은 트럼프를 낳았다'는 말도 있습니다. 팬덤의 양면성은 역사가 보여주고 있습니다. 무시무시한 정치적 팬덤은 아주 위험한 결과를 낳을 수도 있습니다.

회사에도 팬덤이 필요해

회사의 웹 사이트나 광고에서 종종 비인간화의 사례를 확인할 수 있다. (중략) "기술 선도 기업인 이 회사는 차세대를 위한 비용 효율적이며 세계적인 수준의 고성능 부가가치를 만들어내는 혁신적 솔루션 제품들을 제공합니다." 이런 글은 아무 의미를 담고 있지 않다. (중략) 그저 로봇이 쓴 것 같다.

_248쪽 중에서

"기술 선도 기업인 이 회사는 차세대를 위한 비용 효율적이며 세계적인 수준의 고성능 부가가치를 만들어내는 혁신적 솔루션 제품들을 제공합니다." 이 문장은 그럴듯한 온갖 단어를 다 넣어서 기술적 측면을 강조하고 있습니다. 지금껏 우리는 기술만 봐왔기 때문입니다. 이에 대해 저자는 "고객이 원하는 것은 이와는 정반대의 것이다"라고 일침을 가합니다. 우리는 이제 그냥 기술이 아니라 심장을 울리는 기술, 인간의 마음을 울리는 기술인 휴머니티를 봐야 됩니다. 휴머니티가 가득한 기업이 좋은 기업이 되었다는 뜻입니다.

최근 기업들의 가장 중요한 미션 중 하나로 'ESG'가 떠올랐는데요. 여기서 ESG는 각각 환경Environment, 사회Social, 지배구조Governance를 의미합니다. 이러한 경향 역시 팬덤의 영향이라고 볼 수 있는데요. 오늘날 매출을 크게 높여서 주주의 이익은 보장하지만 환경에 심각한 피해를 입히는 기업은 소비자에게 외면을 당합니다. 또 비도덕적 기업, 비인간적인 기업 등 휴머니티가 없는 기업은 고객이 등을 돌려 한순간에 존폐 위기에 처하기도 합니다. 그래서 디지털 문명 시대에 기업의 가장 중요한 기초가 되는 것이 바로 휴머니티를 바로 세우는 겁니다. 그러려면 그 회사를 다니는 직원 팬덤부터 만들어야 하는데요. 그것이 ESG의 G, 지배구조에 해당됩니다.

기업은 직원들이 회사의 열성적인 팬이 되어 팬덤을 구축하고 이를 외부 세계와 공유하기를 원한다. (중략) 회사 로고가 찍힌 셔츠를 입게 하거나, 회식하는 등의 조직 문화는 (중략) 진정한 열정을 만들어내기에 부족하다. 이런 인위적인 방식은 장기적으로 봤을 때 효과가 없을 뿐 아니라 역효과를 초래할 수도 있다.

_284쪽 중에서

정말 공감되죠? 이 구절에 요즘 회사에서 직원 팬덤 만들기가 왜 어려운지 다 들어있습니다. 단체로 회사 로고가 찍힌 옷을 입고 가는 워크숍이나 2차, 3차까지 이어지던 회식 문화 등 우리가 관행처럼 여겨왔던 것은 오히려 역효과가 납니다. 질타의 대상이 될 뿐입니다. 요즘 회사원들끼리 비밀리에 대화하는 전 세계 최고의 뒷담화 인기 앱이 있어요.

직장인 필수 앱이라고도 불리는 '블라인드'에는 회사에 대한 온갖 글이 다 올라옵니다. 회사 단톡방에 부장님이 올린 메시지를 캡처해서 '우리 부장 완전 꼰대' 이런 식으로 글을 올리면, 그 회사에 다니지 않는 앱 사용자들은 '저 회사 별로네' 하면서 직원 팬덤은커녕 안티를 만듭니다. 그런데 만약 반대로 직원이 자기가 다니는 회사에 대해 좋은 글을 올리면 기업에 대한 호감도가 올라가고 회사의 팬덤을 만들 수 있는 기초가 탄탄해진다는 겁니다. 물론 글 하나만으로 무조건 팬덤이 생기는 건 아니지만 적지 않게 영향을 줍니다. 이러한 것이 회사 뒷담화나 자랑으로 끝난다면 그나마 다행이지만, 직장 내 성추행이나 언어폭력처럼 사회적인 문제로 커져버리면 회사의 존립을 걱정해야 하는 사태에 이르기도 합니다.

무엇의 팬이 되고 싶으신가요?

한 직원이 자기 일에 강한 열정을 보이면 이는 다른 직원들에게까지 옮겨진다. 그렇게 되면 이들과 관련된 업무와 사람들 모두 자연스럽게 이러한 열정에 동참하게 된다.

_285쪽 중에서

한 명이 열정을 보이면 다른 사람에게도 옮겨집니다. 이게 인간의 본성입니다. 인간은 본질적으로 복제를 통해 학습합니다. 어릴 때 보고 자라는 것을 그대로 배워서 나한테 적용하는 거예요. 이것을 '밈'meme 이라고 해요. 그러니까 내가 보고 있는 콘텐츠를 무의식 중 복제하고 있다고 반드시 생각해야 합니다. 그것이 우리의 미래를 결정하는 데 중대한 역할을 합니다. 그래서 자꾸 도움이 되는 걸 보고, 생각을 발전시키고, 호기심이 생기면 좋은 지식을 습득하려고 노력하라는 거예요. 시간이 지날수록 어떤 현상에 대해 관심을 갖고 학습하는 사람은 점점 더 이 디지털 대륙에서의 생존 가능성, 성공 가능성이 높아질 것이고 그렇지 않은 사람은 도태될 것입니다.

> 팬덤은 사람들을 서로에게 더 가까이 다가가게 하고 이를 통해 다른 사람들과 즐거움을 나눌 수 있게 해준다. 즉, 서로를 알아가는 소통 방법이다. 가장 중요한 것은 팬덤이 사람들을 행복하게 만든다는 것이다. 그 행복감으로 사람들은 대단한 일을 할 수 있는 에너지를 얻는다.
>
> _330~331쪽 중에서

여러분은 앞으로 무엇의 팬이 되고 싶은가요? 사실 팬덤 세계관은 디지털 신대륙을 지배하는 가장 중요한 요소이기도 합니다. 요즘 같은 디지털 언택트 시대가 너무 메마르고 비인간적인 시대라고 얘기하는 분들도 많은데요. 저는 이제 '언택트'가 아니라 온라인으로 만나는 '온택트' 시대라고 말하고 싶습니다. 우리가 만나고 교감하는 방식이 달라졌을 뿐이지 여전히 소통하고, 교감하고, 공감하고 있다고 생각합니다. 그러니까 우리는 뭔가 틀렸다고 한탄만 하고 있어서는 안 되고 팬덤 경제 같은 새로운 세계관을 배우고 익혀 나가야겠습니다.

출처

- 『개소리에 대하여』, 해리 G. 프랭크퍼트 지음, 이윤 옮김, 필로소픽, 2016
- 『나는 내가 좋은 엄마인 줄 알았습니다』, 앤절린 밀러 지음, 이미애 옮김, 윌북, 2020
- 『달콤 쌉싸름한 초콜릿』, 라우라 에스키벨 지음, 권미선 옮김, 민음사, 2004
- 『메트로폴리스』, 벤 윌슨 지음, 박수철 옮김, 박진빈 감수, 매경출판, 2021
- 『레 미제라블』, 빅토르 위고 지음, 정기수 옮김, 민음사, 2012
- 『오이디푸스 왕 외』, 소포클레스 지음, 김기영 옮김, 을유문화사, 2011
- 『갈리아 원정기』, 가이우스 율리우스 카이사르 지음, 천병희 옮김, 도서출판 숲, 2012
- 『실크로드의 악마들』, 피터 홉커크 지음, 김영종 옮김, 사계절, 2000
- 『클라라와 태양』, 가즈오 이시구로 지음, 홍한별 옮김, 민음사, 2021
- 『지구 한계의 경계에서』, 요한 록스트룀 · 마티아스 클룸 지음, 김홍옥 옮김, 에코리
  브르, 2017
- 『죽음의 수용소에서』, 빅터 프랭클 지음, 이시형 옮김, 청아출판사, 2020
- 『레디 플레이어 원』, 어니스트 클라인 지음, 정전순 옮김, 에이콘, 2015
- 『수학자의 아침』, 김소연 지음, 문학과지성사, 2013
- 『쓰고 달콤한 직업』, 천운영 지음, 마음산책, 2021
- 『팬덤 경제학』, 데이비드 미어먼 스콧 · 레이코 스콧 지음, 정나영 옮김, 미래의창,
  2021

책 읽어주는
나의서재
프리미엄 강독쇼